中原中也と維新の影

堀 雅昭
Hori Masaaki

◉弦書房

装丁＝毛利一枝

目次

はじめに　13

I部

第一章　詩人の背景（幼少時代）……明治四〇年―大正三年…………21

青い空は動かない　21
薄命さうなピエロ　25
ホラホラ、これが僕の骨　27
亡びたる過去のすべてに涙湧く　29
神社の鳥居が光をうけて　32
よるの海にて汽笛鳴る　35
あゝあの頃はほんによかった　38
大和武尊《やまとたけるのみこと》の銅像　40

第二章　神童からの転落（山口時代）……大正三年―同一一年……43

蟻地獄のやう　43
神よ私をお憐れみ下さい！　45

死んだ明治も甦れ　48
笑ひ出さずにやゐられない　51
ギロギロする目　53
人みなを殺してみたき我が心　55

Ⅱ部

第三章　立命館中学（京都時代）……大正一二年―同一四年…………61
僕は此の世の果てにゐた　61
ダダの世界が始つた　63
いかに泰子　66
年増婦《としま》の低い聲もする　68
ランボオを読んでるとほんとに好い気持になれる　70
ただもうラアラア唱つてゆくのだ　72

第四章　小林秀雄との修羅（東京時代Ⅰ）……大正一四年―昭和二年…76
近々多分小林と二人で行きます　76

僕には僕の狂気がある　79
汚れつちまつた悲しみに　81
キオスクにランボオ　84
忌はしい憶ひ出よ、去れ！　86
鄙《ひな》びたる軍楽の憶《おも》ひ　88
金がさつぱりない　91
亡国に来て元気になつた　94
見渡すかぎり高橋新吉の他、人間はをらぬか　98

第五章　西欧音楽との出会い（東京時代Ⅱ）

……昭和二年―同五年……101
秋空は鈍色《にびいろ》にして　101
河瀬の音が山に来る　104
死だけが解決なのです　108
私の聖母《サンタ・マリア》！　110
家の裏を出て五間もゆくと、そこが河です　113
あれは、シュバちやんではなかつたらうか？　116
きらびやかでもないけれど　118
実に、芸術とは、人が、自己の弱みと戦ふことです　121
捲き起る、風も物憂き頃　123

血を吐くやうな、倦《もの》うさ、たゆけさ　125
ゆあーん　ゆよーん　ゆやゆよん　127
その雑誌はやめになりました　131
僕の部屋にはキリスト像がない　133
無限のまへに腕を振る　136

第六章

喧嘩人生（東京時代Ⅲ）……昭和五年—同七年……139

ポツカリ月が出ましたら　139
アルコール・リンビョウじゃないか　142
いまやおまへは三毛猫だ　143
日本はちつとも悪くない！　146
ポロリ、ポロリと死んでゆく　148
東京の景気も、此の頃では大変ひどいものです　150
やがては全体の調和に溶けて　152
嘉村礒多といふ男の小説、これは立派だ　154
早くやると使つちまふ　156
立つてゐるのは、材木ですぢやろ　158
金沢に寄りました　160

Ⅲ部

第七章　精神の混迷（東京時代Ⅳ）……昭和七年―同一〇年……………165

来る年も、来る年も、私はその夜を歩きとほす　165
わが友等みな、我を去るや　167
彼女等は、幸福ではない　169
とにもかくにも春である　171
噫《ああ》、生きてゐた、私は生きてゐた！　173
今年は夏が嬉しいです　175
死ももう、とほくはないのかもしれない　177
僕女房貰ふことにしました　179
まだ何かとごたごたして、気持が落付きません　181
俺にはおもちゃが要るんだ　184
火を吹く龍がゐるかもしれぬ　186
僕はブラブラと暮らしてゐます　188
何だ、おめえは　191
海にゐるのは、あれは人魚ではないのです　196
うたひ歩いた揚句の果は　200

或る日君は僕を見て嗤《わら》ふだらう 203
さてもかなしい夜の明けだ！ 205

第八章 死出の旅路（千葉—鎌倉時代）……昭和一一年—同一二年…… 208

雪が降るとこのわたくしには 208
詩人達に会ふことはまつぴらだ 211
毎日出かけるのはいやだな 213
また来ん春と人は云ふ 215
丘の上サあがつて 220
テムポ正しく、握手をしませう 222
オヤ、蚊が鳴いてる、またもう夏か 227
秋になつたら郷里に引上げようと思ひます 229
音のするのは、みな叩き潰《つぶ》せい！ 231
おまへはもう静かな部屋に帰るがよい 233
なにゆゑに こゝろかくは羞《は》ぢらふ 236

【付録】「中原中也のこと ——出会い・生活・死」関口隆克（談） 240

中原中也略年譜 247

おわりに　256／主要参考文献　258／主要人名索引　270

〈注〉特に断りがない限り本書で引用した中原中也の詩、評論、日記、書簡類は角川書店版『新編　中原中也全集』（初版）を用いた。同様に、中也の母フクの発言は『私の上に降る雪は』から、長谷川泰子の発言は『中原中也との愛　ゆきてかへらぬ』から、中原思郎の発言は『兄中原中也と祖先たち』から引用した。なお、本文中の**太字の引用詩は、その時代の中也の心情を象徴的に表わしていると思われる箇所**である。

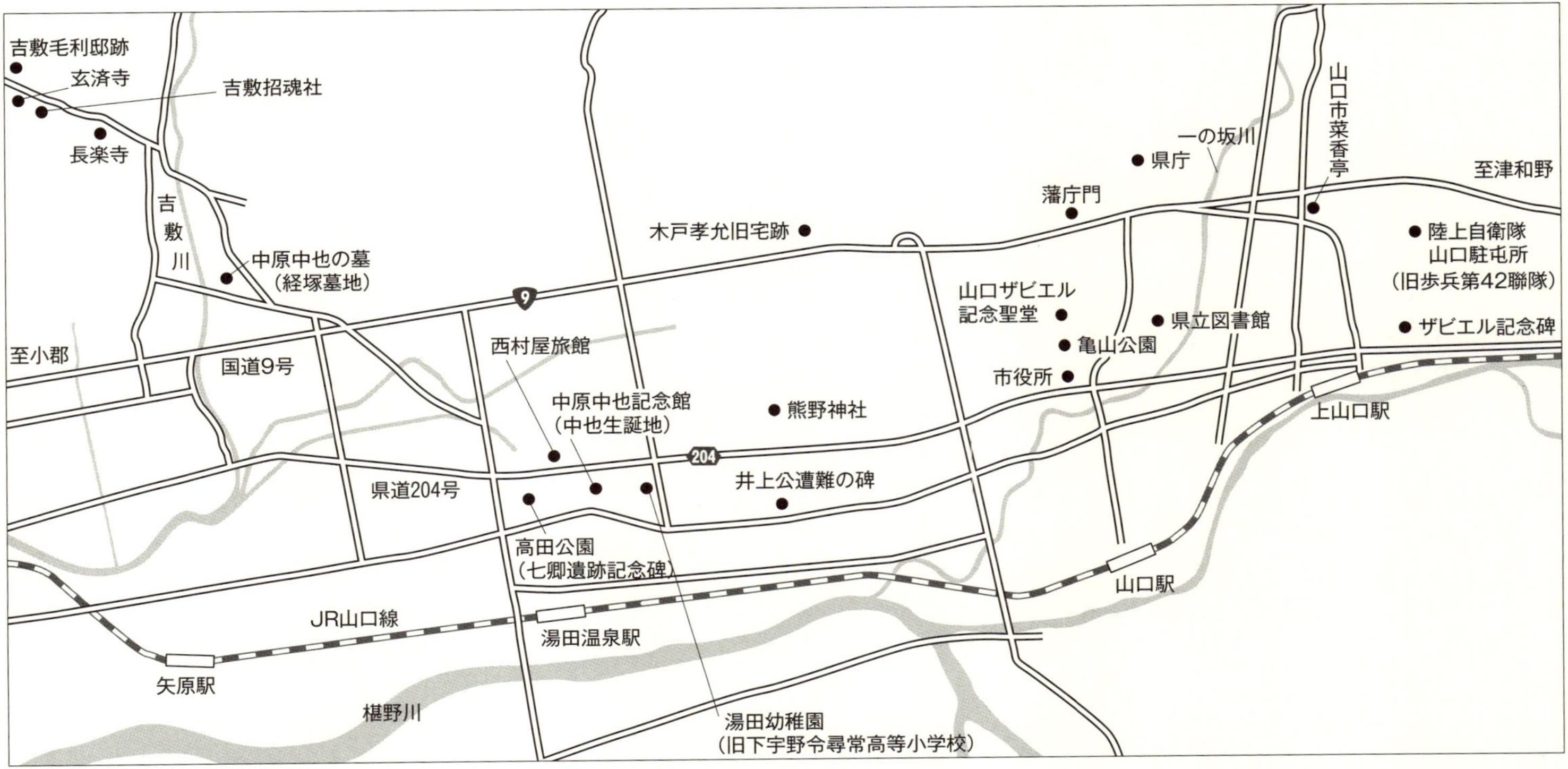

山口市内の中原中也ゆかりの場所

はじめに

中原中也という詩人に興味を覚えたのはギターに凝っていた高校時代だった。ようやくコードが弾けるようになり、遊び半分で自作の詩に曲をつけていたが物足りなくなり、中也の詩にギターでメロディーを乗せて歌いはじめたときである。中也の詩は「宿酔」の〈千の天使が／バスケットボールする。〉とか、「盲目の秋」の〈私の聖母《サンタ・マリア》！〉とか、とかくキリスト教的な匂いが感じられたが、同時に、「サーカス」の〈ゆあーん、ゆよーん、ゆやゆよん〉にしろ、「曇天」の〈黒い　旗が　はためくを　見た〉にしろ、奇抜で不穏な音が耳に残り、賛美歌というより演歌的マイナーコードがよく合った。私は中也が若干三〇歳で精神を病んで死んだことを知るに及び、詩人というものが不幸な存在だと同情したが、文学不在といわれた山口県から、どうして群を抜く天才詩人が現れたのか、その理由は長い間わからなかった。

中也の家が明治維新で活躍した長州藩士の一派、吉敷毛利〔＊1〕の家臣だったことを知ったのは、ずっと後で、そのときダダイスト詩人・高橋新吉が、「長州人である事を除外して、彼を論ずるわけにはいかない」（「春風匝地」『新編中原中也全集　別巻（下）』）と語っていたのを見て、中也の天才を理解した。高橋のいう「長州人」とは、伊藤博文、山県有朋、桂太郎、寺内正毅《てらうちまさたけ》、田中義一たちが総理大臣に君臨したことに由来する長州閥を揶揄すると共に、萩の変〔＊2〕の前原一誠や虎ノ門事件〔＊3〕の難波大助、マルキストの河上肇や日本共産党の野坂参三、さらに二・二六事件〔＊4〕で処刑された磯部浅一という山口県の反逆者の系譜まで含んでいたように思えたからだ。

話は横道に逸れるが、長州藩は幕末、明治維新の震源地となった。長州人の維新革命は二六〇年前の関ヶ原の敗北による名誉挽回の側面があり、その激烈な討幕のエネルギーに幕府に圧迫されてきた長州藩内のキリスト教の影を重ねたのは、私が中也の詩を読んでいたからだ。あるいは中也の誕生地が大内氏の時代にフランシスコ・ザビエルが来て以来、キリスト教の影響を受けた土地であることを想起したからでもある。

天文二〇（一五五一）年一一月にザビエルが日本初のクリスマスを行なったのが大道寺で、実にその場所が本書で示したザビエル記念公園。中也の養祖父・中原政熊がビリオン神父に協力して大正一五年一〇月にザビエル記念碑を建立した場所に他ならない。『山口縣史畧』（「長門國之中五」）の寛永一〇（一六三三）年の条に、「切支丹宗ノ徒ヲ檢ス阿武郡福井村、明木村、大津郡井上村、及ヒ吉敷郡山口ニ其徒アリ、索捕シテ火刑ニ處ス」と見えるように、早くも江戸時代初期に隠れキリシタンが吉敷にいたが、それもザビエルの布教の結果だったのであろう。だが、何よりこの土地を治める吉敷毛利家にしてから、初代の秀包《ひでかね》がキリシタンだったし、妻も九州のキリシタン大名・大友宗麟の娘・引地君＝マゼンシアであった。また、息子の元鎮《もとしげ》（二代目）も洗礼を受けてフランシスコを名乗っている（吉敷に居を構えたのは三代目の元包《もとかね》から）。幕府がいかに強烈な禁教令を出し、それを長州藩が厳守したように見えても、長州藩の地下水脈には幕府と反目するキリスト教が脈々と流れていたのではないか。もっといえば江戸期において、吉敷毛利の家臣団の一部は隠れキリシタンとして生きたのではないか。吉敷毛利の菩提寺・玄済寺（曹洞宗）を訪ね、キリシタンの匂いを放つ二体の石地蔵を境内で目にしたときに、そう感じたのである。向かって右が三〇センチ少々の坐像で、左は背中に羽根を持つひと回り小さな立像だったが、初代の秀包と妻マゼンシアを象ったものらしく、立像がマゼンシアで、羽はエンゼルの姿であった（九六頁写真）。このような地に根を張ったのが、中也の祖先を含む吉敷毛利の家臣団で、彼らが幕末に討幕に向けて立ち上がったのではないか。実際、中也の弟の中原思郎は、関ヶ原で豊臣方に味方した吉敷毛利家はキリシタンであった「初代秀包公の御意志を継ぐ」をスローガンに幕府と戦ったと『兄中原中也と祖先たち』で語っている。そして明治になってから、彼らの中から沢山保羅が大阪で梅花女学校を開校し、成瀬仁蔵が日本で最初の女子大学を創立し、中也の親戚である服部章蔵が梅光女学院大学の前身（光城女学校）を設立した（『吉敷村史』）。維新後にキリスト教が解禁されると、吉敷毛利の家臣団たちが日本の近代化をリードするキリスト教者として華々しく歴史の表舞台に登場するわけだが、その現実とキリスト教的色彩を帯びた中也の詩は同根同質に見える。

「尊皇攘夷」を合言葉にした明治維新で、キリスト教を革命の推進力と見た史家はほとんどいないが、キリスト教側の資料『近代日本の形成とキリスト教』は、知識層の士族階級がキリスト教精神を学び、幕藩体制の基礎を支えていた身分制度を打破する動きが維新運動の側面にあったと主張する。キリスト教が維新革命に関与した姿が見えにくいのは、漢訳されて中国経由で輸入された耶蘇《ヤソ》教思想が、儒教の一派である革命主義の陽明学に酷似していたからだろう。内村鑑三も『代表的日本人』で、高杉晋作が長崎で聖書にはじめて接したとき、「これは陽明学にそっくりだ」といった逸話を紹介しているし、井上哲次郎が『日本陽明学派之哲学』で陽明学の祖と呼ばれる中江藤樹の思想についてキリスト教と陽明学の同一性を指摘している。明治になって名を馳せた内村鑑三と新渡戸稲造も、やはり陽明学を通じてキリスト教者になっている（『近代日本の陽明学』）。

余談ながら、私の父方の祖母の家もキリスト教に彩られた徳山毛利の貧乏侍だった。曽祖父は古くからの耶蘇教徒で、明治になって中也の親戚である服部章蔵に洗礼を受けた。曽祖父の父という人も徳山で隠れキリシタンの噂があり、このようなキリスト教一色の家に明治維新後、萩の椿八幡宮大宮司家・青山清（のちに靖国神社初代宮司）の孫娘二人が嫁入りしてきたのも奇縁であった。青山清は高杉晋作や伊藤博文らと行動した長州勤皇派の神官で、そのとき一緒に動いたひとりに服部章蔵の父で儒学者の服部良輔（服部傳巌《ふがん》）がいた（『白石正一郎日記』）。つまり私が言いたいのは、中也の家に限らず明治維新を経験した長州藩士の家には、ザビエル以来のキリスト教と陽明学が結びつき、それが神道や仏教と共存する形で討幕思想の根っこに横たわっていたのではないか、ということなのだ。文学分野の研究者たちが指摘する中也作品におけるキリスト教と仏教、禅、神道的なものの矛盾や葛藤（西欧と東洋の相克といってよい問題）は、長州人にとって必ずしも対峙的ではなく、むしろその混濁と連帯こそが明治維新を断行した尊皇アナキズムの本質であったという気がする。実際、中也は亡くなる直前に「二つの神を同時に信じること」という不思議な言葉を残していた。それはキリスト教と神道・仏教・禅という東洋的美意識と宗教観、言い換えればキリストと「もののあはれ」の二者を示していたのではないか。そしてこうした視点から中也の作品を読み直すとき、彼の詩に付きまとうキリスト教の影が吉敷毛利の家臣団の幻影に重なると同時に、「尊皇攘夷」をスローガンにして近代日本を用意しながら新時代に報いられなかった中也の祖先たちの姿と、その後の彼自身の悲運が輪郭を露にする。その意味で、本書は中也の評伝の形をとっているが文学論ではない。吉敷毛利家臣の末裔に生まれた中原中也の詩を通して語られる「もうひとつの維新精神史」であり、それにつづく「もうひとつの日本近代史」である。

〔＊1〕関ヶ原の戦いで徳川方（東軍）に敗れたことで中国八カ国（一一二万石）から防長二州（二九万八〇〇〇余石）に押し込められて以来（『幕末の長州』）、毛利家は指月城のあった萩本藩を中心に長府毛利（八万三〇一一石）、徳山毛利（四万一〇石）、清末毛利（一万石）、岩国吉川家（六万一石）の四支藩を置き、須佐益田家と宇部福原家を準一門の永代家老とした。さらに三丘宍戸家、右田毛利家、厚狭毛利家、吉敷毛利家、阿川毛利家、大野毛利家の一門六家を配し、政治と軍備を固めた（『近世防長諸家系図綜覧』）。

〔＊2〕明治九年一〇月に萩で勃発した旧士族の反乱。首謀者は吉田松陰門下で、明治維新において活躍した前原一誠だった。熊本の神風連の変、福岡の秋月の変と呼応したが、新政府軍による鎮圧後は翌明治一〇年の西南戦争に引き継がれた。

〔＊3〕大正一二年一二月に赤坂の虎ノ門で起きた皇太子（のちの昭和天皇）狙撃事件。犯人の難波大助は熊毛郡周防村出身。祖先は藩主毛利輝元に仕えた武将で、曽祖父は幕末の勤皇家・難波覃庵《たんあん》。事件当時、父の難波作之進は代議士（衆議院議員）だった。

〔＊4〕昭和一一年二月二六日の未明に、陸軍の青年将校たちが「昭和維新の断行」などを叫んで決起した事件。約一四〇〇人の部隊を率いて大蔵大臣、内大臣、教育総監ら英米派の政府首脳陣を次々と殺害。決起将校のリーダーの一人だった磯部浅一は大津郡菱海村の出身。旧油谷町（現、長門市）の河原浦には、磯部を記念した碑「いそべの杜」が建っている。

中原中也と維新の影

此の世の中から、物のあはれを除いたら、あとはもう、意味もない退屈、従つて憔慮しかない。

（日記　昭和九年）

I
部

大正10年ごろ、弟たちと（前列左から、呉郎、思郎、恰三。後列左から、中也、拾郎）〔中原中也記念館蔵〕

第一章　詩人の背景（幼少時代）

幼時より、私は色んなことを考へた。
けれどもそれは私自身をだけ養つたことで、
それが他人《ヒト》にとつては何にもならないことを今知つてる。
あゝ、歌がある、歌がある！

（日記　昭和二年四月二九日）

青い空は動かない

平成一九（二〇〇七）年、山口県に住む私は二人の著名人の生誕一〇〇年記念行事に遭遇した。一人は周防大島出身の民俗学者・宮本常一で、もう一人が山口市湯田出身の詩人・中原中也だった。中也と宮本常一が同年齢だったことに改めて興味を覚えた私は、明治四〇年生まれを『現代日本　朝日人物事典』と『二〇世紀全記録』で調べると、ざっと以下の一六名が登場した（（　）内は活躍分野と生誕地）。

一月生れ＝蘆原英了《あしはらえいりょう》（音楽・舞踏評論家、滋賀県）、山岡荘八（小説家、新潟県）、湯川秀樹（理論物理学者、和歌山県）、火野葦平（小説家、福岡県）／二月生れ＝亀井勝一郎（文芸評論家、北海道）、高見順（小説家、福井県）／三月生れ＝三木武夫（政治家、徳島県）／四月生れ＝山本健吉（文芸評論家、長崎県）、中原中也（詩人、山口県）／五月生れ＝井上靖（小説家、北海道）／七月生れ＝清水幾太郎（社会学者、東京都）／八月生れ＝宮本常一（民俗学者、山口県）、淡谷のり子（歌手、青森県）／九月生れ＝東野英治郎（俳優、群馬県）／一〇月生れ＝服部良一（作曲家、大阪府）、平野謙（評論家、京都府）。

　坪内祐三は『慶応三年生まれ七人の旋毛曲り』で作家の当たり年に着目し、慶応三年（一八六七）生まれの七名（夏目漱石、正岡子規、宮武外骨、南方熊楠、幸田露伴、尾崎紅葉、斉藤緑雨）を俎上にのせ、「同い年の人びとが、それぞれに付き合いを交わしながら、時代の空気に影響を受けつつ、その世代に特有の面白い仕事を残してゆく」というユニークな作家論を書いたが、前掲の明治四〇年生まれについても同じことがいえるのではないか。ちなみに『慶応三年生まれ七人の旋毛曲り』は日清戦争直前（明治二七年）で唐突に終わり、その理由を、「本当に面白いのは明治二十年代半ばまで」とし、「それ以後は時代が妙に落ち着いてしまう」と坪内は語っている。有馬学が『日本の近代4「国際化」の中の帝国日本』で、「〈明治の御世《みよ》〉がそれなりに板についてきた時代」とする時期を、坪内はそういったのだ。そして、「時代が妙に落ち着いて」、あるいは「板について」から一〇年以上が過ぎて中也は生まれるが、その年が再び著名人の「当たり年」になる。

　そんな明治四〇年について、一月生まれの蘆原英了が『私の半自叙伝』で、「私の生まれた年、一九〇七年生まれから日本人は変わってきた」と語っている。彼は明治四〇年以後に生れた人たちを「日露戦争の戦後派」とし、「典型的なサムライ」気質があった戦前派と決定的に違うという。戦後派は「恐ろしいと思っていた白人と戦って勝ち、がしんしょうたんの甲斐あってほっと気がゆるんだ時に生産された子供たち」で、「戦前派に較べてシマリがない。女に甘い。いい気である」人たちであったらしい。

　中也は山口中学を落第して京都に出ると女優志望の長谷川泰子と同棲したばかりか、定職にも就かず湯田の実家（中原医院）からの仕送りで酒を飲み、詩を作って遊び暮らした正真正銘の「ジャラジャラ型」だった。そこで彼の誕生直前を眺めると、明治三九年二月に堺利彦たちが日本社会党を結成していた。五月に北一輝が『国体論及び純正社会主義』を出版（翌六月に発禁）し、六月に幸徳秋水がアメリカから帰国。一一月に国策会社の南満洲鉄道株式会社が創立されるといった具合である。坪内祐三は『「近代日本文学」の誕生』で、「明治三九年が、つまり新人作家夏目漱石が代表作を次々と発表し、島崎藤村の『破戒』が刊行されたこの年こそが、真の意味での〈日本文学〉誕生の年」と述べている。それは文学においても日露戦争前とは違った空気が流れはじめていたことを示すものだ。一方、海外に目を転じると、三月にカリフォルニア州議会で日本人移民制限に関する両院共同議決案が通過し、アメリカを中心にした排日運動に拍車がかる。

そこで問題の明治四〇年に突入するが、この年は前年にも増した波瀾ずくめとなる。年明け早々の一月に東京や大阪で株価が暴落。日露戦争後の恐慌が起こり、二月に足尾銅山（栃木県）で採鉱夫たちが暴動を起こす。七月に韓国皇帝高宗《こじょん》が退位し、日韓協約（第三次）が結ばれ、日韓併合に向けた準備が進む。そして一〇月、ニューヨークで株価が暴落。一二月に日露戦争に勝利した日本を威嚇するため、アメリカ海軍が一六隻の新型戦艦を連ねて世界一周のデモンストレーションを行う。そんなゴタゴタつづきの明治四〇年を思い浮かべながら、中也の生誕一〇〇年を迎えた平成一九年の夏の昼下がりに、私は彼の生誕跡地に建つ中原中也記念館の前庭の巨木を眺めていた。すると警備のオジサンが歩いてきて、「中也さんが子どものころからあったイブキです」と教えてくれた。また、根元にあった「中原中也生誕之地」と刻まれた石碑を指差し、「ここで中也さんのオジイサンの政熊さんが中原医院〔＊〕を開いていました」とも。

中原中也記念館前のイブキと生誕碑

見上げるとイブキの上空に青空が広がっていた。〈青い

空は動かない、／雲片《ぎれ》一つあるでない。／夏の真昼の静かには／タールの光も清くなる〉ではじまる「夏の日の歌」の詩そのままの青空に見えた。中也もこの空の下にあった中原医院で明治四〇年四月二九日に生まれたのだと納得したとき、彼の誕生日が「昭和の日」だったことに気がついた。昭和天皇（東宮裕仁《ひろひと》親王は明治三四年生まれで中也より六歳上）と同じ誕生日だったのである。おそらく子供のころから、あるいは御大典が行われた昭和三年一一月以降は殊更、自らの誕生日を特別な日として意識したのではあるまいか。御大典以後は四月二九日が天長節となるからだ。

中也が生まれたとき、父謙助は湯田に不在だった。日露戦争後の後始末のため歩兵第五十三聯隊付の軍医として旅順へ渡っていたからである。「シマリがない。女に甘い。いい気である」という「ジャラジャラ型」の中也だが、母フクが『私の上に降る雪は』で語るところでは、「生まれる前から、もてはやされて、生まれてきた子供」だった。

中原医院を経営していた養祖父の政熊が、結婚七年目に生まれた初孫の誕生に有頂天になり、「奇跡の子」と呼んだ逸話まで残っている。中也誕生の翌日（明治四〇年四月三〇日）の『防長新聞』には政熊が下宇野令村の村会議員当選者の一人として名前が挙がっているので、中原家は二つの慶事が重なる喜びの中にあったようだ。中也が詩「生ひ立ちの歌」で「幼年時」と見出しをつけ、〈**私の上に降る雪は／真綿のやうでありました**〉と書いたのも、「奇跡の子」として温かく迎えられたからに他なるまい。

このように明治維新を成し遂げた吉敷毛利家臣・中原家の待望の跡取り息子が維新から四〇年後に生まれたわけだが、明治天皇の孫と同じ誕生日を与えられた中也に、明治天皇を担ぎ上げて維新革命を行った祖先たちの姿を家族は重ねたに違いない。イブキの巨木を眺めながら、「奇跡の子」という言葉に、私は特別な匂いを感じたのである。

〔＊〕政熊の時代は「湯田医院」と呼ばれていたが（異説もあり）、本書では混乱を避けるため「中原医院」の表記で統一する。

薄命さうなピエロ

中也の生れたときの名は「柏村中也」。父の名が柏村謙助だったからであるが、不思議なことに中也の父は、小林謙助─野村謙助─柏村謙助─中原謙助と生涯三度も姓を変えていた。つまり柏村姓は三度目の苗字で、私はそのことを怪訝に感じた。

名前の「中也」の方は、謙助の同僚だった軍医の中村緑野《りょくや》がつけていた。母フクは、「〈中村緑野〉のはじまりの〈中〉」と、おわりの〈野〉からとったんでしょう」と語る〔*〕。中村緑野は中也と同じ年の蘆原英了の母（喜久）の妹（康子）婿なので、英了からいえば叔父になる人だ。のちに戦争画で有名になる藤田嗣治《つぐはる》（レオナルド・フジタ）画伯も母（喜久）の弟である。

それにしても中也の父謙助は、どうして三度も姓を変えたのか。

謙助が生まれたのは明治九（一八七六）年六月。宇部市厚東《ことう》棚井《たない》中《なか》の農家である小林八九郎・フデ夫妻の二男だった。厚東の棚井中は、中也の生まれた山口市湯田から約三〇キロ南西の厚東川流域で、中世の豪族・厚東氏が栄えた地である。かつては厚東氏の居館「御東館《おひがしやかた》」があり、戦《いくさ》になると厚東氏が「御東館」から厚東川をはさんで前方に見える霜降山《しもふりやま》に登り、戦闘に備えた。私は近くの末信《すえのぶ》に住む小林治さん（昭和六年生まれ）に案内してもらい、いま上田泰成さんという人が住んでいる家が、もとの小林家であったことを教えてもらった。つまりそこが謙助の生まれた場所で、道路をはさんだ斜向かいに、謙助が最初に養子に入った野村家も残っていた。

謙助の野村家入りは明治一八年、彼が棚井小学校に通っていたときだった。その年、謙助の父・小林八九郎が妻フデを追い出し、都濃郡櫛ヶ浜（現、周南市）の浜田万介の三女スミと新たな家庭を築いたからだ。フデが八九郎の姉の婚家である野村家に入籍したのは、その結果である。謙助は小学校の担任から、突然、野村謙助と名前が変わったことを告げられ泣いたという。

謙助の不遇な生い立ちは、小林家にまつわる不穏な噂として棚井に残っていた。家庭を捨てた八九郎の父、つまり謙助の祖父になる仙千代が、この地で農民一揆を企て、萩の牢獄に入れられていたのである。仙千代は中也からいって、父方の曽祖父になる。

小林秀雄は、「中原中也の思い出」（『考えるヒント4』）で、「中原の中には、実に深い悲しみがあって、それは彼自身の手にも余るものであった」と語る。「言い様のない悲しみが果しなく」あり、「それが彼の本質的な抒情詩の全骨格をなす」というのだ。

中也は詩「幻影」で、**〈私の頭の中には、いつの頃からか、／薄命さうなピエロがひとり棲んでゐて、／それは、紗《しゃ》の服かなんかを着込んで、／そして、月光を浴びてゐるのでした。（後略）〉**と告白している。中也の中で蠢いていた「薄命さうなピエロ」は仙千代の亡霊だったのではないか。それにしても、なぜ「月光を浴びてゐる」のか。中也が月をモチーフにした詩を多く作ったのは、この「薄命さうなピエロ」のせいかもしれない。そして「薄命さうなピエロ」を謙助は三度の改姓の末に押さえつけたが、中也の中で息を吹き返したようにも見える。

謙助が吉敷毛利家臣の中原政熊の婿養子として迎えられたのは、単に軍医だったからだ。中原医院を開業していた政熊と妻コマに子どもがいなかったため、政熊の兄助之の娘フクを養女にし、家業を継がせる目的で謙助を明治三三年に婿入りさせた結果である。正式な見合いでもなければ恋愛結婚でもなく、骨董を趣味にしていた政熊が「流浪の骨董屋」に紹介された成り行きの縁組だったため、中原家は後になって戸籍上の問題で慌てることになったという（『兄中原中也と祖先たち』）。

一方、吉敷毛利代々の家臣であった中原家の初代は、毛利元就家臣である中原善兵衛《ぜんびょうえ》就久《なりひさ》で、その直系が中原家本家と呼ばれる本宗中原家だった。以来、下殿中原家、田中中原家、萩中原家、新家中原家と四つに分家したことで中原五族と称されるが、中也の家は宝暦年間（一七五一～一七六三）に一番新しく分家した新家中原家である（中也は八代目）。

このように士分の出自を持つ中也の母フクに対し、父謙助の出自が百姓であっただけでなく、謙助の祖父仙千代が家系に暗い影を落としていた。謙助がフクの実家である新家中原家と対等な地位を得るための苦労が並大抵でなかったことは、彼が中原姓を名乗ることができたのが入家から一五年目の大正四年一〇月、中也が八歳になったときだったことが何より明確に示していた。

謙助が中原姓を得て六年後の大正一〇年五月、カトリック信者だった中原政熊が亡くなる。謙助は翌大正一一年の一周忌にカトリック墓地（山口市三和町にあった）に立派な墓を建てた。現在、吉敷川左岸の中原家累代之墓のある経塚墓地に移転されている「十」字の刻まれた墓が、それである。そして政熊の死から二ヵ月後に実父の小林八九郎が他界した（大正一〇年七月三〇日に七八歳で呉市において没）。このとき謙助は人目をはばかるような小さな墓を棚井の浄名寺の墓地に建てたに過ぎない。しかも中原家には内緒で。謙助は仮面の一生を送ったのか。中也には「嘘つきに」という詩がある。

〈私はもう、嘘をつく心には倦《あ》きはてた。／なんにも慈《いつく》しむことがなく、うすつぺらな心をもち、／そのくせビクビクしながら、面白半分ばかりして、／それにまことしやかな理屈をつける。〔後略〕〉

〔＊〕中也の名の由来として大岡昇平は孔子の孫、子思《しし》の作とされる「中庸」の巻の一による可能性も指摘している（「中也という名」『大岡昇平全集一八』）。

ホラホラ、これが僕の骨

私が住む宇部市街から北へ約一五キロのところに、旧楠町《くすのきちょう》万倉《まぐら》（現在は宇部市に合併）に属す椋並という地がある。神代の昔、神功《じんぐう》皇后が三韓征伐に際して造船用の楠の巨木を求めた場所で、その楠があまりに巨大だったので周辺が真っ暗となり「万倉《まぐら》」の字を充てたという地名由来がある山の中だ。幕末の禁門の変〔＊〕に敗れて切腹した国司信濃《くにししなの》が、この土地出身だったことで明治維新のときも騒動の舞台となった場所であるが、実に中也の父・謙助が吉敷毛利家臣出身のフクとの結婚に際して平民の野村姓を消すために養子入りした先も、椋並にあった国司家の家臣・柏村家だったのである。

私は田んぼのあぜ道を歩き、地元民が「ヒビノキ」と呼ぶ山裾まで進むと、石垣と土壁の一部を残す柏村家の残骸を見た。また、船木ふれあいセンターに『柏村基著《もとあき》一代記』（柏村家文書）が保存されており、謙助がフクと結婚した翌年（明治三四年）に謙助が九代目の柏村基著の養子に入っていたことも、そこで知った。基著は天保五（一八三四）年生まれなので、謙助が養子入りした明治三四（一九〇一）年は六七歳。もっとも明治三〇年で一代記が終わるので、中也の弟思郎は、謙助が養子入りした当時の情況は不明瞭だが、ともあれ、このとき謙助は目的を達したのであろう。中也の弟思郎は、「平民野村謙助は士族柏村謙助となり、士族としても中原家より遥かに格式の高い身分をえた」と断言している。実際、柏村家に入ってから四年後の明治三七年一二月に、謙助は一等軍医（大尉）に昇進し、名実共に中原家に負い目のない立場を得た。それは謙助の単純な家柄へのコンプレックスという類のものではない。

謙助の父・小林八九郎のことは『近代防長人物誌』にも、「祖宗の遺産は實父之を蕩盡せり」と記されているが、前述のとおり彼は妻子を捨てて小林家から消えた人物で、田舎では、こういう話はいつまでも尾を引くものだ。それも先代の仙千代にはじまる小林家の凋落の表れの一つであったことはいうまでもなく、謙助が野村姓に変わったのも、その結果だった。この事実を知ったとき思い出したのが、〈**ホラホラ、これが僕の骨だ、／生きてゐた時の苦労にみちた／あのけがらはしい肉を破って、／しらじらと雨に洗はれ／ヌックと出た、骨の尖《さき》。**〉ではじまる中也の「骨」という詩である。主語である「僕」とは中也であり、父謙助であり、八九郎や、さらにさかのぼる仙千代ではないのか。面白いことに、つづくフレーズは霊魂の存在が詠まれていた。

〈**ホラホラ、これが僕の骨—、／見てゐるのは僕？ 可笑しなことだ。／霊魂はあとに残つて、／また骨の処にやつて来て、／見てゐるのかしら？**〉

これも中也が自分の骨を「見てゐる」ように、謙助や八九郎が自分の骨を「見てゐる」のであり、さらに仙千代が自らの骨を「見てゐる」のではないか。つづいて、〈**故郷《ふるさと》の小川のへりに、／半ばは枯れた草に立つて、／見てゐるのは、―僕？・**〉とあるのも、中原家近くの吉敷川の風景にも見えるが、小林家のあった厚東川流域の棚井の風景とも重なる。つまり「僕」に付けられた「？・」があることで、全てが三重写し、四重写しという錯覚にとらわれる詩が「骨」なのだ。

なるほど、謙助が柏村家の養子になったことでようやく消し去った血が、中也の中で蘇ったとすれば、彼の詩に漂う典雅で柔らかなリズムの奥に潜む怒りと悲しみと絶望は、父方の血の影に他なるまい。その明るさと暗さが詩人の内部で干渉し、幻想的で霊性に満ちた詩を作り上げたとでもいうのか。このことは大岡昇平が「中原中也伝―揺籃」（『中原中也』）で紹介した、「弟呉郎君の解釈によれば、中也の性格は、農から出て立志した父の〈荒い血〉と、封建の臣として淘汰された母方の〈静かな血〉の混淆《こんこう》から成るものである」という言葉とも一致する。ともあれ、その〈荒い血〉と〈静かな血〉の交差点が万倉の柏村家にあったことだけは確かであろう。

〔＊〕会津藩・薩摩藩により長州尊攘派（正義派）に与する公家を文久三（一八六三）年京都から追い出したことで（八・一八政変）、その勢力挽回をもくろんだ長州藩が翌元治元（一八六四）年七月に会津藩・薩摩藩が占拠していた皇居に兵を進めた事件。しかし長州藩は勢力挽回に失敗し、蛤御門に大砲を放ったことで朝敵の汚名を着せられ、幕府の処分の対象となった。このことで長州藩は福原越後、益田右衛門介、国司信濃の三家老に責任を負わせる形で切腹させ、幕府側に恭順の姿勢を示して急場をしのいだ（第一次長州征討）。禁門の変は、別名、蛤御門の変とも呼ばれる。

亡びたる過去のすべてに涙湧く

中原家の墓は湯田温泉街から一、二キロほど山手に入った吉敷川の左岸にあり、新旧大小さまざまの墓石が乱立する場所として経塚墓地とよばれている。周囲はかつて田んぼだったが、今は住宅地の只中で、吉敷川も昔は川原に小石が散らばっていたが、今は雑草で覆われている。中也はこの川と経塚墓地をモチーフに、〈**秋の夜は、はるかの彼方に、／小石ばかりの、河原があつて、／それに陽は、さらさらと／さらさらと射してゐるのでありま**

経塚墓地の「中原家累代之墓」（前）と「中原政熊夫婦墓」（後）

吉敷川（右手に経塚墓地が見える）

した。〉ではじまる詩「一つのメルヘン」〈昭和一一年秋ころ制作〉を書いているが、この地に立つと、「さらさらと射してゐる」陽光が、中也の祖先の霊魂を照らしていることがよくわかる。そもそも経塚墓地という名称自体が、本宗中原家の三代目・中原文右衛門勝五郎が亡くなったときに建てた経塚に由来していた。

　この中原家ゆかりの経塚墓地に中也の家の墓が前後に二基並んでいる。前が「中原家累代之墓」で、うしろが「中原政熊夫婦墓」。それぞれ自然石で、いずれの墓碑銘も中也が県立山口中学校の二年生の夏休みに〈大正一〇年、一四歳のとき〉、父謙助に命じられて書いたものだった。当時、小学二年生だった弟の思郎が思い出を語る。「障子も襖もとりのけられた三間《ま》つづきの中の間に、大きな紙が数枚並べられた。夕食後、父・母・実祖母〈＊〉・四人の弟たちに囲まれて、中也は一枚の紙の前に立ち、大きく足を開いて深呼吸をした。〈略〉中也は、一枚、一枚、一枚、書きあげていく。一枚、一枚、不満らしい。最後の一枚を残してしばらく休んだ。最後の一枚は、半ば敷居にかかっていて全体に波ができていた。母がその紙を平らな場所に移そうとしたら、中也は〈そのまま〉といって、何か決意をしたような顔になり、早い勢いで一気に筆を走らせた。書き了え、立ち上がり、ほとんど見直しもせず、〈風呂に行ってくる〉といって外に出た」

　武家でありながらキリスト教が混在する中原家の雰囲気は、後ろの「中原政熊夫婦墓」に刻まれた「十」字がよく表している。政熊夫婦とは中也からいえば養祖父の政態と養祖母のコマで、二人とも熱心なカトリック信者だった。すでに述べたように、この墓はカトリック墓地にあったのを経塚墓地に移転したものだ。

そこで改めて「一つのメルヘン」を見ると、河原の小石の上に一つの蝶がとまり、その蝶が見えなくなると、水が流れてなかった川床に、〈**さらさらと、さらさらと流れてゐるのでありました……**〉とつづくのである。幻想的な蝶は新家中原家の栄華を教えるため、彼岸から飛んで来たメッセンジャーにも見えるが、同じ吉敷川の経塚墓地近辺の風景をテーマにしながら、昭和八年八月一四日に制作した詩「蟬」（第七章「今年は夏が嬉しいです」）では、倦怠感が前面に打ち出されている。

〈前略〉**それは中国のとある田舎の、水無河原《みずなしがはら》といふ／雨の日のほか水のない／伝説付の川のほとり／藪陰《やぶかげ》の砂土帯の小さな墓場、／—そこにも蟬は鳴いてゐるだろ／チラチラ夕日も射してゐるだろ……**〈後略〉

さらに昭和四年九月ごろ制作された詩「心象」は、必ずしも経塚墓地ではないにしろ、吉敷毛利家臣の滅びの影が浮びあがる。いや、この詩も結局は経塚墓地に重なるのだろう。

〈前略〉**亡びたる過去のすべてに／涙湧く。／城の塀乾きたり／風の吹く／／草靡《なび》く／丘を越え、／野を渉《わた》り／憩《いこ》ひなき／白き天使のみえ来ずや／／あはれわれ死なんと欲す、／あはれわれ生きむと欲す／あはれわれ、亡びたる過去のすべてに／／涙湧く。／み空の方より、／風の吹く**〉

昭和九年一〇月に文也が生まれたときに作った詩「月下の告白」もまた経塚墓地の風景をモチーフにしているが、そこに浮かび上がるのは明治維新以後、消えゆく存在となった新家中原家の幻影ではないのか。

このように「心象」、「蟬」、「一つのメルヘン」、「月下の告白」は、いずれも経塚墓地にまつわる風景を歌っているが、あるときは幻想的で美しく、別のときは倦怠感が漂い、さらには怨嗟に似た言葉がつづく。万華鏡のようなこの光と影の移ろいこそが、明治維新の動乱を経験した中也の家の波乱万丈そのものだったのであろう。

〔＊〕「実祖母」は吉敷毛利家臣の剣術家・小野勝治・ヌイ夫妻の次女スヱのことで、新家中原家五代目の中原助之に嫁した。本来なら中也の実祖父・中原助之が新家中原家を継ぐところだが、明治三年に上京したことで、二男の政熊が吉敷の中原家を継いだ。助之は上京後の明治九年に工部省に就職する（英語が堪能なため通訳や翻訳を務めた）が、明治一九年九月に三七歳のとき横浜で客死した。このため六代目となった政熊とコマ夫妻に子供ができなかったことで、助之とスエの娘フクを政熊夫婦の養女にし、フクに厚東の小林家から謙助を婿養子に迎える。そのスエから中也は子供のころに、彼女の姉タダの婿養子・小野虎之丞が幕末の四境戦争で勇ましく死んだ話をよく聞かされた。小野虎之丞は吉敷毛利のキリシタン武家・片山四郎右衛門の次男で、中也からいえば大伯父だった。なお、『海の旅路　中也・山頭火のこと他』によれば、明治三年における中原助之の上京の理由は、明治二年の版籍奉還で家禄が二六石四斗一升五号から四石三斗九升に減ぜられたことで、英語を学び、学問で身を立てる目的があったからとしている。

神社の鳥居が光をうけて

中原家の墓（経塚墓地）がある吉敷川沿いの細い道を上流に歩き、良城橋を渡って龍蔵寺《りゅうぞうじ》方面に進むと、良城小学校のすぐ西に吉敷招魂社がある。そこが四境戦争〔＊1〕で戦死した中也の大伯父・小野虎之丞が祀られている場所だった。そして道路を隔てて「山口よしき病院」の建つ所が、かつての吉敷毛利邸〔＊2〕で、招魂社の奥が吉敷毛利家の菩提寺である曹洞宗の玄済寺である。

森のような招魂社の入口には石鳥居が建ち、傍らの説明板に、「慶応二年吉敷毛利十三代の毛利元潔《もときよ》が幕末の戦役に戦没した家臣のために建立した」と記されていた。以来、萩の変や西南戦争、日清日露の戦死者が合祀されたらしい。

鳥居をくぐり、一段高くなった境内に上って一三柱の忠魂碑を見つけた。四境戦争で亡くなった良城隊士たちの墓碑で、向って右から六番目に「五番銃隊指令士　小野虎之丞藤原資虎霊神」と刻まれていた。小野虎之丞は明治二一（一八八八）年に靖国神社に合祀されているので（『靖国神社霊璽中山口県人名簿』）、幕末維新の政争の中で生まれた国事殉難者の官軍側の戦没者の招魂祭の延長に、東京九段の靖国神社が出来たことがわかる。

小野虎之丞は中也の祖母スエの姉タダの婿養子として小野家に入っているが、彼の実家の片山家は吉敷毛利家

四境戦争で戦死した中也の大伯父・小野虎之丞が祀られる吉敷招魂社

吉敷招魂社境内の小野虎之丞の忠魂碑（左端）

初代毛利秀包《ひでかね》に随伴して久留米から長門に入ったキリシタン武家だった。キリシタンに出自を持つ人物の墓碑が、神社形式の招魂場にクサビのように打ち込まれているのは奇異だが、旧藩時代からキリスト教の影響を受けた吉敷の地ではさほど不自然ではない。中也の家である新家中原家には小笠原流の書物が数多く所蔵され、中には十字や九字を切って呪文を唱える隠れキリシタンの匂いのするものまで含まれているし、三代目の中原新次郎もキリシタンだったという逸話まであった。何より吉敷毛利家そのものが初代からキリシタンで、このような文化の上に、同じ吉敷毛利家臣から明治になってキリスト教者の沢山保羅や成瀬仁蔵が登場するのである。

中也は実祖母・スエから小野虎之丞の名誉の戦死を、幼いときに寝物語に聞いた。「資虎《スケトラ》様がお討死なされましたぞ」「雨戸をたたいての大声は注進にちがいない」……。資虎は小野虎之丞藤原資虎という諱《いみな》である。スエは九歳の記憶として、八月夜半に母にたたき起こされ、玄関に正座して兄である小野虎之丞の死の凱旋を待つ話を中也に得々とつづける。「表八畳、仏壇の間にかつぎこまれた兄の胴腹に、ちょうど大砲の弾ほどの穴がポッカリあいていた」

スエは同じ話を中也をはじめ孫たちに繰り返し語り、孫たちはポッカリ穴のところを一番面白がったと中也の弟思郎が『兄中原中也と祖先たち』で明かしている。

小野虎之丞が祀られた吉敷招魂社を、中也は下宇野令尋常高等小学校時代に母フクと訪ねていた。そのときの感想が、「お母さん、やっぱり山口の招魂祭はつまらんね。広島の招魂祭はにぎやかで、よかったけどね」というものだった。フクにとって吉敷招魂社は小野虎之丞をはじめ、四境戦争で活躍した父助之を偲ぶ場所であった。嘉永二（一八四九）年に生まれた父助之も吉敷毛利の家臣として郷校憲章館に学び、服部章蔵や沢山保羅のいた良城隊に加わり、四境戦争に従軍していたからだ。いや、中也の実祖父や大伯父だけではなく、これより前の禁門の変では、曽祖父の小野勝治や、曽祖父（中原周助）の兄・粟屋六蔵なども吉敷隊（良成隊の前身）で活躍していた。つまり吉敷招魂社は、中也の一族が深くかかわった明治維新のメモリアルだったのである。

のちに小林秀雄は、昭和初期の流行にとらわれない明治の匂いを残した反時代的詩を作った中也を高く評価し、「日本人らしい立派な詩を沢山書いた」（「中原中也」『考えるヒント４』）と語ったが、そのことは中也が吉敷毛利の家臣の家に生まれていたことと無関係ではないように見える。詩の中に始終漂う滅びの意識は、明治維新を戦いながら、その後、報いられることのなかった長州士族のそれではないか。中也はのちに京都でダダイズムの洗礼を受けるが、心は常に伝統の中にあった。長州藩士における伝統とは、キリスト教と尊皇攘夷の融合であり、それこそが明治維新をキリスト教で戦った長州藩の尊皇アナキズムをそのまま物語るものだ。

そうであるなら、先祖代々キリスト教の影響を受けていた中也が、後年、〈**神社の鳥居が光をうけて／楡《にれ》の葉が小さく揺すれる。／夏の昼の青々した木蔭は／私の後悔を宥《なだ》めてくれる**〉ではじまる神社をテーマにした詩「木蔭」（昭和四年七月制作）を何の躊躇もなく書けたことは当然である。あるいはキリスト教会に通っていた鎌倉での晩年の生活で、あえて神社を詠み込んだ詩「春日狂想」を書いたのも（第八章「テムポ正しく、握手をしませう）、結局は吉敷毛利家臣としての中原家の伝統を、そのまま表していたことに他なるまい。

〔＊１〕禁門の変の後、高杉晋作が長州尊攘派の名誉挽回のために長府功山寺で奇兵隊を決起し（元治元（一八六四）年一二月）、幕府と前面対決する姿勢を示した。このことで幕府側は翌慶応元（一八六五）年四月に第二次長州征討の命令を出し、慶応二（一八六六）年六月から長州藩の四つの国境（芸州口、石州口、小倉口、大島口）から攻め入る戦いをはじめる。四境戦争は、このときの山口県側からの呼び方。第二次長州征討ともいう。

〔＊２〕「山口よしき病院」の外壁の横に「男爵毛利家旧邸址」の石碑（建立は昭和一三年一二月九日）が残っている。なお、山口県庁の場所にあった居館（山口城）は毛利宗家のもので、分家筋の吉敷毛利の館が「山口よしき病院」の場所にあった。

よるの海にて汽笛鳴る

下関から海底トンネルを抜けて門司に出ると、空はいつも山口県より明るい。山口県の暗さは明治九（一八七六）年の萩の変以来、今日までずっと続いているのではないか。あれは明治維新後に高位高官に上り詰めた長州藩の下級武士と百姓あがりが故郷に残ったサムライたちを粛清した事件で、以来山口県は成上りが幅を利かせる暗い湿気を帯び、その暗さと湿っぽさが今なおつづいている気がする。本当は、山口県は保守県ではない。

中也が母フクと門司に来たのは明治四〇年一一月四日で、生後六ヵ月のときだった。日露戦争後の後始末というべき仕事で歩兵第五十三聯隊附軍医として旅順にいた父謙助に会いに行くため、母子で門司港から船出したのだ。のちに母フクから聞いた話をモチーフに中也は「一つの境涯」というエッセイを書くが、その中に門司港を旅立つとき耳にした汽笛をテーマにした詩が見える。

〈しののめの、／よるの海にて／汽笛鳴る━／／心よ、起きよ／目を覚ませ。／／しののめの、／よるの海にて／汽笛鳴る。〉

明治四〇年は日露戦が終わって二年後だったが、当時の日本に世界ではじめて黄色人種国が白人国を倒したという気概と力強さがみなぎっていたと考えるのは早計である。戦勝にもかかわらず、敗戦国ロシアに対する賠償金請求ができず（ポーツマス条約）、明治三八年九月に民衆の不満が爆発する日比谷焼打ち事件（講和反対国民大会）が起きていたからだ。扇動者は玄洋社（国家主義団体）の頭山満や、彼の弟分で黒龍会（右翼結社）を率いる内田良平たちだった。アメリカのセオドア・ルーズベルト大統領に仲裁してもらった名ばかりの戦勝だったため、主戦論者たちは精神的なよりどころを失い、青年層を中心に不満と虚無感が広がっていた。その現実は明治四二年に夏目漱石が『朝日新聞』に発表した『それから』で主人公に語らせた「日本国中何所を見渡したって、輝いてる断面は一寸四方も無いじゃないか。悉く暗黒だ」という言葉に色濃く反映されていた。

そんな暗い時代に、生後間もない中也は軍医の父謙助に呼び寄せられ、母フクと門司から旅順（現在の中国東北地方）に旅立つのだ。中原医院の養祖父政熊と養祖母コマは、「奇跡の子」である初孫が旅順に行くことを嫌がったが、謙助が強引に押し切った。それにしてもこのとき汽笛を聞いて、「心よ、起きよ／目を覚ませ。」といったのは、だれに対していったのか。明治維新後に祖父たちの活躍ぶりが忘れ去られたことで暗くなった世の中が、不思議にもこのときの汽笛の音に凝縮されているようでもある。中也は、その暗さから、「心よ、起きよ／目を覚ませ。」と叫んだのではないか。

到着した旅順港には、文部省唱歌『広瀬中佐』で知られる広瀬武夫のテーマ、旅順閉塞作戦の痕跡が残っていた。中也は「一つの境涯」でおぼろげな記憶をたどる。

「寒い、乾燥した砂混りの風が吹いてゐる。湾も、港市―その家々も、たゞ一様にドス黒く見えてゐる。沖は、あまりに希薄に見える、其処では何もかもが、たちどころに発散してしまふやうに思はれる。その沖の可なり此方《こちら》と思はれるあたりに、海の中からマストがのぞいてゐる。そのマストは黒い、それも煤煙のやうに黒い、―黒い、黒い、黒い……それこそはあの有名な旅順閉塞隊が、沈めた船のマストなのである」

旅順閉塞作戦は敵艦を旅順港に追い込み、出入口の浅瀬に自ら乗る船を自爆させるか敵に撃沈させるかで沈め、港を塞ぐという極めて危険なものだった。明治三七年二月に行われた第一回目の閉塞作戦で勲功をたてた広瀬中佐は第二回目の閉塞作戦に身を投じるが、このとき乗っていた福井丸が敵艦から魚雷を受けた。兵隊たちはボートに乗り移るが、杉野孫七上等兵曹だけが確認できず、広瀬が艦内を探し回った末にボートに飛び乗ったとき、不運にも戦死を遂げる。このエピソードが唱歌『広瀬中佐』の主題となり、「杉野はいずこ、杉野はいずや」と感動を持って国民に大合唱されるが、子ども時代の中也も、おそらくその暗くて美しい唱歌を声高らかに歌ったはずである。

こうして翌明治四一年一月に父謙助が対岸に大連を見渡す柳樹屯《りゅうじゅとん》に転勤するまで中也は両親と旅順で過ごすが、この間、彼は忠魂碑の下でよく遊んだ。その忠魂碑の鉄製模型（ミニチュア）を父謙助が持っていて、その模型が大好きだった中也は、後年、山口に住むようになってからも、それでよく遊んだという。ところで柳樹屯に移った中也は天然痘に罹り、顔中に疱瘡が広がったそうだ。結局、命に危険があれば酸素吸入をするところまでいったが、どうにか一命をとりとめた。そして八月に山口に戻るまで、両親と共に柳樹屯で過ごすのである。

あゝあの頃はほんによかった

父謙助が山口の歩兵第四十二聯隊付けになったことで、中也もまた明治四一（一九〇八）年八月に柳樹屯から山口に戻った。それから翌明治四二年三月に広島に移転するまでの約半年の間、湯田で過ごす。そのときのことを題材にした詩が「三歳の記憶」だった。

〈椽側に陽があたつてて、／樹脂《きやに》が五彩に眠る時、／柿の木いつぽんある中庭《には》は、／土は枇杷《びわ》いろ　蠅が唸《な》く。／／稚厠《おかは》の上に　抱えられてた、／すると尻から　蛔虫《むし》が下がつた。／その蛔虫《むし》が、稚厠の浅瀬で動くので／動くので、私は吃驚《びつくり》しちまつた／／あゝあ、ほんとに怖かつた／なんだか不思議に怖かつた、／それでわたしはひとしきり／ひと泣き泣いて　やつたんだ。／／あゝ、怖かつた怖かつた／━部屋の中は　ひつそりしてゐて、／隣家《となり》は空に　舞ひ去つてゐた！／隣家《となり》は空に　舞ひ去つてゐた！〉

もっとも本人は「三歳の記憶」というが、実際は二歳未満における湯田の家（中原医院）での記憶である。おそらく後世の記憶も合わさって出来た詩に違いない。

母フクと実祖母スエを伴い中也が広島市上柳町（現、中区橋本町）の家に移住したのは、二歳の誕生日を迎える直前の明治四二年三月。父謙助が広島衛戍病院付けで転勤したためである。そして一〇月に伊藤博文がハルビン駅前で朝鮮人独立運動家の安重根《あんじゅうこん》に暗殺される。

中也の一家が上柳町から一キロも離れてない広島市鉄砲町に再び転居したのは翌明治四三年五月で、八月に日本が朝鮮を併合し、南下を進めるロシアへの対抗策を打ち出す。父謙助が中也を連れて釣りに行き、母フクが招魂祭に連れて行ったのがそのころだった（『私の上に降る雪は』）。

のちの話になるが、中也が山口中学に通っていた大正一一年四月に友人たちと創刊した歌集『末黒野《すぐろの》』〔＊〕の中で、〈**汽車の窓幼き時に遊びたる饒津《にぎつ》神社の遠くなりゆく**〉と広島時代の思い出を詠んでいる。饒津神社は京橋川の畔（広島市東区二葉の里二丁目）に今も残る神社で、中也は、この場所でよく遊んでいた。

広島上柳町の家にて。左から母フク、中也（4歳）、弟亜郎、女中、祖母スエ〔中原中也記念館提供〕

弟亜郎《つぐろう》が生まれたのが明治四三年一〇月。朝鮮総督府が設置され、長州出身の寺内正毅《てらうちまさたけ》が総督に就任したときである。そして年が明けた明治四四年一月に、再び日本中が揺れ動く大事件が起きる。明治天皇の暗殺を企てたという理由で幸徳秋水たち社会主義者が処刑されたのである（大逆事件）。さらに翌二月には天皇家の歴史において北朝と南朝のどちらが正統かを巡る教科書問題「南北朝正閏問題」が起きた。後者の問題は、北朝系の明治天皇自身の勅裁により、なぜか南朝を正統とするという、これまた誰がどう考えても奇怪な結末を迎える。

このような世の中の混沌をよそに明治四四年四月、四歳を迎えた中也がカトリック・ミッション系の広島女学校附属幼稚園（現、広島女学院ゲーンス幼稚園）に入園した。日清戦争で大本営が出来て以来、軍都となった広島だけあり、近くに偕行社（陸軍将校たちを社員とした相互扶助や親睦事業を行う団体）の幼稚園があったが、親の階級が子供に影響することを嫌った母フクがこれに通わせなかった。中也が弁当を持ってミッション系の幼稚園に通ううち、謙助とフクの三男・恰三《こうぞう》が一〇月に生れ、二人の兄になる。

母フクは広島時代の思い出として森鷗外が来たことを『私の上に降る雪は』で語るが、軍医学校で学んでいたときの校長が鷗外だったことで、謙助は鷗外をことのほか尊敬していたそうだ。このため鷗外の広島入りを耳にした謙助は浮き足立って広島駅まで迎えに行き、旅館まで案内するが、応接間に入るなり鷗外は読書に熱中した。それで結局、軍医学校時代の思い出話を切り出せなくなったらしい。

明治天皇が崩御したのは、広島転居から三年が過ぎた明治四五年七月で、九月には乃木希典《のぎまれすけ》・静子夫妻も殉死する。中也の広島時代が終ったのがこのときだ。後年、中也は詩「（僕達の記憶力は鈍いから）」（昭和七年ころ制作）で広島時代を回想し、〈**明治天皇御大葬、あゝあの頃はほんによかった、／僕は生き神様が亡くなられたということはどんなことだか分らなかった。／／号外は盛んに出、僕はそれを受取ると急いで家の中に駆込んだ。**〉と歌った。洋服を着て西洋式に馬にまたがった明治天皇は、キリスト教化された近代的なスメラミコトに他ならなかった。キリスト教で明治維新を戦った中原家にとって、西洋化された明治天皇は一族の象徴でもあったのか。

〔＊〕中也の文学的出発点といえる私家版の合同歌集。現在、確認できているものは平成一五年に山口市在住の詩人・和田健氏が中原中也記念館に寄贈した一冊のみ。

大和武尊《やまとたけるのみこと》の銅像

広島につづく生活の舞台が金沢だった。大正元（一九一二）年九月、歩兵第三十五聯隊附三等軍医正（少佐）になったことで転勤を命じられた父謙助と共に、中也も大正三年三月まで、つまり六歳の終わりまで家族と金沢で過ごす。金沢で住んだ家は野田寺町五丁目（現、金沢市寺町五丁目）。松月寺の向かいで、兼六園から二キロ南西であった。

昭和七（一九三二）年八月、友人の高森文夫との九州旅行を終えた中也は、山口から東京に戻る途中、約二〇年ぶりで金沢に立ち寄る。このときのことを昭和一一年一〇月号『隼』に「金沢の思ひ出」と題して発表し、子供時代を過ごした家を、「大きい松の樹のある家で」、「今は亡き弟と或時叱られて吊り下げられた」と書いた〔＊〕。「今は亡き弟」とは大正四年一月に亡くなった亜郎のことだ。

金沢では広島時代と同様、中也はキリスト教（プロテスタント）系の北陸女学校附属第一幼稚園（現、北陸学院短期大学付属第一幼稚園）に通う。大正二年四月、六歳になるときで、兼六園のすぐ傍にあった幼稚園だったが、雪解け時期になると水かさが増し、恐ろしい様相の犀川を渡って通わなければならなかった。面白いことに、この幼稚園のひとつ上の学年に、のちに詩人となる永瀬清子（明治三九年、岡山県生まれ）がいたと永瀬自身が語っている。父永瀬連太郎が京都帝大工学部を卒業して金沢電気会社に就職したらしい。しかし実際は、永瀬が中也の入園前に卒園していた可能性が高く、出会いの時期は定かでないが、ともあれ彼女は後年中也と出会ったとき、下駄置き場の外側を雪が吹き込まぬように雪囲いをしたことや、赤レンガを石で砕いて「赤砂糖屋ごっこ」をした思い出話に花が咲いたと語っている（『すぎ去ればすべてなつかしい日々』）。

金沢が娯楽のない田舎だったからこそ、父謙助はよく家族を映画に連れて行ったのかもしれない。そのころを中也が回想する。

「神明館（字は違ふかも知れない）といふ映画館があつた。其処の弁士の子供が幼稚園の同級にゐて、時々フィルムの切れつぱしを持つて来てみんなを羨しがらせた。〈乃木大将一代記〉なる映画を今以てハッキリと覚えてゐる。それが面白かつたので、すぐ次の外題《げだい》が掛かると祖母にせがんで連れてつて貰つた」（「金沢の思ひ出」）

神明館は野町の神明宮の境内にあった映画館である。明治天皇の崩御につづいて乃木希典・静子夫妻の殉死事件が明治四五年九月に起きたとき、中也も母フクと広島から金沢に移った。そしてそのころから乃木の追悼映画が数多く制作されるようになる。中也が神明館で観た〈乃木大将一代記〉も、そのひとつだったのである。ちなみに、謙助とフクの四男である思郎が生れた（大正二年一〇月）のも同じころだ。

一方、神明館のとなりに軽業師が来たのを中也が観覧したことから、多くの研究者が後年の「サーカス」の詩を生み出した原風景が金沢であったと指摘する。中村稔著『中也のうた』、磯村英樹著『城下町金澤』、河上徹太郎著『わが中原中也』に収録される座談会での坂本越郎の発言などがそれであるが、このことに異論があるので、

兼六園のヤマトタケルの銅像〔戦前絵葉書・薮田由梨さん提供〕

第五章（「ゆあーん　ゆよーん　ゆやゆよん」）で「サーカス」の詩の成立背景について述べることにしたい。

さて、「金沢の思ひ出」に話を戻すと、この作品で中也は兼六園の「大和武尊《やまとたけるのみこと》の銅像」を見て「愕然と思ひ出し」、「その銅像の下に行つて休んだが、涙が出て仕方がなかつた」と書いている。それから三〇年後の昭和四六年一〇月に、大岡昇平が金沢で中也の旧宅があった野田寺町に宿をとり、中也ゆかりの地を訪ねて『中原中也とヤマトタケル』を書いた。大岡によると中也が見て泣いた兼六園のヤマトタケルの銅像は明治一〇年の西南戦争のとき旧加賀藩から官軍兵士として出征した落命者たちを弔うため、明治一三年に建てられた日本初の銅像だったそうだ。だが中也の関心はヤマトタケル神話それ自体にあったと大岡は考え、「悲劇の詩人皇子と幼年時に遭遇していたことに、自己の生涯の予兆を見て、感慨をもよおしたのではあるまいか」と述べている。父・景行天皇の命で戦いに明け暮れて死を強いられたヤマトタケルの悲劇性を、同じく父に捨てられたと自覚した中也が、自らの悲しさと重ねて泣いたとでもいうのか。

〔＊〕母フクは『私の上に降る雪は』で、「そんなことをした覚えはありません」と否定している。

第二章　神童からの転落（山口時代）

亡びてしまつたのは
僕の心であつたらうか
亡びてしまつたのは
僕の夢であつたらうか

（詩「昏睡」）

蟻地獄のやう

中也の自宅跡である中原中也記念館から路地を右に左に曲がりながら東へ約三〇〇メートルばかり進むと、湯田交番に向かいあって湯田幼稚園が現れる。中也は大正三年四月に、その場所にあった下宇《しもう》野令《のりょう》尋常高等小学校（山口市立湯田小学校の前身）に入学した。校舎は幼稚園舎となり、ガラス戸はサッシに変わり、外壁や内装も新調されているが骨組みは昔のままで、園庭に残る巨大な楠も中也の時代からのものだ。

七歳の誕生日を前に、彼が下宇野令尋常高等小学校に入学したのは、父謙助が朝鮮の竜山（現在のソウル市）聯隊の軍医長になり、家族が金沢から山口に引上げたからだ。

中也が小学校に入学した大正三年（一九一四）年の七月から第一次世界大戦がはじまり、八月に日本もドイツに宣戦布告して参戦。大正七（一九一八）年一一月まで約四年間戦争がつづいたことで国内景気が高まる一方、貧富の差が拡大して大正七年八月に富山県で米騒動が起こり、全国に広がる。だが、中也のいた山口町（現、山

湯田幼稚園（旧下宇野令《しもうのりょう》尋常高等小学校）

口市）は平穏だった（大正七年八月二〇日付『防長新聞』）。むしろ彼にとっての波瀾は、一年生の終わり（大正四年一月）に弟の亜郎が脳膜炎で亡くなったことだ。亜郎が死んだことで、長男の中也に前にも増した親の期待がかかるようになったからである。中でも父謙助の干渉は耐え難く、晩年、千葉市の中村古峡療養所に入院中に（第八章「丘の上サあがつて」）、当時の不満をぶちまけている。

「父のやかましさたるや、溺れると不可《いけ》ないと申すので私には一度も川へもやらず、（略）一寸小生が雑誌を読んでをりますのを見付けましても、その間に単語の一つでも覚えろと申しますし、詩集を買つて参りますと、見付け次第に取り上げます仕末、（略）何しろ小学に這入りましてからは、這入るとまづ、一番（成績順）にならなければ家を出すとお父さんが仰《おつしや》つたと母に聞かせられますし、学校に這入りましてからの家庭生活は、実に蟻地獄のやうでございました」（「千葉寺雑記」）

昭和五年の『白痴群』第六号に発表された詩「つみびとの歌」にも、

〈わが生は、下手な植木師らに／あまりに夙《はや》く、手を入れられた悲しさよ！／由來わが血の大方は／頭にのぼり、煮え返り、滾《たぎ》り泡立つ。／／おちつきがなく、あせり心地に、／つねに外界に索《もと》めんとする。／その行ひは愚かで、／その考へは分ち難い。〔後略〕〉と、同様の被害者意識が投影されている。

そんな父との折れ合いの悪さの反面、小学生時代に早くも教育勅語を暗記するという優等生ぶりを発揮していた。「朕惟《ちんおも》フニ我《わ》カ皇祖皇宗國《こうそこうそうくに》ヲ肇《はじ》ムルコト宏遠《こうえん》ニ徳《とく》ヲ樹《た》ツルコト深厚《しんこう》ナリ……」というその一文を、のちに山口師範学校附属小学校に転校したとき（大正七年五月）、スラスラ暗唱して誉められたことを母フクが嬉しそうに語っている。「中也は教育勅語を読んでほめられたのが、とてもうれしいようでした。ありゃね、最後に〈御名《ぎょめい》御璽《ぎょじ》〉というんですよね、それがすむと同時に、〈あやにかしこきすめらぎの〉というのをうたうんです。そこが神々しくて、中也は子供ながらに、ええ感じがする、といっておりました」

　中也が小学生時代を過ごした大正前期には、昭和期のような奉読儀式や全文の暗誦が学校で強制的に行われておらず、いわば自由な雰囲気の中での教育勅語であった。そのことが優れた詩の一つとして、中也に教育勅語を理解させたのだろうか。

神よ私をお憐れみ下さい！

陸上自衛隊山口駐屯地と隣接するザビエル記念公園は、湯田の中心地にある中原中也記念館から三キロほどの距離である。現在の地名でいえば山口市金古曽《かなこそ》。公園といってもザビエルの胸像がはめ込まれた巨大な十字架がそびえるだけの広場だが、片隅に立つ説明版から、中原家と関係深い公園であることがわかる。

「（前略）明治二十二年（一八八九）フランス人アマトリウス・ビリヨン〔＊1〕神父は、山口におけるザビエルの遺跡、特に大道寺跡について探求し、現在の公園の地をその跡と考え、有志の協力で土地を買い求めました。現在の山口市湯田温泉に生まれ、文学史上に大きな足跡を残した近代詩人中原中也の祖父で、医師中原政熊もその一人でした。そして大正十五年（一九二六）十月十六日、高さ十メートルにも及ぶ花崗岩にサビエルの肖像をはめこんだサビエル記念碑が建立されました〔後略〕」

　政熊は中原医院の院長であると同時に熱心なキリスト教徒であった。最初は仏教徒だったが、弟の清四郎・ツナ夫妻（彼らの長女が後に西川家に嫁いだマリエ）がカトリック信者だったことでキリスト教の洗礼を受けたそうだ。しかしそれは中原家に潜在していたキリスト教が、このとき政熊に発現しただけであろう。このため明治二二年に山口に来たフランス人宣教師ビリオン神父が、ザビエルが日本で最初にカトリックの布教所とした大道寺

ザビエル記念公園のザビエル記念碑

跡を明治二七年に発見した〔＊2〕のをきっかけに、政熊が記念碑建立に一肌脱ぐことになる。政熊は大正期に入ってからも和服姿で過ごした吉敷毛利家臣の子孫にふさわしい武士道的キリスト教者で、小学生時代の中也もまたキリスト教に親しんだと、弟である中原思郎が『兄中原中也と祖先たち』で語っている。

「小学校に入ってからも、中也は、盆・正月など、母や祖母につれられて、新教の服部章蔵を訪れ、長楽寺〔＊3〕でナムアミダブツを唱え、その足でカトリック墓地に詣り〈ファーテルと、スピリット・サンと、精霊との御名によってアーメン〉と十字を切ったりした」

母フクによれば、中也がキリスト教に「親近感」を持った理由は、カトリック信者の養祖母コマ、母フクの従妹でカトリック信者だった西川マリエの影響もあったとしている。実際、成績不振になった中学生の中也をマリエがカトリックに改宗させようとしたことがあったが、キリスト教嫌いの父謙助が拒んだらしい（『私の上に降る雪は』）。

ところでザビエル記念碑は面妖である。それは陸上自衛隊と隣り合わせになっているからで、しかもその自衛隊が、かつて謙助が軍医を務めていた歩兵第四十二聯隊であったのも因縁めいている。つまり政熊が土地の買収に奔走し、巨大な十字架を完成させた大正一五年当時、すぐとなりに歩兵第四十二聯隊があったわけだ。

カトリックとプロテスタントは違うが、中原家はそのどちらにも通じていた。中也の遠縁である服部章蔵はプロテスタントの伝道者だったし、政態の夫婦を洗礼したビリオンはカトリックの神父であった。しかし重要なのは宗派の問題というより、中原家がキリスト教の盛んな吉敷毛利の家臣だったことであろう。

キリスト教は長州藩士の武士道精神とも相性が良く、吉敷毛利では特にその雰囲気が強い。幕府による仏教への保護政策と朱子学の重視、これに対して弾圧下にさらされていたキリスト教と、同じく片隅に追いやられていた神道は環境的にも結びつきやすかったのではないか。明治維新で活躍した吉敷毛利の良城隊から明治になってキリスト教者が多く出たことも、そのことと無関係ではない。さらにキリスト教が解禁されると、近代化の推進力に姿を変えた。明治初年の廃仏希釈は国粋主義の発露というより、徳川幕藩体制と一体化していた寺院と僧侶に対する神社とキリスト教側からの異議申し立てであったのかもしれない。その証拠に、このときを境に神道でさえ、それまでの神社神道がキリスト教的一神教の国家神道に脱皮を遂げ、文明開化の象徴としての靖国神社を生み出すのである。靖国神社に建つ有名な銅像・大村益次郎は長州出身の洋学者（蘭学医）のシンボルだし、その大村から蘭学を学んでのちにクリスチャンになったのが吉敷毛利家臣の服部章蔵だった。明治二六年に大村益次郎の銅像を造った大熊氏広も熱烈なキリスト教者である。そう考えれば、西洋式に馬にまたがり、西洋風の服（軍服）をまとったキリスト教的天皇として明治天皇が誕生したのも自然であった。幕末にナショナリストとして活躍して明治以後にクリスチャンになった服部章蔵の評伝『服部章蔵の生涯』には両者が連続したものであったことが次のように記されている。

「服部章蔵の中に、強い国家意識があった。藩意識の崩壊から国家意識へ、統一皇国意識へと変化していく薩長などの明治政府官僚の流れの中に章蔵もいた。伝道者となった服部章蔵の言葉の中でも皇国、報国という言葉がある」

そもそも明治維新に際して長州藩の裏にいたのはキリスト教国のイギリスだった。「尊皇攘夷」をスローガンに掲げながら、長州藩は裏面で長崎にいたイギリスの武器商人グラバーを通じて西洋式の武器を仕入れ、幕府と戦い、新体制を樹立した。このときキリスト教文化をひっさげて開国を迫った西欧列強の合わせ鏡が近代日本になった。その残像を中也の詩「寒い夜の自我像」(「ノート少年時」・昭和四年一月二〇日制作)の三連目に私は見る。〈**神よ私をお憐み下さい!/私は弱いので、/悲しみに出遭《であ》ふごとに自分が支へきれずに、/生活を言葉に換へてしまひます。/そして堅くなりすぎるか/自堕落になりすぎるかしなければ、/自分を保つすべがないやうな破目《はめ》になります。/神よ私をお憐れみ下さい!/この私の弱い骨を、暖かいトレモロで満たして下さい。/ああ神よ、私が先づ、自分自身であれるやう/日光と仕事とをお与へ下さい!**〉

この詩の悲しげなリズムに、西欧を模倣しつつも、最終的に西欧と対峙せざるを得なかった近代日本の嗚咽を聞き取るのは私だけか。

〔＊1〕本稿では「ビリオン」と表記するが、ここでは引用文なので原文のままとした。
〔＊2〕大道寺跡発見においてビリオン神父に資料を提供したのは郷土史家の近藤清石《きよし》だった。彼は山口市の旧家・安部家のふすまの下張りから発見された「山口古図」を手がかりに、現在地をその跡地と断定した。なお、大東亜戦争〔太平洋戦争〕末期に金属供出のためザビエルの胸像が取り壊されたが、戦後再建されている(『ザビエルと山口』)。また、大道寺が記念碑の建てられた場所ではなく、山口市道場門前一丁目にあったという異説もある(「初期イエズス会の山口布教と山口大道寺」『山口県地方史研究　第八四号』)。
〔＊3〕中也の家(新家中原家)の菩提寺で吉敷佐畑にある浄土宗寺院。詳しくは第五章の「死だけが解決なのです」に書いた。

死んだ明治も甦れ

「大正四年の初め頃だつたか終頃であつたか兎も角寒い朝、その年の正月に亡つた弟を歌つたのが仰々《そもそも》の最初である」(「詩的履歴書」)

中也は自らの詩作のはじまりを弟亜郎が大正四(一九一五)年一月七日に亡くなったときとしている。それは中也が八歳のときだった。母フクの語るところでは中也はレンゲの花を摘んで帰り、「亜ちゃんにお花をあげようと思ってとってきた」といって毎日、仏壇に供えていたという。中也にとって詩作とは、彼岸に向き合う心だった。

朝鮮に渡っていた父謙助が歩兵第四十二聯隊附兼山口衛戍病院長となって山口に戻ってきたのは半年以上が過ぎた大正四年八月一〇日で、このときから謙助の息子中也に対する陸軍式スパルタ教育がはじまった。「中也は小学校二年でしたが、そのときからは、中也がちょっとでも怠けると、あれがひどい目にあわせるんですよ。あのころの中也の教育は、まあ陸軍式というんでしょうね」と、フクは振り返る。

未だ謙助の苗字は柏村姓だった。政熊・コマ夫妻と養子縁組をして中原姓になるのは二ヵ月後の一〇月二九日。中也も柏村姓から中原中也になり、大正五年を迎える。

大正五年は中也が九歳、下宇野令尋常高等小学校三年生となった年で、七月に弟の呉郎が生まれた。謙助が軍籍を離れ、家業の中原医院（当時は湯田医院といったが、のちに中原医院と改称した）を継いだのが、翌大正六年四月。政熊が内科、謙助が外科を担当し、なかなかの評判だったらしい。

一方、中也の弟思郎が『兄中原中也と祖先たち』の冒頭で書いているのが「乙女峠」と題する幼き日の回想文である。大正六年ころに謙助が一〇歳の中也と四歳の自分を島根県津和野町の乙女峠に連れて行ったというので、中原医院を継いだころであろう。森鷗外の旧宅跡を津和野で見学した際、キリシタンの殉教地である「乙女峠」に立ち寄ったのである。キリスト教と縁深い新家中原家を継ぐことになったので、キリスト教嫌いの謙助がキリスト教への接近を試みたのであろうか。

そこで私も山口市から宮野、阿東町を経由して津和野に入ることにしたが、県境である野坂峠を越えるとき、大正一一年の日本共産党設立と同時に入党した野坂参三のことを思い出した。彼の自伝『風雪のあゆみ（一）』によれば、野坂峠に居城を置いたのが吉見家の重臣・野坂越中守《のさかえっちゅうのかみ》。その子孫が長州藩の萩に入り、のちに野坂

津和野のマリア聖堂

参三が生まれたのである。野坂は共産主義者だが長兄の葛野友槌はモロゾフ製菓の社長で、次兄の小野梧弌は日産自動車販売（株）の取締役。後藤新平や福本義亮など内務省関係者とも縁続きで、いわゆるブルジョア家系だった。野坂峠は長州藩と津和野藩をつなぐと共に、近代日本の表と裏を結ぶ謎めいた峠である。

一方、「乙女峠」はJR津和野駅の裏手から谷川に沿って二〇〇メートルほど小路を登ったところにあった。山の中腹にマリア聖堂があり、振り返ると美しい青野山が望めた。慶応三（一八六七）年六月に長崎浦上村のキリシタン信徒の大検挙が行われ、津和野藩に流刑された二八名、のちには一二五名が拷問を受けた場所であるが、その風景は見事に美しい。ただし、昔はそこに光琳寺という古寺があっただけで、地元民でさえ近づける場所ではなく、中也たちが訪ね来た大正六年当時もそうであったろうと、あとで訪ねた殿町の津和野カトリック教会の神父さん（日本名・木村信行さん）が教えてくれた。

津和野町役場で聞いた話はもっと興味深かった。幕末の津和野藩の表向きは幕府寄りだが、内実は討幕に傾いた長州藩に内通していたというのである。キリスト教に寛容で、津和野カトリック教会のあった場所は津和野藩家老の堀氏の屋敷で、幕末に宣教師に部屋を貸し、その延長上に明治二五年にビリオン神父が萩から布教に来て、津和野カトリック教会が出来たらしい。また、津和野の図書館で見つけた『津和野教会百八年史』には、津和野教会の開拓時代の牧師が中也の親戚である服部章蔵だったと記され、しかも大正元年に写された日曜学校の集合写真は剣玉《けんぎょく》神社で撮られていた。謙助が中也たちを「乙女峠」に連れてくる五年ほど前、まだキリスト教と神道の混合の痕跡が津和野に残っていたのである。

そもそも幕末のキリシタン流刑者の扱いも、津和野藩は弾圧を行わないよう努力していた。藩主の亀井茲監《かめいこれみ》にしろ、国学者の福羽美静《ふくばよしず》にしろ、教導による改宗を実行するが、あまりに強固な信仰の持ち主たちだったことで拷問という悲劇的な結末になったのである。背景にはキリシタンを弾圧しなければ、四万三〇〇〇石という津和野藩そのものが幕府によって取り潰される恐れがあった。明治維新後、近代日本の神道をリードした津和野はキリスト教にも寛容で、吉敷毛利（長州藩）とよく似ている。それこそが国家神道の中でキリスト教文化が花開いた明治の香りに違いなく、そんな明治が大好きだった中也が、〈**あゝ、甦れ、甦れ、／今宵故人が風貌の／げになつかしいなつかしい。／死んだ明治も甦れ。**〉（詩「（宵に寝て、秋の夜中に目が覚めて）」）という詩を残したのである。

笑ひ出さずにやゐられない

山口市役所裏の市営駐車場の一帯に、かつて山口師範学校附属小学校があった。山口市歴史民俗資料館で、師範学校付近を写した昭和初期の写真を見ると、付近に堀が残り、堀の向こうの一段高い場所に師範学校と附属小学校が隣り合わせで建っていたのがわかる。

中也は大正七（一九一八）年五月の一一歳のとき、下宇野令尋常高等小学校から、この山口師範学校附属小学校に転校していた。それはつまり県立山口中学（山中）→一高→東大という、お決まりの出世コースを親が望んだ結果だった。この師範附属小学校時代の思い出をもとに、中也が昭和一二年七月に作った詩が「夏と悲運」である。

〈**とど、俺としたことが、笑ひ出さずにやゐられない。／／思へば小学校の頃からだ。／例へば夏休みも近づかうといふ暑い日に、／唱歌教室で先生が、オルガンを弾いてアーエーイー、／すると俺としたことが、笑ひ出さずにやゐられなかった。**〉

河上徹太郎が『日本のアウトサイダー』で語った「無垢」で「無償」で「不条理」なこの「笑ひ」が、中也のアウトサイダーたる本質なら、早くも師範附属小学校時代に発露していたことになろう。実際、のちにダダイスト新吉（高橋新吉）に影響を受ける詩人の姿が、この「笑ひ」で輪郭を露にしているといえなくもない。だが、むしろ小林秀雄が語る、「彼はそのままのめり込んで歌い出す」（「中原中也の〈山羊の歌〉」『考えるヒント4』）という詩人のスタイルが、この「笑ひ」にはじまっていた気がする。

師範付属小学校で、中也は教生（教師見習い）の後藤信一から文学的影響を受けた。「大正七年、詩の好きな教生に遇ふ。恩師なり」と「詩的履歴書」に記しているその人物である。対する後藤信一の方は、中也の印象をつぎのように語っている。

「その時、中原は尋常五年生だったと思う。小柄な丸顔の、笑うと、かけ歯がのぞいて愛らしかった。とても利発で、才はじけた子供で、算数、国語、図画、何でも秀抜であった。下手を云ふとやり込められるので教生達は一目置いていた。先生に対しても少しも畏縮した態度がなく、吾々を友達あつかいにして生意気な格好でもしていると逆にひやかされたりしたものである。それだけ彼はおしゃべりでもあった」（「中原中也と私」『こだま』第一五三号）

あるとき後藤が教室で有本芳水の詩を朗読すると、見学に来ていた三人の女教師が泣いた。そのことを授業後に中也が後藤に伝え、「偉いもんだなぁ」と感心したという。しかし後藤はストライキを扇動した咎《とが》で大正八年一月に退校処分を受ける。寄宿舎の荷物をまとめる後藤のそばに来て、「東京へ行くんだろう」と中也が言ったのを最後に二人の交渉は絶えた。後藤は東京を目指すが、中也は後藤を忘れられず、以来、短歌の制作に明け暮れ、後藤がそうしていたように『防長新聞』に投稿した。そして卒業間近の大正九年二月一七日の『防長新聞』に、中也の短歌が三首載った。

〈冬去れよ　そしたら雲雀《ひばり》がなくだらう　櫻もさくだらう〉

〈冬去れよ　梅が祈つてゐるからに　おまへがゐては梅がこまるぞ〉
〈冬去れば　梅のつぼみもほころびて　うぐひすなきておもしろきかな〉
また、大正九年二月号の『婦人画報』にも、〈筆とりて　手習させし我母は　今は我より拙しと云ふ〉という短歌が載る。このときのことを母フクは、「私は『婦人画報』に投稿したこともありますが、なかなか掲載されません。そんなとき、中也も一緒に投稿すると、中也の短歌の方が載ったんです。中也は〈ぼくのほうが、お母さんより上手よ〉って、威張っておりました」と語っている。それが詩人・中原中也のスタートなら後藤信一と母フクが導いたものだ。

亡くなる二ヶ月前（昭和一二年八月）に中也が遇いたいと手紙を書いた相手が北部朝鮮にいた後藤だったことも、彼が晩年まで後藤に影響を受けていた証である。後藤は中也没後も生きながらえ、昭和三〇年ころに日本共産党に入党、同三五年に美祢郡岩永村で息を引き取るが、中也が左翼嫌いだったことを考えると、後藤への共感は思想的部分ではなかったようだ。

ギロギロする目

山口県立図書館の入口に岸信介（明治二九年生まれ）が碑銘を書いた「山中健児の碑」が鎮座している。自然石の大きな碑で、かつて県立山口中学校（山中）がそこにあったことを伝えるものだ。中也は大正九（一九二〇）年四月に山中に入学したので、岸の後輩になる。中也の入学時の成績は一二番だったが、短歌に熱中したことで急降下をたどった。入学後間もなく一三歳の誕生日を迎えた日（大正九年四月二九日）の『防長新聞』に、投稿時の「山口師範附属小学校　尋六　中原中也」の記載で五首の短歌が載った。

〈菓子くれと母のたもとにせがみつく　その子供心にもなりてみたけれ〉

〈ぬす人がはいつたならばきつてやると　おもちやのけんを持ちて寝につく〉

〈梅の木にふりか丶りたるその雪を　はらひてやれば喜びのみゆ〉
〈人にてもチツチツいへば雲雀かと　思へる春の初め頃かな〉
〈藝術を遊びごとだと思つてる　その心こそあはれなりけれ〉

これらの歌には、「一読再読、子供らしくもあり、大人らしくもある。それ程子供の純な感情が大人の如く巧に表現されてゐる」という石川香村の評がついていた。気を良くした中也は、前にも増して短歌作りに夢中になる。親に厳しく叱責されたにもかかわらず、『防長新聞』の短歌会「末黒野《すぐろの》」にかくれて出席したのもその結果だ。そして大正一一年四月に至り、『防長新聞』の記者・吉田緒佐夢と山口中学の先輩である宇佐川紅萩との合同歌集『末黒野《すぐろの》』を刊行する。

酒とタバコを覚えたのもこのころ（山口中学三年時）で、かつて学んだ山口師範学校附属小学校にサングラスをかけて乗り込む事件まで起こす。入学したばかりの弟の思郎が、盲人しか使わない黒メガネ（サングラス）をかけて兄が学校に乗り込んできたのだから驚くのも無理はなかった。当然ながら職員室で問題となり、思郎は兄のしでかしたことで、担任から午後の授業で、「わが国で色眼鏡をかけるのは西洋かぶれである。君たちはあんな国辱的な真似をしてはいかん」と叱責された。

山口中学で弁論部に所属していた中也は自らの不良行為はそっちのけで、大正一一年六月一日の山口中学弁論大会で「将来の芸術」と題して堂々と語る。同様に、同年一一月二六日の小・中・高専連合弁論大会でも「第一義に於ける生き方」と題して気丈夫に発言した。このころ山口中学の先輩である岸信介は東京帝国大学で大川周明の国家主義と北一輝の国家社会主義を学び終え、官僚（農商務省職員）になっていた。

思郎は師範附属小学校の低学年だったときの出来事として、中也が関係したもう一つのサングラス事件を『兄中原中也と祖先たち』で語っている。それは歩兵第四十二聯隊の練兵場（現在の陸上自衛隊山口駐屯地）にはじめて飛行機が飛んでくるという日、見物客でごった返す群集を前にサングラスをかけた中也が、「前方の人は腰をおろすべきである。そして、小さい子供は前方に出すべきである」と演説した出来事だった。人々はサングラス姿の中学生に仰天するが、やがて「そうじゃ」とか、「子供やかましいぞ」とか様々な反応を返した。このとき中也はサングラスの威力に満足したらしい。

山口中学３年生の中也
〔中原中也記念館提供〕

お釜帽子にマントを羽織り、眼を大きく見開いた有名な中也のポートレートは（七一頁写真）、中学時代のサングラス事件の延長上のものである。大岡昇平は、「中也はよく眼を見開いて、白眼がちの威嚇的な眼をした」といい、その風貌を、「当時彼が共鳴していたダダイズムの、社会全体からの離脱宣言とも取れるもの」と述べている（「詩人と写真」『新潮日本文学アルバム　中原中也』）〔＊〕。この表現に合うのが詩「少年時」に見える〈**私は希望を唇に噛みつぶして／私はギロギロする目で諦めてゐた……**〉というフレーズだ。「ギロギロする目」は中也の中学生時代のサングラス事件に結ばれる目だった。

〔＊〕大岡昇平は「在りし日の歌」（『中原中也』）でも中也の眼について、「彼の大きな眼は、不断に柔和な色をたたえているが、時として、特に何かを主張する時など、人間の眼がこんなに大きく円くなることができるものかと思われるほど見開かれる。白眼はなにか無機的な光を放って、対座する者をおびえさせることがあった」と語っている。

人みなを殺してみたき我が心

山口中学三年生の夏休みに中也は大分県豊後高田市水崎の浄土真宗本願寺派の西光寺に預けられた。きっかけを作ったのが家庭教師の村重正夫だったと母フクが語る。

「あのころ、東陽円成さんという西光寺の住職が、九州の大分から山口に、ときどき講演などによばれて、いらっしゃっていました。村重さんはなにか仏教の会に関係していて、東陽円成さんと心安かったんでしょう。それで、村重さんが謙助に、〈中也さんを東陽円成さんのところにつれさせてやってください〉といわれました」

村重が中也の家庭教師になったのは、それまで家庭教師だった井尻民男が京都帝大の理学部に入学したからだ。このため山口高等学校文科在籍中の後輩、村重を井尻が中原家に紹介したのである。だが村重は中也の家庭教師に適任ではなかったと母フクはいう。

「村重さんは自分でも短歌をつくっておったし、中也に文学の話をようされたようでした。だから、中也は村重さんが大好きでした。試験があろうが、なにがあろうが、村重さんは友だちをいっぱいあつめて、短歌の話などしておりました。中也もその仲間といっしょになって、ぜんぜん勉強しませんでした」

中也の短歌への傾倒は後藤信一の影響に加え、前年の五月に養祖父・政熊を失った寂しさにも起因していたと思われる。三和町のカトリック墓地に「中原政熊夫婦墓」が建てられた（現在、経塚墓地に移されている）のは、中也が西光寺に行く三ヶ月前（大正一一年五月）のことだ。このころ世の中は左傾化し、七月には日本で初めて共産党が堺利彦たちによって結成され、左翼革命思想が広がりはじめていた。

このような社会風潮の中で中也は短歌作りに没頭し、成績下降の一途をたどるのである。父謙助は息子の思想匡正《きょうせい》のため、村重のいうとおり大正一一年八月二三日に寺入りさせるが、このとき師範附属小学校の訓導だった阿野たみも同行した。

西光寺では勉強に集中できるよう、個室があてがわれた。住職の東陽円成は長男が亡くなったばかりで、息子用の空いた部屋を与え、中也を息子のように可愛がった。

私も豊後高田市水崎の西光寺を訪ねたが、現住職は東陽円成の曾孫にあたる東陽円瑞さんだった。ただし東陽円成と血はつながらず、貰った名刺に「封戸保育園　園長」とあるように境内に保育園が建てられていた。本堂も庫裏も建て替えられ、中也の時代とは全く違う。東陽円成は養子を迎え、東陽眠龍《みんりゅう》を名乗らせて西光寺を継

東陽円成〔西光寺蔵〕

がせたらしく、円瑞住職は眠龍の直系の孫だった。一方、玄洋社の頭山満が多く写った写真帳があったのも西光寺を継いだ眠龍が頭山満を崇拝していたからだった。ただし、東陽円成の時代には頭山との付き合いはなく、西光寺から帰郷した中也が家の中で「ナムアミダブツ」を繰り返し唱えていたのも、単に円成から受けた修行の成果である。

それから一三年後の昭和一〇年八月号の『詩人時代』に、中也は「夏」というエッセイを書く。この中で、これから向かう予定にしている日向（宮崎）にいる友人、高森文夫を訪ねる途中で西光寺に寄ってみたいと語る。

「昔少年の日に一時暮した西光寺だの、其処から中津の町までゆく埃りのポコポコする土手の上の道、右は塩田で、塩焼く煙がボヤボヤと立ちのぼり、彼方に低い低い山が連り、左は国東半島である。その西光寺と中津の町の中程に、豊前豊後の国境を誌《しる》す石塚があり、夏の真昼は人ッ子一人通ることもなく、汗を拭き拭き私が独り通るであらう」（「夏」）

中也がいう「中津の町」は「高田の町」の誤りだが、いずれにしても西光寺での修行は中也の心に思い出を刻んだようだ。もっともその時期、西光寺では前出の眠龍が住職を務め、頭山満に教えを受けていたころなので、中也が訪ねていたら頭山満と知遇を得たかも知れない。それで案外、人気絶頂の頭山を、中也が興味を持った可能性もないではない。

中也が西光寺から山口に戻ったころに話を戻すと、修業の結果は父親の期待を裏切るもので、短歌熱は冷えるどころか、前にも増した熱気を帯びた。実際、西光寺から戻った直後の大正一一年一〇月七日付の『防長新聞』に、以下の衝撃的な歌が載った。

〈人みなを殺してみたき我が心　その心我に神を示せり〉
〈世の中の多くの馬鹿のそしりごと　忘れ得ぬ我祈るを知れり〉
〈我が心我のみ知る！といひしまゝ　秋の野路に一人我泣く〉
〈そんなことが己の問題であるものかと　いひこしことの苦となる此頃〉

これらの歌から浮かび上がるのは中学三年にしてアウトサイダーの道を歩まざるをえなくなった中也の姿である。特に冒頭の〈人みなを殺してみたき……〉は全てを敵に回す覚悟を示す禁断の歌だった。一年ほど前（大正一〇年九月二八日）に起きた朝日平吾による安田善次郎刺殺事件を思い浮かべていたのかもしれない。世の中はテロリズムの幕が切って下ろされ、超国家主義の時代に入っていた。

年が明けた大正一一年二月一一日（紀元節）に、防府に本拠を置く「白梅」歌会が山口町伊勢小路の武学生養成所で開かれたが、このときも中也の歌が二首入選している。

Ⅱ部

立命館中学３年終了時（部分）〔中原中也記念館提供〕

第三章　立命館中学（京都時代）

天才が一度恋をすると
思惟の対象がみんな恋人になります。
御覧なさい
天才は彼の自叙伝を急ぎさうなものに
恋愛伝の方を先に書きました

〔詩「（天才が一度恋をすると）」〕

僕は此の世の果てにゐた

中也の落第決定は山口中学の三年生が終わる大正一二（一九二三）年三月に通達された。中原医院の院長であった謙助は仕事が終ると酒を五合飲み、毎晩のように湯田の倶楽部（町の金持ちが集まる骨董屋で碁会所をかねたような所が近所にあった）に出向き、さらに料理屋に出かける日々を送っていた（『海の旅路　中也・山頭火のこと他』）。その謙助が猛烈に怒り、落第した中也を納屋に押し込んだ。このとき実祖母スエは「これ位のこと何です」と中也の味方になった。また、寒い夜だったので、養祖母のコマが火鉢を持って行ったり、砂糖入りの麦の粉に湯をかけた食べ物を差し入れたりもした。母フクが語る。

「落第してから、中也はもう学校にいかんというんでした。ひと月読んだらわかる教科書を、中学校というところは一年もかかって教える、そんな馬鹿らしい勉強はせん、といいはじめたんです」

かつての家庭教師で、京都帝国大学理学部の学生になっていた井尻民男が春休みで山口に帰ったのはそのときだった。中原家を訪ねた井尻は、謙助から中也を京都に連れて行くよう頼まれた。文学に熱中する不肖息子を身近におくことは世間体が悪かったので、京都の中学に入れるつもりだった。だが時期が遅く、編入を受け付けてくれたのは立命館中学校と桃山中学校だけで、結局、四月に立命館中学三年へ編入が認められ、中也は京都へ旅立つ。だが、謙助は見送りをせず、母フクも謙助の顔色を窺って見送らなかったため、養祖母コマが小郡駅（現在の新山口駅）まで見送りにいった。中也は「詩的履歴書」で、「生まれて始めて両親を離れ、飛び立つ思ひなり」と書いている。

長州軍の弾丸跡が残る京都御所の蛤御門。元治元年７月の禁門の変（蛤御門の変）で、中也の曽祖父・小野勝治と中原周助、大伯父の小野虎之丞、親戚の服部章蔵らが吉敷隊士として参戦。中也も京都で祖先ゆかりの蛤御門を目にしたはずである

京都で過ごすことになった不肖息子に、母フクは最初、月に六〇円の仕送りをしたが、七〇円、八〇円とその額をあげていく。当時の山口県職員の給与を見ると、薬剤手や警察通訳、警察技手、書記、船長職などの六級の月給が六〇円。四級の月給が七〇円で、三級が八〇円である（『山口県報　大正十二年』）。つまりフクの仕送り額は県職中級クラスの月給程度だったことになろう。

中也の最初の下宿は現在の京都市左京区岡崎西福ノ川町、京都帝国大学の近くだった。立命館中学は今の大谷大学の場所だったので、直線距離にして片道四キロほどであろう。それから五ヵ月後の大正一二年九月に聖護院西町の下宿に転居するが、間もなく立命館中学と斜向かいの北区小山上総町に移る。だが一一月には西福ノ川町に近い丸太町に舞い戻った。一人ぼっち

の中也が遊ぶのに都合がよい場所だったからだろう。今、近くに頼山陽の書斎跡「山紫水明處」と刻まれた石碑が残るが、文人墨客が集ったこの界隈は三本木の花街で、長州藩の桂小五郎（後の木戸孝允）を助けてのちに正妻となる松子も、そこにいた芸妓・幾松だった（『日本花街志』）。このように京都は長州藩士が活躍した明治維新の舞台だったが、一六歳の中也には見知らぬ土地でしかなかった。あるいは父に捨てられたという悲しさがあったのかもしれない。その寂しさを紛らわすため、遊び里の名残りのある界隈をさ迷った。詩「ゆきてかへらぬ」はそのころを語る。

〈僕は此の世の果てにゐた。陽は温暖に降り洒《そそ》ぎ、風は花々揺つてゐた。／／木橋の、埃りは終日、沈黙し、ポストは終日赫々《あかあか》と、風車を付けた乳母車、／いつも街上に停つてゐた。／／棲む人達は子供等は、街上に見えず、僕に一人の縁者《みより》なく、風信機《かざみ》の上の空の色、時々見るのが仕事であつた。〉

中也は河原町蛸薬師のカフェー「吉野屋」に頻繁に出入りした。カフェーは喫茶店ではなく、今でいうクラブやスナック。あるいはキャバクラといったところであろうか。女給はホステスで、給料だけでは生活できないため、チップで客に体を売った。中学生の中也が彼女たちのいる店に出入りしながら、「その秋の暮、寒い夜に丸太町橋際の古本屋で〈ダダイスト新吉の詩〉を読む」（「詩的履歴書」）のである。そして、「中の数編に感激」する。中也は伝統的な京都で伝統を打ち破る〈ダダイスト新吉〉こと高橋新吉の詩に出会い、以来、大正一四年三月に上京するまでの二年間、ダダイズム詩に没頭する。

ダダの世界が始つた

中也を熱中させた高橋新吉の詩集『ダダイスト新吉の詩』には、「断言はダダイスト」という詩が巻頭に据えられ、「ＤＡＤＡは一切を断言し否定する」という強烈なフレーズではじまっていた。高橋は明治三四年に四国佐多岬半島、西宇和島郡伊万村に生れているので中也より六歳上。小説家を志し、大正九年の一九歳のとき『萬朝報』の懸賞短編小説に当選した数日後、同紙面に紹介されたダダイズム詩（トリスタン・ツェラやヴァルター・ゼルナー）に魅了され、ダダイスト詩人になった人物である。

中也より一歳年上の吉行エイスケ（作家・吉行淳之介の父）もダダイスト詩人で知られるが、この時期、青年層の間でダダイズムが流行ったのは、第一次世界大戦（大正三年～同七年）中にスイスやドイツ、フランスなどではじまった近代思想を超克する運動が日本にも影響したためだ。反芸術運動とも訳されるダダイズムの正確な定義は難しく、吉行淳之介（吉行エイスケの息子）が「尿器のエスキス」（『吉行エイスケ　作品と世界』）で語るところでは、「既成の権威、習慣、法則に反抗しこれを破壊しようとする爆発的な精神による行動」というものだった。吉行エイスケの創刊した『ダダイズム』（大正一一年一二月号）の後記に、「人道主義で悪魔主義で平和主義で社会主義で国家主義で未来派で表現派で食人種でオシヤレでハイカラ」と見えるが、「国家主義」が含まれるのも面白い。高橋新吉にしろ、のちに禅に帰依し、昭和一七年には神社参拝を記録した詩集『古社新神』を発行して、なるほど国家主義的だ。また、『ダダイスト新吉の詩』での跋文「ちきふしんくいッち」を書いたダダイスト詩人の辻潤（明治一七年生まれ）も、彼が尊敬していたのは大正七年一〇月に雑誌『日本主義』を創刊したクリスチャンの岩野泡鳴であったし、のちには政友会総裁・中島知久平を狙撃した（昭和一四年）右翼の三浦義一とも昵懇《じっこん》となった。ちなみにダダイズムに目覚める前は、伊藤野枝（＊1）の最初の夫として知られていた（『評伝　辻潤』）。その辻が高橋を「和製ランボオ」と語り、それがそのまま中也に受け継がれる。

日本でのダダイズムの流行は関東大震災に原因もあったようだ。探偵作家の夢野久作が『九州日報』の記者だった時代、関東大震災直後の東京を取材して『東京人の堕落時代』を書いているが、そこに描かれているのはライスカレー一皿の値段で身を売る女が現れ、濡れ場や接吻が多く登場する活動写真（映画）が上映されるようになった風景である。このような東京発の堕落と退廃が全国に広がり、芸術や文学における伝統破壊的なダダイズムに拍車をかけたのである。ダダイスト詩人やアナキスト詩人のたまり場だった東京の南天堂から同人誌『赤と黒』が創刊されたのが大正一二年五月で、この雑誌は昭和に入るまで影響力を保つ（『書店の近代』）。

中也もそんなダダイズムに魅せられた若者の一人だが、伝統を否定するこの思想に、それとは別の自身の出自である吉敷毛利家臣の伝統的匂いを嗅ぎ取っていたのではないか。かつてキリスト教の影響下で幕府と戦った実祖父・中原助之や四境戦争で散華した大伯父・小野虎之丞の匂いである。尊皇攘夷をスローガンに明治維新を闘った助之は、その実、英語が堪能で、明治一四年の夏には日本の大学に講義に来た米人モールスの通訳をしている（『兄中原中也と祖先たち』）ので、かなりアナーキーだ。そんな祖父を持つ中也のダダイズム詩は大正一二年から同一三年にかけての『ダダ手帖』に収められた詩「ダダ音楽の歌詞」などで知られる。

〈ウハキはハミガキ／ウハバミはウロコ／太陽が落ちて／太陽の世界が始つた／／テツポーは戸袋／ヒヨータンはキンチヤク／太陽が上つて／夜の世界が始つた／／オハグロは妖怪／下痢はトブクロ／レイメイと日暮が直径を描いて／ダダの世界が始つた／／（それを釈迦が眺めて／それをキリストが感心する）〉

この詩は明治維新時の中原家に潜んでいたアナキズムを彷彿させる。中でも「太陽が落ちて／太陽の世界が始つた」というフレーズは、「太陽」を「玉《ぎょく》」、つまり「天皇」と読み換えれば、天皇を担いで明治維新を行った維新者たちの姿として見えてくる。イギリス人倒幕派のアーネスト・サトウが『一外交官の見た明治維新』で明かしたのは、孝明天皇が明治維新で「毒殺された」噂〔＊2〕で、そののち明治天皇が「太陽」のごとく誕生したのだ。キリスト教で明治維新を戦った父祖たちを持つ中也にとって、ダダイズムはアナーキーな長州藩士の維新史そのものであったろう。河上徹太郎は、この詩の記された『ダダ手帖』を中也から預かっていたが、「ぼくは中原のああいうダダ性に厭気がさしていた」と語り、「その後の中原のほうが、ちゃんと完成されている」と『わが中原中也』でいうが、そもそも中也のダダイズム詩とその後の詩が別物であったかどうかも疑問である。

〔＊1〕後にアナキスト・大杉栄の愛人になり、関東大震災直後の大正一二年九月一六日に麹町憲兵隊長の甘粕正彦《あまかすまさひこ》によって殺害された。

〔＊2〕孝明天皇毒殺説は今なお論争がつづいている歴史上の問題である。戦前は病死説を政府が「国定説」としたが、毒殺の背後に岩倉具視がいたからとされる。最近では中村彰彦が「〈孝明天皇暗殺説〉を考える」（平成二〇年六月号『オール讀物』）と題し、毒殺説肯定派の立場から詳細な論考を行っている。

いかに泰子

中原中也記念館で開催されていた企画展「小林秀雄と中原中也」を見に行ったのは平成一九年九月だった。壁に飾られていた長谷川泰子の肖像写真は広島女学校（ミッションスクール）を卒業したころで（大正一〇年）、寂しげな視線でこっちを見つめていた。

長谷川泰子の手記『中原中也との愛　ゆきてかへらぬ』によれば、彼女は広島市の中心街である中島本町で、米の仲買商の娘として明治三七（一九〇四）年五月に生まれていたので、中也より三歳上である。父を失い一家が窮乏したのが七歳のときで、母親が自殺未遂を起こした末に出入りの大工と駆け落ちするという不幸な生い立ちを背負っていた。泰子は女学校を卒業すると地元の信用組合に就職し、自宅近くの教会に通ううちにキリスト教を信奉する永井叔《ながいよし》と親しくなり、大正一二（一九二三）年八月に駆け落ち同然で広島から上京する。これより前、朝鮮の聯隊に配属されていた永井は、大正八（一九一九）年三月一日に起きた三・一運動（反日独立運動）を鎮圧に行った際、〈朝鮮侵略反対おどり〉や〈天皇の命に従うこと能わずダンス〉などといった狂態を演じていた（『植民地朝鮮の日本人』）。バイオリンを弾いてキリスト教の伝道をする風変わりな永井は辻潤らとも交流があり、女優を夢見ていた泰子は、そんな永井と一緒に上京するのである。だが、当然ながら家族はこれに反対した。義兄は殴りつけ、祖母は「知らぬところへ行ってのたれ死にたいのか」といって思いとどまらせようとした。それを振り切って上京した泰子は、一ヵ月後の九月一日に関東大震災に遭い、永井と各地を放浪する。罹災した東京の文化人が多く移住した京都に身を落ち着けたのは大正一二年末で、やはり永井の口利きにより京都帝大学教授の成瀬《なるせ》無極《むきょく》の主宰する表現座に入るのである。

やがて中也は京都で泰子に出会うが、二人の出会いにも永井が一枚かんでいた。京都の街を歩いていた風変わりな永井に、ある日、中也が、「ぼくは、なかはらちゅうや（中原中也）っていうんだ。おじさん、君の名は？」と声をかけたのである。永井は気味の悪い少年と思うが、中也に下宿に誘われ、人生論を交わすうちに親しくなり泰子を紹介した（『大空詩人　自叙伝・青年篇』）。泰子が中也に好意を抱き、表現座で会うようになるのも、その延長上であった。泰子自身が当時を語る。

長谷川泰子〔中原中也記念館提供〕

「中原中也にはじめて会ったのは、京都の表現座という劇場の稽古場《けいこば》でした。大正一二年末だったと思います。〔略〕表現座がつぶれたのち、中原も私のことを心配してくれて、〈ぼくの部屋に来ていてもいいよ〉といってくれたんです。〔略〕私が行った中原の下宿は、北野あたり大将軍西町で、隣りに椿寺という古い寺がありました。〔略〕私たちは二階の六畳にいて、奇妙な共同生活がはじまったんです」
椿寺は京都御所の二キロほど西、北の天満宮のすぐ南で、二人が同棲したのはその裏だった。東京虎ノ門で大事件が起きたのは、ちょうどそのころ（大正一二年一二月二七日）だった。山口県熊毛郡出身で代議士・難波作之進の息子である難波大助が赤坂の虎ノ門交差点に差し掛かった皇太子のお召し車にステッキ銃を発砲したのだ。幸い、皇太子に怪我はなかったが、明治維新を成し遂げた山口県にとって新政府はじまって以来の不敬事件だった。しかし京都に居た中也は、泰子に目を奪われたままだった。泰子はいう。「椿寺の下宿はまかないつきの下宿屋だったから、それだけ下宿代も高かったと思います。私がマキノ・プロに行ってたときは、月十五円くらいもらっていましたから、自分の食事代くらいありましたが、そこをやめさせられてからは、まったく中原の居候でした」

中也の詩の中で、唯一泰子の名を語った作品が詩「時こそ今は……」である。

〈前略〉いかに泰子、いまこそは／しづかに一緒に、をりませう。／遠くの空を、飛ぶ鳥も／いたいけな情け、みちてます。〈後略〉

中也の母フクは、「ふたり分の食費がいるわけですから、八十円送ってやっても、あんまり幸せじゃあなかったろうと思います」と語り、以下のようにつづけている。「あるときは、中也はうちに帰りまして、私にこういいました。〈お母さん、ぼくは学校の先生の奥さんに、とってもかわいがられるんだよ。それで、赤い毛糸のシャツをお土産にもっていってあげたいから、買ってきてください〉。私はさっそく、赤い毛糸のシャツを買うてきて、中也にもたせて帰らせました。おそらく、それは泰子にやったんだと思うんです。私はうまく、だまされました」

年増婦《としま》の低い聲もする

長谷川泰子は京都時代の思い出として、「中原は私より年下で、まだ中学生だったんですけど、もう女郎屋へ行ったりしていたようです」と語り、つづける。「私と二人で四条の通りを歩いていたとき、ふと立ち止まって、こういったのを思い出します。〈ちょっと、女郎を買いに行って来るよ〉。中原は私に構わず、街灯があまり明るくない細い通りへ入って行きました。そこは宮川町のはずだけど、私はそのとき宮川町と聞いただけじゃ、何のことだかわかりません」

宮川町は中也が通っていたカフェーのあった蛸薬師通りから一キロほど南に下った鴨川の左岸、建仁寺の近くである。中也は女給たちがたむろするカフェーに通ったが、宮川町のほうは正真正銘の遊廓だった。この場所が悪所になったのは江戸時代で、「売女の外に東山一帯の寺院に奉ずる仏陀に仕える、僧侶相手の男色もあった」と『日本花街志』は伝えるが、中学生の中也が男色でもあるまいので、やはり女を買っていたのである。

後の話になるが、泰子と東京に出た後も中也の女郎買いは続いたようで、大岡昇平は中也と泰子の恋愛について、「中原の生涯で成功した恋愛は、私の知る限りこれひとつである」と語り、「あとは横浜の淫売と馴染むか、渋谷駅付近の食堂の女給に断わられる程度のものである」としている（『中原中也』）。その馴染みの「横浜の淫売」が死んだことで、のちに「朝の歌」や「臨終」の名作が生まれたことを考えると、中也の女買いが作品に大きな影響を与えていたことがわかる。

高田公園に鎮座する「帰郷」を刻んだ歌碑

そういえば山口市湯田の中原中也記念館の近くにある高田公園に、小林秀雄の筆による中也の詩「帰郷」を刻んだ石碑がある。昭和四〇（一九六五）年六月に除幕されたもので、裏面に大岡昇平の説明が見える。「帰郷」は昭和五（一九三〇）年当時、中也が『スルヤ』に書いた作品で、作家の吉行淳之介も戦時中に好んで読んだ詩であった（『詩とダダと私と』）。だが、湯田の詩碑に刻まれているのは「帰郷」の後半部分だけだ。

〈これが私の故里《ふるさと》だ／さやかに風も吹いてゐる／あゝ　お前は何をして来たのだと／吹き来る風が私に云ふ〉

詩には多少の改ざんがあると同時に、**〈年増婦《としま》の低い聲もする〉**を含む前後のフレーズが削除されている。その理由を河上徹太郎が小林秀雄に尋ねたら、「この年増婦はだれだ、と、また詮索がはじまると、うるさいじゃないか」との答えが戻ってきたらしい（『わが中原中也』収録の座談会）。

昭和五年に刊行された『全国遊廓案内』によると「年増《としま》」は遊廓語《さとことば》で、「二十歳以上四十歳以下の稍年とつた女」とあるが、大岡昇平は「泰子であることはまず確実である」（『中原中也』）と断言する。いずれにしても小林のいうとおり、「詮索がはじまると、うるさい」ニュアンスを持った言葉だったことだけは間違いなく、中也のもっとも中也らしい部分が詩碑から削られたことになる。

ランボオを読んでるとほんとに好い気持になれる

大正一二（一九二三）年九月一日に起きた関東大震災で、東京から京都に移ったのは長谷川泰子だけではない。中也が学んでいた立命館中学の国語教師の冨倉徳次郎もその一人だった。

冨倉は京都帝国大学の国文科の学生だったが、東京の家が罹災し、生活の糧を得るため、大正一三年四月から週二日ほど立命館中学の非常勤講師をしていた。のちに中世文学の権威（国文学者）となる冨倉が、あるとき作文の時間に「無題」という詩を書いて提出した生徒を職員室に呼び出す。それが中也だった。以来、教師と生徒の垣根を越えた友情が生まれ、中也は冨倉の下宿を訪ねるようになる。また冨倉も東京府立第一中学（現、日比谷高校）の後輩である正岡忠三郎を中也に紹介した。

正岡は正岡子規の母八重の弟（加藤恒忠）の三男で子規の跡継ぎであるが、司馬遼太郎が『ひとびとの跫音』で書いているように、一生をサラリーマンで過ごした平凡な人生を送った人である。その正岡を介して、中也は彼の同級生だった富永太郎と知り合う（七月初旬）。このとき富永は上海放浪を終えた直後だった。

中也は「詩的履歴書」で、「大正十三年夏富永太郎京都に来て、彼より仏国詩人等の存在を学ぶ。大正十四年の十一月に死んだ」と書いている。また「夭折した富永」においては、「富永は、彼が希望したやうに、サムボリストとしての詩を書いて死んだ」と語る。ボードレールを先駆者としてフランスにはじまり、ベルレーヌやランボオで展開したサンボリズム（象徴主義）詩に憧れた富永は、詩に没頭しながら、ときに絵も描く文学青年だった。長谷川泰子と同棲をはじめたばかりの一七歳の中也は、二三歳の富永と知り合うことでランボオに近づき、のちに「和製ランボオ」の異名をとるようになるのだ。高橋新吉のダダイズム詩からフランス象徴派の詩への転換点に、富永は位置したことになる。

中也が知ったランボオの魅力とは、富永自身が人妻との恋愛に破れ、二高を中退して上海を放浪して帰国したばかり〔*〕という、いささかランボオ的な富永の生活体験が加味されたものだった。このとき富永が見た大正期の上海にはエキゾチズムを越えた怪しげな魅惑が満ちていた。革命で祖国を離れたロシア人やユダヤ人。どこから流れ着いたかわからぬイギリス人やフランス人。また、辛亥革命を実行した孫文の逃げ場であったし、北一輝が昭和史を激震させることになる『日本改造法案大綱』を書き上げた（大正八年八月完成）場所でもある。そんな上海帰りの富永の体からにじみ出ていたのは、これら怪しげなエキゾチズムの混合物で、それが富永の敬愛するランボオ像と混合し、中也の身体に流れ込んだ。尾張藩の千石取りの武家に出自を持つ旧家であったにもかかわらず、明治維新後に没落した延長上に富永自身がいたことも、中也が親近感を持つ理由の一つであったのかもしれない。吉敷毛利家臣の家に生まれながら、新家中原家のまっとうな跡継ぎになれなかった負い目が中也にもあったからだ。時代に対する彼らの折れ合いの悪さが、当時流行の放浪と破滅の詩人・ランボオに収斂していったことは自然であった。ランボオの放蕩は、この時代の日本における没落士族の子孫の人生と重なっていた。

大正14年秋（18歳）ごろ、銀座の有賀写真館で撮ったポートレート〔中原中也記念館提供〕

中也の身体内部に流れ込んだランボオの臭みは、彼の風貌にも現われていく。大岡昇平は、「中原の服装は間もなくボヘミヤンネクタイに、ビロードの吊鐘マント、髪を肩まで延ばすことになるのであるが、これは多分富永太郎の影響だったろう」（『中原中也』）と語っている。お釜帽子をかぶり、黒マント姿の中也の有名なポートレートも、富永仕込みのランボオのコスプレだった。一方で同時代の友人たちに、このポートレートの評判がすこぶる悪い。河上徹太郎は、「ヴェルレーヌが描いたランボオの像の扮装」としたうえで、「警察制度の完備したわが国では、当然〈不審〉の範疇に入れられるものであった」（『わが中原中也』）と揶揄しているし、大岡昇平に至っては、「現物の中原とあんまり違っているので、〈何だ、こりゃあ〉といったら、彼はくさって、それから自分の写真を見せなくなった」（『新潮日本文学アルバム　中原中也』）と語っている。だが、富永に出会って以来ランボオに心酔した中也の心はランボオ一色だった。昭和二年八月二二日の日記に、「ランボオを読んでるとほんとに好い気持になれる。なんてきれいで時間の要らない陶酔が出来ることか！」と書いたのも、そんな心の表れである。

〔＊〕富永太郎は大正一二年一一月に上海に永住するつもりで神戸港から渡航するが、翌大正一三年二月に自活する見込みがないため帰国した。

ただもうラアラア唱つてゆくのだ

大正一三（一九二四）年は七月にアメリカが排日移民法を実施したことで、これに抗議する集会を頭山満（玄洋社）や内田良平（黒龍会）たちが東京で開いた年である。そんな時期に中也は京都で立命館中学の四年生の大半を過ごした。長谷川泰子との同棲や女郎買いに明け暮れる毎日であり、立命館中学の国語講師の冨倉徳次郎や正岡忠三郎、富永太郎たちからランボオやボードレールを学ぶ時期である。

だが、当時の中也にも一種のナショナリズムが芽生えていたことを正岡忠三郎が「ダダさんの思い出」（『中原中也全集』月報Ⅲ（昭和四二年一二月二五日）で語っている。それは大正一一年二月のワシントン会議で日本の軍艦保有制限が決まっていた当時、中也が意気込んで口にしたつぎの言葉だった。「山口県の海岸添いに小高い鎮守の森があって鬱蒼と繁っている、何とかいう軍艦をそこへ引張り上げて隠してある、いざという時には鎖を切るとするすると海へ浮んで其の儘使えるんだ」

正岡は、「仲間一同嫌軍思想を持っていただけに、なんだダダさんは矢張り長州人なんだなあと不思議な感じがした」と回想している。「ダダさん」とは、中也に付けられたダダイズム詩人を示すあだ名だった。

銀座２丁目より京橋方面を望んだ大正14年ごろの風景（『街・明治大正昭和―絵葉書にみる日本近代都市の歩み1902→1941―関東編』）

このころの中也の私生活を冨倉徳次郎が「中原中也と僕」（同前）で語る。「五度目の訪問、その時にはもうY子を連れての訪問だった。〈女優をしているんですが、一度前から先生の所へ連れてこようと思っていたんで〉ぬけぬけとそんなことを言って、結局その夜は二人で僕の狭い部屋に泊まりこんでしまう中也だった」

Y子とは女優の長谷川泰子のこと。教師の冨倉の下宿に女優連れで生徒が泊まりに行くのだから、中也の傍若無人ぶりがうかがわれる。

大正一三年一〇月、中也は椿寺の裏の下宿から京都御所の北東の角に近い上京区中筋通石薬師に下宿を移した。八月に東京に帰った富永太郎が九月にまた京都に来て、下鴨神社近くに下宿したことで、中也もそこから一キロほどしか離れてない下宿を借りたのだ。そして翌大正一四年三月に上京するまで泰子と二人で暮らす。そのころを泰子が語る。

「私は富永さんが絵を描いているところを、見たことはありません。〔略〕たいていは出町の私たちのところに来られていて、中原と文学の話ばかりなんです」

結核に蝕まれた富永が吐血したのは、それから間もなくしてだった。富永は療養を兼ねて一二月四日に実家のある東京に戻った。中也はあとを追って上京を試みるが、立命館中学の四年生だったので急には行けなかった。

大正一四年三月に立命館中学を卒業した中也は、泰子を連れて東京に向かった。関東大震災から一年半後の帝都は復興の最中で、道路整備が行われ、隅田川に架かる蔵前橋や永代橋の建設がはじまっていた。震災を境にモダニズムが開花し、新都市に生まれ変わる帝都の風景を中也は興奮した気持ちで眺めたに違いない。中也は早稲田大学の入学を希望していたため、早稲田鶴巻町の旅館「早成館」に泊まって下宿を探す。大学に近い東京府豊多摩郡戸塚町源兵衛に居を定めたのは、それからしばらくしてからである。

源兵衛とは、豊臣家臣の小泉源兵衛が大阪城落城後に落ち延びた場所で、大正一四年の戸塚町の地図〔＊1〕を見ると、高田馬場二丁目から西早稲田三丁目にかけて「源兵衛」の地名が広がっている。今とは違って田舎である。

関東大震災後、中也はそこに下宿したが、結局、早稲田大学は受験せず（このとき正岡忠三郎に替え玉受験を頼んだ話が前出の「ダダさんの思い出」に出てくるが実行されなかった〔＊2〕）、泰子と帝都で遊び暮らすことになる。はじめてみる都会の景色に中也の心は躍り、同時に何者にもなれぬ悲しみを自覚した。詩「都会の夏の夜」（昭和四年七月ごろ制作）には、きらびやかで、どこか寂しげな都会の空気が漂う。

〈月は空にメダルのやうに、／街角《まちかど》に建物はオルガンのやうに、／遊び疲れた男どち唱ひながらに帰つてゆく。／―イカムネ〔＊3〕・カラアがまがつてゐる―／その脣《くちびる》は肱《ひら》ききつて／その心は何か悲しい。／頭が暗い土塊になつて、／ただもうラアラア唱つてゆくのだ。／／商用のことや祖先のことや／忘れてゐるといふではないが、／

都会の夏の夜《よる》の更《ふけ》──／／死んだ火薬と深くして／眼に外燈の滲みいれば／ただもうラアラア唱つてゆくのだ。〉

〔＊1〕西早稲田三丁目で小泉米穀店を営む小泉隆史さん（源兵衛村研究会）が所有。

〔＊2〕替え玉受験をしなかった理由について大岡昇平が『中原中也全集　第四巻』の解説で、「受験は立命館中学の四年修業証書を取ってなかったなど手続きに不備があり、正岡氏は替玉の責任を免除される」としている。

〔＊3〕タキシードや燕尾服なで正装するときに着るシャツのこと。

第四章　小林秀雄との修羅（東京時代Ⅰ）

俺がめつけたあの女《あま》をよ、
てめえにや分ンねえ、あの女《あま》をよう。
兎倒くせえから呉れてやろつと呉れてやつたら、
ぢきに野郎、棄てちやひやがつた。
色々口実もあらうけどよう、
だいたい、てめえは、岡ッ惚れだつた。

（詩「雨が降るぞえ」草稿）

近々多分小林と二人で行きます

中也が泰子と戸塚町源兵衛の下宿で過ごしたのは一ヶ月足らずだった。この間のこととして、大正一四（一九二五）年四月三日付の富永太郎に宛てた書簡で、「近々多分小林と二人で行きます」と書いている。小林秀雄を中也に紹介したのは富永だった（『中原中也との愛　ゆきてかへらぬ』）。

この書簡で、「早大の方が面白くないから日大にも願書出して今試ケン場行つたが三十分ばかり遅刻して入れて呉れない」と見えるので、日本大学も受験できなかったようだ。また、四月七日に富永へ宛てた私信で、「僕は小林に二十円借りて一旦帰省、とくと親父を説伏する決心をしたわけだ」と中也は記す。小林から二〇円の借金をするほど親密な付き合いがはじまっていたのである。その二〇円で一時帰郷したときのことを母フクが語る。

「四月の半ばでしたが、中也は家に帰りまして、だしぬけに〈中学校を卒業したから、東京へやってください〉というのでした。それで、私が、〈どうしますか?〉とたずねますと、謙助は〈いや、やらん。東京へいかんでも、京都でええ〉と、ぜんぜんうけつけません」

中也は是が非でも東京に出たかったので、頑固な父親を母フクに説得してもらい、帝都で生活する了解を得る。了解とは、仕送りの了解に他ならなかった。

中也の帰郷は四月九日から一四日までの五日間だった。一五日に着京すると戸塚町から中野の下宿（新井薬師通赤門）に引っ越す。現在の場所でいえば中野五丁目であるが〔*1〕、この下宿に小林が雨の日に訪ねてきて、長谷川泰子に出会う。このとき泰子が小林に雑巾を貸してやったことで、小林が一目ぼれし、のちに事件に発展するが、そこに至るまで、まだ少し時間がある。

小林秀雄（昭和14年・川端康成撮影）〔中原中也記念館提供〕

小林は雑巾で足をぬぐうと縁側から上がり、奥の四畳半で本を読んでいる中也のところに行った。ランボオでも話題にするつもりだったのだろう。

小林は第一高等学校（一高）を卒業して、東京帝大の仏蘭西文学科に入ったばかりだった。会社経営者（日本ダイヤモンド株式会社の創設者）の父・小林豊造を大正一〇年に亡くしてから、杉並に母や妹（潤子）と一緒に住んでいたときで、一八歳の中也より五歳上の二三歳。泰子は二一歳だった。

小林と富永の出会いは、小林が一高時代に加わっていた慶応の学生たちの同人誌『青銅時代』から離れ、府立一中の出身者を中心に出された

『山繭』に参加したときである。富永は創刊号から詩や訳詩を発表し、小林も三号（大正一四年二月）に小説「ポンキンの笑ひ」を発表していた。富永のランボオ好きは、小林の影響によるものだった（＊2）。富永は小林より一歳年上で、『山繭』の初期に詩人として活躍した。

富永、小林、そしてこのときはまだ『山繭』に加わってない中也の三人を結んだのが岩野泡鳴訳の『表象派の文学運動』である。誤訳の多いことで知られるが、わが国初の本格的サンボリズム論というべきアーサー・シモンズの著書で、ランボオもボードレールも、そこにいた。訳者の岩野泡鳴は阿波藩士の子息として明治六年に兵庫県津名郡洲本町に生まれ、明治二〇年、一五歳のとき洗礼を受けたクリスチャンでありながらも大正五年に雑誌『日本主義』を創刊した日本主義者で、大正九年の時点で病死していた。中也は昭和二年八月二八日の日記で、「岩野泡鳴　こはこれ吃度《きつと》将来何人かに見出だされるべき詩人なり」と記している。

小林は「ランボオⅡ」（『考えるヒント4』）で、「私が初めてランボオを読みだしたのは二十三歳の春」と述べ、「手に入れたのは『地獄の季節』のメルキュウル版の手帳のような安本であった」と語っている。「その頃、私はただ、うつろな表情をして、一日おきに、吾妻橋からポンポン蒸気にのっかって、向島の銘酒屋の女のところに通っていた」、とも。銘酒屋とは酒を売る名目で私娼を置いていた売春宿で、入り口に赤い軒灯が灯り、一辺三〇センチほどの小窓から女性が客を呼ぶのである。

中也は大正一四年五月、中野の下宿から杉並町馬橋で母（精子）と妹（高見澤潤子）と暮らしていた小林の家に近い高円寺に移り住む。

〔＊1〕JR中央線の中野駅の北口から出て中野ブロードウェーの方に歩き、その入口を少し東に外れた猥雑な飲み屋やスナック、雀荘や小料理屋が集まる界隈。中也は大正一四年五月に高円寺で暮らすほかは、昭和三年八月まで中野を点々とする生活をつづけた。「古本屋」と題する随筆で、中也は当時の中野の描写を以下のようにしている。「新しく出来た六間道路とその辺の者が呼んでゐる通りには、まだギャレッヂと雑誌屋と玉突場とがあるきりだつた。そのほか寿司の屋台が出てゐる日があり、今日はそれは見えなかつたが、四五本の柱にトタン屋根を張つた、一時拵への氷店が出来てゐた。長さ二町ばかりの、その暗い湿つぽい通りに、今挙げたホンの三四軒の店屋が所々にあるのは、まるで蛍でもゐるやうな感じだつた」

〔＊2〕「小林秀雄はアルチュール・ランボオにとりつかれていた。その熱はやがて富永にうつり、小林に教えてもらったランボオの詩を、富永は自室の壁にはり、いつもながめていたという。中也がそれを見逃すはずがない。彼もたちまちランボオ熱にとりつかれ、富永太郎から、そして小林秀雄からフランス詩を学ぼうとした」（『四谷花園アパート』）。

僕には僕の狂気がある

中也が移った高円寺の下宿は、現在の住所で杉並区高円寺南二の四九。そこで中也は長谷川泰子と同棲をつづける。その下宿について、「机と少々の本、それに最低限の炊事道具。それを運んで高円寺に来たんですが、今度は二階で階段をあがって三畳、六畳と続いた部屋でした」と泰子が語っている。

高円寺の下宿に一番よく来たのが小林秀雄だった。そして小林を通じて、中也は同人誌『山繭』のメンバーと知遇を得る。中也より三歳上の永井龍男も、その一人だった。

永井は高等小学校しか出ていなかったが、菊池寛に認められ、大正一二年七月号の『文芸春秋』に短編「黒い御飯」が掲載されていた。永井が小林秀雄と出会ったのは大正一三年で、一二月には石丸重治や富永太郎らと『山繭』を創刊したのだ。発行人の石丸は柳宗悦《やなぎむねよし》（大正・昭和時代の民芸運動の創始者）の甥で、事実上の金主だった。

この辺りのことは高見順の『昭和文学盛衰史』に詳しく、慶応系の『青銅時代』の同人と最初に喧嘩したのが小林で、小林が飛び出すと永井と石丸が飛び出し、新たに『山繭』を刊行したとしている。だが、『山繭』でも、間もなく波乱が起きた。

永井の「小笠原諸島」（『永井龍男全集　第十一巻』）によると、大正一四年五月二四日の夜、小林が府立一中の

中也が過ごした高円寺の下宿界隈は、高円寺ルック商店街になっている（平成20年７月撮影）

同級生で『山繭』の同人だった木村庄三郎の家に酒に酔った中也を連れて現れ、自分と富永太郎の脱会を告げていたらしい。永井はこのときいなかったが、三日後の五月二七日の夜、石丸重治の家に『山繭』の同人たちが集まったときに同席する。小林の脱退説明を本人から直接聞くためだが、このとき中也が顔を出した。永井は中也との初対面を語る。

「初対面の中原中也は、よごれたゴムまりをぬれ雑巾でひと拭きしたような顔をしていた。それに、つばの狭い黒のソフト帽をのせ、つりがねマントを着ていたかもしれぬ。当時十八歳だったが、小柄なのでなお少年に見え、不敵さがあらわであった」（「中原中也」『永井龍男全集　第十一巻』）

半年前に『青銅時代』を飛び出して『山繭』を立ち上げた小林であるが、こんどはその同人誌からも富永を連れて飛び出すのである。もっとも富永の脱退理由は、肺結核で療養中のためだった。一一月に亡くなるので、わずか半年前のことだ。

このようなゴタゴタつづきの末に『山繭』は消滅するが、その原因を作ったのが中也だったと高見順は『昭和文学盛衰史』でいう。

「『山繭』は、のちに、堀辰雄、神西清、大野俊一、竹山道雄等の『虹』と合併したが、中原中也が間もなく正式に同人となるに及んで、その中原の天衣無縫というか傍若無人というか、つまりその喧嘩早さのために仲間揉《も》めが生じて『山繭』は潰れてしまった」

しかし『山繭』の同人といっても中也は大正一五年一一月発行の富永太郎追悼号に「夭折した富永」を書いた

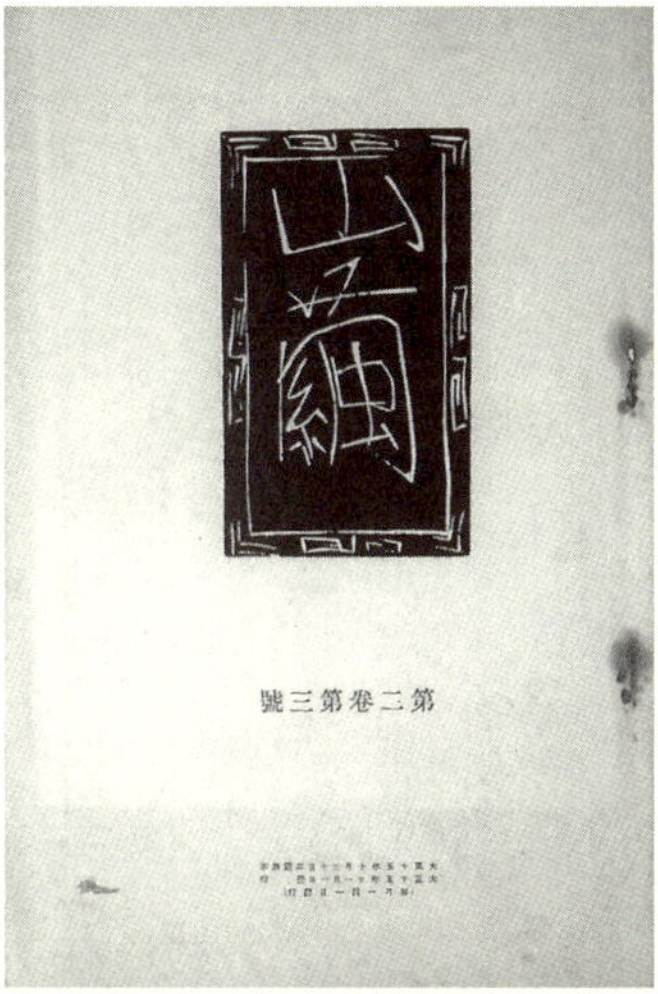

『山繭』第２巻第３号〔中原中也記念館提供〕

に過ぎない。にもかかわらず中也の悪評は有名だった。永井も、「中原の評判はどこでも悪かった。友人はとにかく、その家族たちは、すべて彼を嫌悪した」（「中原中也」同前）と書いているほどだ。このような悪評が、高見順をして中也が『山繭』を潰したといわせたのであろう。のちに中也は詩「僕が知る」で告白する。

〈僕には僕の狂気がある／僕の狂気は蒼ざめて硬くなる／かの馬の静脈などを想はせる／／〔略〕唾液には混《まざ》らぬものを／恰《あた》かも唾液に混るやうな格構をして／ぐつと嚥《の》み込まなければならないのかも知れない／ぐつと嚥み込んで、扨《さて》それがどんな不協和音を奏でるかは、僕が知る〉

永井が小林と共に高円寺の中也の下宿に泊まったのは、初対面から二日後の五月二九日。表が通りに面していた商家で、裏は一面田んぼだった。中也の部屋は二階で、泰子の床が敷かれたままだったが、「下宿での同棲生活が少しもエロティックでなかった」と永井が日記に書いている〔＊〕。中也は詩作に明け暮れ、泰子を女として扱うことにも飽きていたのか。泰子もまた、そんな中也に飽きはじめた時期だったようだ。

〔＊〕永井龍男は、「中原の〈朝の歌〉のうたい出しに、〈天井に朱《あか》きいろいで、戸の隙を洩れ入る光〉とあるのはこの宿のことか」（『永井龍男全集　第十一巻』）と記している。「朝の歌」については、第四章「鄙《ひな》びたる軍楽の憶《おも》ひ」を参照。

汚れつちまつた悲しみに

中也の悲運は、年上の親友であった小林秀雄に長谷川泰子を寝取られたことで、そこに至るまでを泰子自身が明けすけに語る。

「あれは七月のことでした、中原は郷里に帰って、いないときです。小林が一人でたずねて来ました。〔略〕私はそれからときどき、中原に内緒で小林と会うようになったんです」

小林も小説仕立ての手記で、泰子との関係を書き残していた。

「近いうちに会はないか」／「いや」／「何故、そんなことをいふんだ」／「何故でもいや」Aは蒼い顔をしてゐた。私はこの時AとBの間に妥協が成立したことを直覚した。／「私、如何してもあの人と離れられないわ」とAはしばらくして言つた。／「兎に角、この儘の状態を持続して行くことは、俺には不可能だからね、それに愚劣だ」

（『大岡昇平全集一八』「朝の歌」）

Aは泰子で、Bは中也である。小林は、「俺は、俺の生活全部をあげて君に惚れてるんだからね」と告白し、「さあ、どつちにつくんだ。俺かBか」とA（泰子）に迫って両肩を抱えたが、「きめられない、きめられない」とA（泰子）は烈しく首を振った。

小林が中也に絶交宣言したのが大正一四（一九二五）年一〇月。一〇月七日に、中也は「秋の愁嘆」という悲壮感あふれる詩を作っている。

〈**あゝ、秋が来た／眼に琺瑯《ほうろう》の涙沁《し》む。／あゝ、秋が来た／胸に舞踏の終らぬうちに／もうまた秋が、おぢやつたおぢやつた。／野辺を　野辺を　畑を　町を／人達を蹂躙《じゆりん》に秋がおぢやつた。**〔後略〕〉

小林は泰子を誘って伊豆大島に駆け落ちを試みるが、泰子が遅れて品川駅に着いた。中也の目を盗んで出掛けることにためらった結果で、小林が一人で旅立ったあとだった。

小林は「Xへの手紙」で、「一度はたいくつのために、一度は女のために」、「自殺をはかった経験が二度ある」と書いている。妹でのちに高見澤仲太郎〔漫画家・田河水泡〕の妻となる高見澤潤子が、「二十三歳で大学に入学したが、同時に苦しい恋愛をし、今までの苦悩とは別な世界の苦悩と戦いつづけた」（『兄小林秀雄』）と語るよう、小林にとって泰子との恋愛は辛いものとなる。

小林は伊豆大島で自殺を試みるが死にきれずに東京に舞い戻る。その直後に腸ねん転（あるいは盲腸炎）を患い、京橋の泉橋病院で手術をする。泰子は小林の退院を待って「私は小林さんとこへ行くわ」と告げて中也の元から立ち去るが、中也は無関心を装って「フーン」と答えただけだった（『中原中也との愛　ゆきてかへらぬ』）。

泰子に逃げられた日、中也はゲーテの「ファウスト」を一晩中読んでいたと、のちに中也が口にしたことを野々上慶一（*）が語っている（「『山羊の歌』のこと」『新文芸読本　中原中也』）。一方の小林の方は、大正一四年一一月下旬から杉並町天沼に家を借りて泰子と同棲をはじめる。

中也は小林のもとに逃げた泰子を忘れられなかった。それで泰子のもとを度々訪ね、激しく言い争い、ときには格闘までやらかした。やがて泰子は潔癖症の症状が出て、部屋の中で自分の座る場所に敷物を敷き、その上から動かなくなる。玄関に食べ散らかした丼が重なり、床に雑誌や原稿が散乱し、床の間には衣類が山盛りで、「兄は何度も、彼女に殺されそうになったことがあったらしい」と高見澤潤子が嘆いたほどだ。

小林は「中原中也の思い出」（『考えるヒント4』）で、「私は中原との関係を一種の悪縁であったと思っている」と語り、「奇怪な三角関係が出来上り」、「私と中原との間を滅茶苦茶にした」と明かしている。のちに『山羊の歌』（昭和九年一二月刊）に収められる「無題」と題する詩に、このときの中也の悲しみが浮かび上がっている。

〈こひ人よ、おまへがやさしくしてくれるのに、／私は強情だ。ゆふべもおまへと別れてのち、／酒をのみ、弱い人に毒づいた。今朝／目が覚めて、おまへのやさしさを思ひ出しながら／私は私のけがらはしさを歎いてゐる。そして／正体もなく、今茲《ここ》に告白をする、恥もなく、／品位もなく、かといつて正直さもなく／私は私の幻想に駆られて、狂ひ廻る。〔後略〕〉

中也は「我が生活」でも当時の心境を語る。

「私は女に逃げられるや、その後一日々々と日が経てば経つ程、私はたゞもう口惜《くや》しくなるのだつた。〔略〕とにかく私は自己を失なつた！　而も私は自己を失つたとはその時分つてはゐなかつたのである！　私はたゞもう口惜しかつた、私は〈口惜しき人〉であつた」

有名な詩「汚れつちまつた悲しみに……」にも〈口惜しき人〉の絶望が見える。

〈汚れつちまつた悲しみに／今日も小雪の降りかかる／汚れつちまつた悲しみに／今日も風さへ吹きすぎる／／汚れつちまつた悲しみは／たとへば狐の革裘《かはごろも》／汚れつちまつた悲しみは／小雪のかかつてちぢこまる／／汚れつちまつた悲しみは／なにのぞむなくねがふなく／汚れつちまった悲しみは／倦怠《けだい》のうちに死を夢む／／汚れつちまつた悲しみに／いたいたしくも怖気《おじけ》づき／汚れつちまつた悲しみに／なすところもなく日は暮れる……〉

〔＊〕文圃堂主人。野々上慶一は中也との出会いの時期を、「昭和九年のたしか夏の終りか、秋のはじめの頃」（「『山羊の歌』のこと」）と語っている。

キオスクにランボオ

小林秀雄が長谷川泰子と同棲をはじめる前、つまり小林が伊豆大島から帰郷して腸ねん転（あるいは盲腸炎）で伏せていたころ、中也は富永太郎の友人である村井康男と出会っていた。そのときのことを村井が語る。

「中原にはじめて会ったのはいつどこであったか思い出せない。たぶん大正十四年の秋ごろ、東京代々木の富永宅でであったろう。しかしこの恐るべき年少詩人、〈ダダさん〉についてはすでに聞き知っていた。前年夏京都に居る富永太郎をたずねて二三日いっしょに過ごしたとき、冨倉氏をまじえての会話に彼の動静がしきりに話題にのぼっていた」（「思い出すままに」『新編中原中也全集　別巻〔下〕』）

冨倉氏というのは、京都帝大国文科の学生時代に立命館中学の非常勤講師として中也を教えた冨倉徳次郎のことだ。富永太郎は肋膜炎と肺炎を併発して大正一四年一一月一二日に亡くなるが、村井もまた富永の家に見舞いに行って中也と鉢合わせたのだろう。もっとも富永が中也の見舞いをさほど有り難がっていなかった様子も、正岡に宛てた一〇月二三日付のつぎの手紙の文句からわかる。「尤もダヾさんだけは相変らずゐぶんちよいく

来るが　これとてもこの頃では一向有難からぬことになつてゐる　仔細はといふほどでもないが　かれこの頃小林に絶交を申渡されたのだ」

小林からの「絶交」とは、いうまでもなく長谷川泰子の一件によるものだった。それから二週間後、富永は小林と中也と泰子の「奇怪な三角関係」を知らぬまま、生涯最後の詩「ランボオへ」を残して世を去る。

〈キオスクにランボオ／手にはマニラ／空は美しい／え丶　血はみなパンだ（後略）〉

この詩はフランス語で書かれていたのを中也が訳し、「今年七月末の作で、そして最後の詩です」と書いて富永の家族に書簡で送った（一一月下旬）ものだ。九歳下の弟呉郎は、亡くなった富永の写真を湯田の実家に持ち帰った中也が、「これは偉い人だったんだよ」と何度も繰り返し語っていたという。そのうえで、「兄の詩の発想の諸端は富永太郎に負う所が大きいと私は思う」（『海の旅路　中也・山頭火のこと他』）と語る。

よく知られる、お釜帽子にマント姿の中也の肖像写真（七一頁写真）も、「中原十八歳の時の写真」（「写真像の変遷」『大岡昇平全集一八』）と大岡昇平が書いているので、富永が没したころに撮ったのだろう。そういえば中也の表情はどことなく不安げで悲しそうだ。写真は銀座の見合い写真専門の「有賀」〔＊〕で撮られたもので、正面を向いたのと顔を斜に向けたものの二種類が写真で残っているが、正面を向いた有名なポートレートについて、修整が加えられ、「少女のような」印象を与えることで「女性ファンを誘惑する役目を果たしている」と大岡が語っている。なお、二枚の写真のネガは大東亜戦争（太平洋戦争）で焼失した。

〔＊〕有賀写真館は、銀座七丁目に七階建ての「有賀写真館ビル」として残っているが、そのビルは昭和四一年一二月に建てられたものである。富永が亡くなった大正一四年秋ころに中也が写真を撮っていたなら、これより一年以上前の大正一三年春に創業者の有賀《ありが》乕五郎《とらごろう》が銀座出雲町（現在の銀座八丁目、資生堂の真向い）にバラック建てのアトリエを開いていたときである（『ドイツで学んだ肖像写真・有賀乕五郎』）。

忌はしい憶ひ出よ、去れ！

「私がこの本を初めて知つたのは大正十四年の暮であつたかその翌年の初めであつたか、とまれ寒い頃であつた。由来この書は私の愛読書となつた。何冊か買つて、友人の所へ持つて行つたのであつた」（「宮沢賢治全集」『新編中原中也全集　第四巻』）

中也は宮沢賢治の「春と修羅」に影響を受けたことを自分で語っていた。宮沢賢治を知ったのは、立命館中学時代のとき、富永太郎を通じてであったらしい。大岡昇平と吉本隆明が対談「詩は行動する」（『大岡昇平全集別巻』）で、そのころを語る。

【吉本】中原中也ですけれども、一等最初の詩集『山羊の歌』ですか、それを書いてた頃でも、まとめた頃でもいいですけれども、その時には宮沢賢治の『春と修羅』を読んでいたでしょうか。／【大岡】〔略〕彼に会ったのは昭和三年ですけれども、少なくともその時は宮沢賢治の『春と修羅』のファンでした。夜店のゾッキ本で五銭で売ってたんですよね、当時。いっぱい積んであるんですよ。そいつを彼は、三冊か五冊位買って、僕に一冊くれました。あとはほかの人に配って歩いてたんです。〔略〕『春と修羅』が出たのが大正十三年ですね。富永太郎が十四年の一月に買って読んで、正岡忠三郎という友人のところへ「蠕虫舞手」を写し送っています。その時、中原とずっと詩の話をしていたんだから、中原はその時知ったんだろうと思うんです、おそらく。／【吉本】前は気がつかなかったんですけれども、今度読んでみて、宮沢賢治の影響が濃い。影響というのはおかしいですが、言葉づかいの類似がずいぶん多いんじゃないかと思いました。／【大岡】僕もそう思ってます。少なくとも十五年頃から読んでいた。ほら「神様は気層の底の、魚を捕っている」とかいう句があるでしょう、あれは宮沢賢治ですよ。

大岡のいう「神様は気層の底の、魚を捕っている」というフレーズのある中也の詩は「ためいき」で、正確には「神様が気層の底の、魚《さかな》を捕ってゐるやうだ」である。河上徹太郎が『わが中原中也』で、「こんな抒情的な詩は中原の全作品の中で珍しい」と語るその詩は、中也が二〇歳のときの作品であった。だとすれば昭和二（一九二七）年ころの作で、昭和二年六月四日の中也の日記に、興味を持つ文学者として岩野泡鳴、三《み》富《とみ》朽《きゅう》葉《よう》、高橋新吉、佐藤春夫、そして賢治の名を挙げていることにも符合する。高橋新吉の『禅に遊ぶ』によると、賢治の詩を最初に認めたのは辻潤だが、長谷川泰子と別れた（?）中也が賢治の「春と修羅」を読みはじめるのは辻の影響というより、失恋の寂しさを紛らわすためだったのかもしれない。

一方、宮沢賢治は岩手県花巻市の裕福な商家に、明治二九年に生れているので中也より一一歳年上だった。彼は盛岡高等農林学校を大正七年に卒業すると童話創作をはじめ、大正八年二月に上野の国柱会館で田中智学《ちがく》の講演を聞いて大正九年一一月に国柱会に入信する。そして家族に無断で上京したのが大正一〇年一月。中也が一四歳になる年だ。

田中智学が創始した国柱会は国家主義を仏教に取り入れた日蓮主義運動を行う宗教団体（大正三年発足）で、宮沢賢治と同じころ入信した人物に、五・一五事件の黒幕となる井上日召《にっしょう》や世界最終戦争を主張した石原莞爾《かんじ》らがいた。賢治の詩も当然ながら国柱会の影響下にあり、中也が魅了された「春と修羅」も、その上に完成した詩である。詩人として宮沢賢治のスタートでもあったこの詩に、「いかりのにがさまた青さ／四月の気層のひかりの底を／唾《つばき》し　はぎしりゆききする／おれはひとりの修羅なのだ」とあるが、これらのフレーズは当時のやりきれない賢治の心境をストレートに表していた。それは田中智学の救世思想の裏返しであり、井上日召のテロリズムや石原莞爾の満洲国建設への理想にまで広がる予言でさえあった。そんな「春と修羅」に魅了された中也は、〈**忌はしい憶ひ出よ、／去れ！　そしてむかしの／憐みの感情と／ゆたかな心よ、／返つて来い！〔後略〕**〉という感情むき出しの序歌からはじまる詩「修羅街輓歌」を書く。この時期、中也が過去に戻ろうとしていたように、日本もまた肇国に戻ろうとしていたのである。のちに起きる井上日召の五・一五事件も、石原莞爾の主張した世界最終戦争も、彼らにとって肇国に戻るための運動で、みんな「ひとりの修羅」だったのだ。

鄙《ひな》びたる軍楽の憶《おも》ひ

「横浜といふ所には、常なるさんざめける湍水《たんすい》の哀歓の音と、お母さんの少女時代の幻覚と、謂はば歴史の純良性があるのだ」

大正一五（一九二六）年一月一六日、友人の正岡忠三郎に宛てた手紙で中也は横浜行きの願望を綴った。横浜は母フクにゆかりの地だ。それというのもフクの父・中原助之は幕末の禁門の変や四境戦争で活躍した吉敷毛利家臣で、明治三年に上京して明治九年に工部省に就職したことで、明治一二年にフクが横浜で生まれたからだ。フクは語る。

「私が生まれたのは、横浜の花咲町《はなざきちょう》じゃなかったかと思います。〔略〕私は横浜で、何回か引越したのを覚えております。野毛山《のげやま》という高台の家とか、陣屋《じんや》という池のあった大きな家に住んだこともありました。〔略〕ステーションがあって、鉄道役所があって、その敷地内に、私たちが最後に住んだ鉄道官舎もありました」

日本初の鉄道として明治五年に新橋—横浜間が開通したが、横浜のステーションは現在のJR根岸線の桜木町駅近くにあり、「鉄道創業の地」の鉄製記念碑が付近に建っている（横浜桜木郵便局のすぐ近く）。イギリスの軍事力を背景に長州藩が断行した明治維新の象徴的場所が、そこであったことは、イギリス人技師モレルの尽力により鉄道が完成した場所であったことでもわかる。そして長州藩士として明治維新を戦った中原助之が、その地で暮らしていた意味も納得できる。フクの語る「花咲町」は駅の西側に残っている。

そんな横浜港の風景が見える中也の詩が「秋の一日」である。

〈前略〉ぽけつとに手を突込んで／路次を抜け、波止場に出でて／今日の日の魂に合ふ／布切屑《きれくづ》をでも探して

来よう。〉

フクは明治一七年四月、五歳で横浜の老松小学校に入学するが、二年後（明治一九年九月）には父助之が亡くなり、年末に母親の生家である吉敷の小野家に戻る。

一方、中也が横浜に足を運んだのは母フクへの思慕や、祖父・中原助之の墓参りのためだけではなく、大岡昇平が「朝の歌」（『中原中也』）で語るように、「横浜橋」と呼ぶ馴染みの「私娼窟」があったからだ。長谷川泰子と別れてから昭和三年ころまで、彼はその地を度々訪ねた。横浜の遊廓として昭和五年刊の『全国遊廓案内』には真金町遊廓、青木町遊廓、保土ヶ谷遊廓の三箇所が見えるが、このうち中也がいう「横浜橋」で市電を下車するのは真金町遊廓だけである。

中也が足を運んだ真金町は、横浜市営地下鉄の桜木町駅から三つ目の阪東橋駅で下車し、五分も歩けば「よこはまばし」の看板の掛かる商店街として残っている。庶民的な店が並ぶアーケードで、遊廓は向かって左側の商店街の裏に広がっていたらしい。アーケードの中ほどから路地に入ると赤い鳥居に「金刀比羅大鷲神社」の扁額のある金刀比羅神社《ことひらじんじゃ》が現れ、玉垣の一つに「遊廓　夏海萬吉」と刻まれている。前出の『全国遊廓案内』によれば貸座敷が五九軒、娼妓が約五〇〇名もいたというので、玉垣に見える夏海萬吉も、そんな廓《くるわ》の経営者の一人であったのだろう。同じく、この地で廓を営んでいたのが、噺家の桂歌丸の祖母であった。

「真金町といえば、横浜では戦前から一番盛んだった色街、つまり遊廓で、あたしの家は、そこで〈富士楼〉という……早い話が、お女郎屋だったんです。純和風の建物で、間口が七間か八間ありましたかね、表の大通りから裏の道路まで家がありましたから、かなり大きな店でした」（『極上歌丸ばなし』）

桂歌丸の本名は椎名巖。父椎名貞雄と母ふくの息子として昭和一一年に真金町遊廓「富士楼」で生まれていた。「富士楼」は祖母タネが経営していた廓で、他に洋館造りの「いろは」と「ローマ」を経営していた女将と三人合わせて「三大ばばあ」と呼ばれていたそうだ。桂歌丸によれば、祖父母が結婚したころには遊廓をやっていたらしいので、中也が真金町遊廓で遊ぶ姿をタネは見たことがあったかもしれない。そんな真金町遊廓に中也が通っていたころ、馴染みの娼婦を歌った詩が「むなしさ」だった。

〈臘祭《らうさい》の夜の　巷《ちまた》に堕《お》ちて／心臓はも　条網に絡み／脂《あぶら》ぎる　胸乳《むなぢ》も露《あら》は／よすがなき　われは戯女《たわれめ》〔後略〕〉

民家と飲食店が混在する猥雑な真金町を歩くうちに、一軒だけ往時の遊廓の面影を残す民家を見つけることができた。真金町二丁目、セレモニーホール奉誠殿の向かいに建つ田岡守夫さんの家だ。優雅で古風なデザインは圧倒的な美しさがある。田岡夫人によると「周りにはウチのような遊廓がたくさんあったと聞いています」とのことだった。

中也は真金町遊廓に通いながら、大正一五年の四月になると日本大学の予科に入学したが、五ヵ月後（九月）には早々の退学となる。

同じころ中也は恋敵の小林秀雄に、頻繁に手紙を出していた。上京して最初の詩「朝の歌」も、そのころの作で「詩的履歴書」に、以下のように記している。

「大正一五年五月、〈朝の歌〉を書く。七月頃小林に見せる。それが東京に来て詩を人に見せる最初。つまり〈朝の歌〉にてほゞ方針立つ。方針は立つたが、たつた十四行書くために、こんなに手数がかゝるのではとガッカリす」

〈天井に　朱《あか》きいろいで／戸の隙を　洩れ入る光、／鄙《ひな》びたる　軍楽の憶《おも》ひ／手になす　なにごともなし。／／小鳥らの　うたはきこえず／空は今日　はなだ色らし、／倦《う》んじてし　人のこころを／諫《いさ》めする　なにものもなし。／／樹脂《じゅし》の香に　朝は悩まし／うしなひし　さまざまのゆめ、／森竝《もりなみ》は　風に鳴るかな／ひろごりて　たひらかの空、／土手づたひ　きえてゆくかな／うつくしき　さまざまの夢。〉

のちに不朽の名作となる「朝の歌」について大岡昇平は「中原の下宿の一室における目覚めを歌ったものであろう」（「朝の歌」『中原中也』）というが、横浜の真金町の廓で馴染みの娼婦と一晩過ごしたあとの倦怠感を感じ

遊廓の名残りをとどめる真金町の民家（平成20年７月撮影）

るのは私だけか。この詩が昭和二年一二月の「スルヤ」で初演奏されたとき、一緒に演奏されたのが横浜の娼婦の死を詠んだ「臨終」（第五章「秋空は鈍色《にびいろ》にして」）だったことも気にかかる。中也は愛していた遊女と一夜を過ごし、娼家で朝を迎えたときのことを「臨終」で〈朝の日は澪《こぼ》れてありぬ〉と表現したが、〈戸の隙を　洩れ入る光〉という「朝の歌」のフレーズも、それに重なる言葉ではないのか。つまり「むなしさ」、「朝の歌」、「臨終」は、もともとセットであった詩に思われるのである。実は「朝の歌」は「臨終」に重なるだけではなく、〈鄙《ひな》びたる　軍楽の憶《おも》ひ〉というフレーズが、同時期に書かれたと思われる「月」の〈胸に残つた戦車の地音〉とも重なっている。この時期の中也が軍事的なものへ関心を寄せていたことを示すフレーズだが、祖父・中原助之たちが活躍した明治維新と、その結果としての日清・日露の聖戦を祖父ゆかりの横浜で感じていたのではあるまいか。

金がさつぱりない

横浜まで遊廓通いをしていた大正一五（一九二六）年五月、中也のふるさと山口県では皇太子行啓が華々しく行われていた。のちに昭和天皇となる皇太子が豊栄神社、野田神社、歩兵第四十七聯隊、山口地方裁判所、亀山公園などを五月二九日に訪れ、それから半年後の大正一五年一〇月から一一月にかけて、中也の故郷で再び騒動が起きる。

すでにみたように山口市湯田の中也生誕地から三キロほど北東に進んだ所に位置する現在のザビエル記念公園

に巨大な十字架の塔が建てられ、除幕式が行われたのが大正一五年一〇月一六日であった。前日（一〇月一五日）の『防長新聞』には除幕式後に山口高等商業学校で京都帝国大学教授の講演「ザベリヨ聖人の功績」が行われたことや、山口高等学校の歴史教室で「吉利支丹《キリシタン》関係遺物展覧会」が開催されたことが伝えられている。また、除幕式の翌日（一〇月一七日）の記事には、山口県知事の大森吉五郎の式辞や、岡田良平（文部大臣）や江木翼（司法大臣）の祝辞が披露されたとあるので、盛大な除幕式だった様子が伺える。

それから一ヵ月後の一一月一一日に、中也の家のすぐ近くの高田公園で七卿遺跡記念碑の除幕式が行われた。前述のザビエル記念碑のほうは、ザビエルが日本で最初に布教所とした大道寺跡を顕彰するため、中也の養祖父・中原政熊と彼の妻コマが土地買収に奔走し、ビリオン神父に協力して建立したものだが、七卿遺跡記念碑のほうは、中也の父謙助の奔走による建立だった。この記念碑について、除幕当日（一一月一一日）の『防長新聞』に県立教育博物館で「遺墨遺物展覧会」が開催された記事が見えるので、やはり盛大なイベントであったことがわかる。

この日、東京にいた中也は小林秀雄に、「直哉論にはとりかゝつたかい、好いものにしたまへ、君はよく分つてゐる、僕はそれを喜んでゐる。」と手紙に書いている。小林は志賀直哉論を書いていたのである。そして一一月一六日に中也は再び小林に、「金がさつぱりない。なんにも叶はぬ。」と書き送った。

気ままな都会暮らしを楽しむ中也をよそに、郷里では父と養祖父が先覚者の顕彰に汗を流していたわけである。それにしても狭い地域にキリスト教と明治維新を顕彰する二つのメモリアルが、ほぼ同時にいずれも中原家の関与で建てられたことは、中也が二つ事象から生まれた詩人であることを改めて教える。

中也の生誕地近くの高田公園に残る七卿遺跡記念碑の傍らに井上馨の銅像が据えられているのは、そこがかつての井上邸だったからだ。そして文久三（一八六三）年八月のいわゆる八・一八政変により都落ちした七人の公卿〔*〕のうち、三条実美が身を隠したのが、この井上邸に増築された何遠亭《かえん》（高田の字名より、別名を高田御殿と

高田公園の七卿遺跡記念碑

称していた）だった。そのことで七卿遺跡記念碑の建立場所が、そこに定められたのであるが、この七卿都落ちの延長上に、キリスト教の伝統を持つ吉敷毛利の家臣たちが良城隊を結成して幕府軍と戦い、明治維新を用意する。考えてみれば井上馨も明治になって欧化政策の代表者になるが、彼の生誕地もキリスト教に縁深い地であったことは意味深である。長州藩の尊皇攘夷運動の皮を一枚むけば、幕藩体制を支える朱子学を超えるキリスト教と陽明学、神道の革命思想がごっちゃになって横たわっていたのではないか。その場所に立つと、確かにそんな雰囲気が感じられる。

フクは七卿記念碑を建てるときのことを語る。

「私どもは、〔略〕湯田七卿の記念碑を建てるというとき、謙助もその発起人だった関係で、毛利元恒《もとつね》さまにおあいすることがありました。はじめは長府の毛利五郎さまが会長だったんですが、急に亡くなりになって、そのあとを毛利元恒さまがひきつがれたんです」

毛利元恒は雅号を碧堂《へきどう》といい、中也とも交流があった。小・中学校時代に中也が短歌を投稿していた『防長新聞』の選者で、中学三年のときに中也が文学で身を立てたいと意見を求めた相手でもあったからだ（『兄中原中也と祖先たち』）。

この七卿遺跡記念碑が建立されたころから、連日のように宮内省から大正天皇の病状発表が行われるようになった。そして年の瀬も迫った一二月二五日に、四七歳の若き天皇は息を引き取る。これより二日前（一二月二三日）に中也は小林に宛てた手紙で、「天皇陛下の御病気が僕たちにとつてなんでもないといふのはうそだね」と記している。詩人の心にも大正天皇への思慕が宿っていたのだろう。昭和元年はその後のわずか六日間だけで、年が明けると昭和二年になった。

［＊］三条実美《さんじょうさねとみ》、三条西季知《さんじょうにしすえとも》、沢宣嘉《さわのぶよし》、東久世通禧《ひがしくぜみちとみ》、四条隆謌《しじょうたかうた》、錦小路頼徳《にしきのこうじよりのり》、壬生基修《みぶもとなが》の七名の公家のこと。

亡国に来て元気になつた

昭和二（一九二七）年一月に中也が作成したと推定される詩に「夜寒の都会」がある。

〈外燈に誘出された長い板塀、／人々は影を連れて歩く。／／星の子供は声をかぎりに、／たゞよふ靄《もや》をコロイドとする。／／亡国に来て元気になつた、／この洟《はな》色の目の婦《をんな》、今夜こそ心もない、魂もない。／／鋪道の上には勇ましく、／黄銅の胸像が歩いて行つた。／／私は沈黙から紫がかつた、／数箇の苺《いちご》を受けとつた。／／ガリラヤの湖にしたりながら、／天子は自分の胯《また》を裂いて、／ずたずたに甘えてすべてを呪つた。〉

中也の詩のフランス語翻訳で知られるイヴ＝マリ・アリューは、「中原中也―その政治性」（『文学』一九七七年一一月号）で、〈天子は自分の胯《また》を裂いて、／ずたずたに甘えてすべてを呪つた。〉という最後のフレーズについて、「一九二七年前後には、なんといってもかなり抵抗があったに違いない」と記している。「天子」を「天皇」と読み替えた推論で、「一九二七年前後」は、この詩が作成された昭和二年前後を示していた。つまり「夜寒の都会」は不敬であるといったのだ。

しかし昭和二年一月という時期は、前年（大正一五年）一二月二五日に大正天皇が葉山の御用邸で崩御した直後であった。その時期を考えるとき、イヴ＝マリ・アリューの言うのとは逆に、天皇崩御を悼む詩であるように私には見える。若くして病死した大正帝の無念さを「夜寒の都会」の最後のフレーズ〈天子は自分の胯《また》を裂いて、／ずたずたに甘えてすべてを呪った。〉に感じるからだ。

「昭和二年春、河上に紹介さる。その頃アテネに通ふ」

中也が「詩的履歴書」で書いたのは、「夜寒の都会」を作った直後であろう。「河上」とは河上徹太郎のことで、「アテネ」とは神田駿河台二丁目にあったフランス語学校アテネ・フランセのことであった。リベラリズムに徹したフランス語の教育機関で、大学教授から会社員、新聞人、画家、実業家、外交官、文学青年、学生も混じる男女共学の学校だった（『わが坂口安吾』）。

ランボオに心酔した中也がアテネ・フランセに通いはじめた時期ははっきりしないが、大正一五年一一月二九日付で小林秀雄宛ての手紙に、「この週はフランセにディクテがあるさうだ」と書いているので、大正一五年の秋ころからではあるまいか〔＊〕。それから半年後に中也は河上と出会う。河上はいう。

「中原は私より五歳年少であった。そして昭和二年彼が二十歳のとき私の前にはじめて現われ、晩年にはしだいに疎遠になったが、とにかく三十歳で死ぬまで付き合っていた。ことにはじめのうちは三日に二日くらいはやって来、いやおうなしにその話を聞かされるので、ちょうど文学的に目覚めつつあった私は多大な影響を受けた」（「中原中也―人と作品」『わが中原中也』）

三日に二日くらい訪ねてきたというのは、いかにも訪問魔の中也らしい。特に河上に対しては同郷の先輩という意識も合わさり、特別な親しさがあったのではないか。

河上徹太郎は明治三五年に日本郵船技師の父邦彦とキリスト教徒の母ワカのひとり息子として長崎で生れていた。だが、祖父の河上逸が四境戦争で活躍した岩国藩士であったため、本籍地は岩国であった。長州とキリスト教の聖地である長崎は幕末、長崎のイギリス人武器商人グラバーを通じて結びついていた。長州藩はイギリスの後ろだてで討幕に成功するのである。河上徹太郎の血にも明治維新の匂いが染み付いていたわけで、付言すればマルキストの河上肇（父の忠は初代岩国町長で弟の左京は洋画家）も河上徹太郎の親戚である。

世界一の軍事力を誇るイギリスと密かに手を結んだ長州藩は、明治維新の裏側でキリスト教を担ぎ上げて近代日本を用意した。その結果、伊藤博文、山県有朋、桂太郎、寺内正毅、田中義一といった総理大臣を生むと同時に、自らを生み落とした新政府に反旗をひるがえした前原一誠を基点とする反逆者もまた誕生させた。近代日本の抱えた矛盾は、長州藩の矛盾でもあった。このようなアンチテーゼが文学や思想において中也や河上肇の形で表れたことは、河上徹太郎が『日本のアウトサイダー』に、この二人を据えていることでもわかる。

中原家の仕えた吉敷毛利家の菩提寺・玄済寺に鎮座する初代・毛利秀包（右）と妻マゼンシア（左）を象ったと伝わる石仏。マゼンシアは背中に羽のあるエンゼル姿

おそらく中也に河上徹太郎を紹介したのは小林秀雄であろう。河上と小林の出会いは河上が東京府立第一中学（日比谷高校）の五年生で、小林が四年生のときだった。学年は河上が一つ上だったが、同じ明治三五年生まれだと河上が「厳島閑談」（『河上徹太郎著作集第七巻』）で語っている。

ともあれ昭和二年の春以来、中也の毒舌と奇行に悩まされながらも、河上は同じ長州人の維新者の血を持つ年下の友人との交際をつづけるのだ。それは河上の辛抱強さというより、中也の内部に宿るキリスト教的なものに、河上のキリスト教的性格が惹きつけられた結果だった。再び河上の言葉を借りよう。「カトリシズムといふのがぼくを惹きつけたのは、完全に中原中也に教へられたことですね。カトリシズムは全宇宙を包摂、包括するものであるといふ一つの議論と、もう一つは、のどかな、無邪気な、いはゆる幼な児の心で生きるといふこと、この二つのことを中原に教はつた」(「厳島閑談」)

中也の養祖父政熊と養祖母コマがキリスト教者だったことと、河上の母ワカがキリスト教者であったことが中也の詩に対する理解を容易にしたことは確かであろう。しかし、それだけではなく、中也を通じて長州藩の裏にあったキリスト教の本質を河上は知ったのではないか。「全宇宙を包摂、包括」し、同時に「幼な児の心で生きる」中也のカトリシズムは、のちに小林秀雄が『本居宣長』で書いた「もののあはれ」とどれほどの差異があるというのか。河上が中也のカトリシズムから知ったものは、おそらく中也の家がキリスト教を引っさげて幕末維新を戦った長州藩士であったという現実だった。河上は、「私にとってカトリシズムは、それまでもあらゆる世界観の中で、一番魅力のある、そして完璧なものとしての親近感はあったのだが、中原を通じてその気持は非常にはっきりして来た」(「詩人としての邂逅」『わが中原中也』)と述べている。

このような出自を持つ中也が、新体制を確立する手段としての戦争を肯定的に意識するのも当然であった。昭和二年七月二五日の日記には、「物を治めるものは戦争であり、/心を治めるものは論理である!/それで、正義によつて戦争が起され、/論理が詩を生むに十分なものなのである。」と記している。この言葉は、明治維新を戦った彼の実祖父・中原助之や大伯父・小野虎之丞の人生を肯定すると共に、自らの詩がその延長上に成立したことを明かしているようでもある。

〔*〕大岡昇平も同じく、「大正一五年〔略〕この年の秋からアテネ・フランセへ通いはじめる」(『中原中也全集 第五巻』「解説」)としている。

見渡すかぎり高橋新吉の他、人間はをらぬか

河上徹太郎はキリスト教の立場から中也の作品を理解し、評価したが、河上と出会った昭和二（一九二七）年の中也自身が現実のキリスト教社会をどの程度信頼していたかは全く別の問題である。実際、同年九月一七日の日記に、「日本の教会に関係ある奴等と来たら一匹でも、さなり一匹でも、好い奴は居らん」と記している。この意識もキリスト教者となった沢山保羅と明治維新を良城隊で一緒に戦い、共に横浜に出た実祖父・中原助之の意識と相似形だった。というのも助之は沢山とキリスト教会に行くものの、外国人牧師と意見が合わず、以後はキリスト教会と一定の距離を保ったからだ（「家系・郷土」『中原中也全集　別巻』）。長州藩士のキリスト教は幕府を倒し、近代社会を用意するための手段に他ならず、外来信仰としてのキリスト教そのままではなかったに違いない。少なくとも助之の心情はそうだったし、中也もその意識を受け継いだ様子が伺える。

一方、河上と出会う六日前の昭和二年九月一一日に、中也が辻潤を訪問していたことが日記からわかる。第三章の「ダダの世界が始つた」で見たように、辻潤は高橋新吉の『ダダイスト新吉の詩』の跋文を書いた人であった。明治一七年生まれなので中也より二三歳年上で、彼の親世代の人物である。事実、中也より一一歳年上の宮沢賢治を最初に認めたのが辻潤であったと高橋新吉が『禅に遊ぶ』で書いている。

辻潤の母は長州藩に敗れた側の会津藩士・田口家の娘美津で、父は埼玉の豪農出身の茂木六次郎だった。その六次郎が明治維新まで幕臣だった浅草蔵前の辻家に養子に入るが、明治以後に辻家は没落。六次郎は東京市役所に勤務した後、遠縁の三重県知事の斡旋で明治二五年から三重県庁に勤めるが、辻潤が二六歳の明治四三年に狂死した。辻潤が破天荒なダダイストになったのは、父の不遇な死が影響していると高橋新吉は指摘する。なるほどダダイストではあるが、辻潤は雑誌『日本主義』を大正七年一〇月に創刊したクリスチャンの岩野泡鳴を尊敬していたし、右翼の三浦義一とも付き合いがあった。彼のダダイズムは伝統的家族を破壊した新時代への反逆、その意味で「反逆への反逆」という保守反動的な側面があったのかもしれない。

ちなみに辻潤と付き合いのあった右翼の三浦義一も、大分市長・三浦数平の長男として明治三一年に大分市で生まれた変り種だった。大正六年に早稲田大学予科に入学し、翌大正七年には北原白秋の門下になった文学好きの国家社会主義者で、早稲田大学を中退後に九州水力電気株式会社に勤めたが、そのころ辻潤が三浦に会うため度々大分に来ていた（「若き日の三浦と私」『牢人三浦義一』）。三浦は昭和一四年一〇月に政友会総裁・中島知久平の狙撃を計画するが失敗し、これを機に歌集『当観無常』を刊行する。尾崎士郎、保田與重郎、林房雄といった当世一流の文学者たちと交流を持つのもその延長上のことで、戦後はGHQと渡り合い、東京日本橋室町に事務所を構えて政財界に影響力を与えたことから「室町将軍」の異名を誇った。さらに晩年には家財を寄付して義仲寺を修復したり、郷里の大分市に大分県立図書館（現在の「アートプラザ」）を建設したり、医学発展のための「三浦医学研究振興財団」を設立したりと社会貢献に一身を捧げた右翼である。ダダイスト辻潤も不思議だが、三浦義一も謎めいていた。

　このように三浦義一と関係ができていた辻潤を昭和二年九月一一日に訪ねた中也の日記に、「佐藤春夫が文明批評の必要を解いたりなどするが、要するに国民一般の智識の程度が、（私より見れば、）とてもお話にならない低いものだから不可ないのだ」と記している。辻との会話中、『ダダイスト新吉の詩』の話題になり、その本の序文を書いた佐藤春夫のことが取りざたされたのだろう。中也は佐藤をなじったが、その年の一月二四日の日記に、「佐藤春夫のいふことは、何だつて大抵賛成だ」と書いているので、本質的には佐藤を好んでいた様子がわかる。辻を訪ねたあとの九月一五日に、中也は高橋新吉に手紙を送る。「僕は兄貴の好きな無名の者です。僕は兄貴を結果的にといふよりも過程的に見て大好きなのです。二三日前初めて辻氏を訪ねたら兄貴に手紙を出してみるがいゝといはれたので、手紙を書かうとしたのですが、手紙つて奴が僕には六ヶ敷《むつかし》いから、過日書いた兄貴についての論文（?）を送ることにします」

　同封されていた論文とは「高橋新吉論」である。その中で中也は生意気にも語る。

「高橋新吉は私によれば良心による形而上学者だ。彼の意識は常に前方をみてゐるを本然とする。普通の人の意識は、何時も近い過去をみてゐるものなのだ。──」

それから三日後の九月一八日の日記には「見渡すかぎり高橋新吉の他、人間はをらぬか」と絶賛している。そして中也が辻潤の紹介状を持って牛込の吉春館（下宿）にいた高橋新吉を訪ねたのが一〇月七日。大正一二年秋、京都で『ダダイスト新吉の詩』に出会ってから四年後、ついに憧れの詩人に会えたのだ。このときもまた佐藤春夫の話題が出たらしく、日記に「佐藤春夫は　詩人でもない、小説家でもない、その中間の変なもの。それでも現文壇では一番好いのだ……」と記している。佐藤は後に東洋的ナショナリズムと古典主義へ回帰し、昭和一〇年三月に保田與重郎たちが創刊した『日本浪曼派』に賛助し、中也が亡くなる昭和一二年に正式に同人になっている。高橋新吉が書いた「茶色い戦争」（『新編中原中也全集　別巻（下）』）によれば、高橋が中也を連れて佐藤春夫の家に一緒に行ったことがあったが〔＊〕、佐藤の家にいた六つか七つくらいの女児に子ども扱いされ、二、三度行ったきりで、それっきり行かなくなったとしている。

〔＊〕大岡昇平の「思い出すことなど」（『大岡昇平全集一八』）は、中也が佐藤春夫を訪ねた時期を、高橋新吉、辻潤を訪ねたのと同じころとしている。

第五章　西欧音楽との出会い（東京時代Ⅱ）

酔客の、さわがしさのなか、
ギタアルのレコード鳴つて、
今晩も、わたしはここで、
ちびちびと、飲み更かします

（詩「カフヱーにて」）

秋空は鈍色《にびいろ》にして

「仝年十一月、諸井三郎を訪ぬ」（「詩的履歴書」）

河上徹太郎と出会った昭和二年一一月、中也は河上の紹介で諸井と出会った。その出会いは中也に新しい希望をもたらす。これまで書きためた詩に曲をつけてもらうチャンスが到来したからだ。もっとも諸井はまだ東京帝国大学文学部美学科の学生。内海誓一郎、河上徹太郎、伊集院清三、民谷宏（田宮博）、中嶋田鶴子、長井維理《ういり》の七名の友人たちと音楽集団スルヤを立ち上げたばかりだった。

スルヤはサンスクリット語の太陽神の意味で、常に七人の従者が仕えたことにちなんで命名したと『スルヤ』の第一輯に見える。この七名の周辺にいたのが中也、小林秀雄、関口隆克《せきぐちたかかつ》、今日出海たちだった。

今日出海は小説家で天台宗僧侶となった今東光の弟で明治三九年生まれ、中也より一歳年上であった。父親は日本郵船に勤めていた今武平で、その武平がスルヤの名付け親だった〔＊〕。

スルヤ集合写真。前列右より中也、４人目が内海誓一郎、６人目が諸井三郎、10人目が民谷宏、左端が小林秀雄（昭和３年５月４日撮影）〔中原中也記念館提供〕

そのころスルヤを主宰する諸井三郎の考えていたことは、自分や内海誓一郎の作曲した曲をスルヤで発表することだった。そこへ突然、詩人を名乗る得体の知れない長州人「中原中也」が現われたのだ。諸井が「〈スルヤ〉の頃の中原中也」（『新編中原中也全集　別巻〔下〕』）で語る中也との出会いは不思議なものだった。初対面は中野駅近くに住んでいた諸井が外出したとき、黒いマント姿の黒のソフト帽をかぶった背の低い不気味な若者と路地ですれ違ったときで、帰宅したとき河上徹太郎の紹介状を持って家に訪ねてきたのが、その不気味な姿のままの中也だったのである。翌日、中也は諸井の家に出向くと、厖大な原稿用紙に書きつけた詩を机の上にドサリとおいて、〈作曲してくれ〉と告げた。それから毎日、例によって波状訪問がはじまる。

　中也は諸井の住居と大通りを隔てた反対側の炭屋の二階に下宿を移し、夕方になると諸井の家を訪ね、夕食を食べさせてもらった末に芸術論を語り、夜中の二時ごろまで居座った。そのころ諸井は結婚しており、中也が訪ねはじめて四ヶ月ぐらいして長男が生まれた。それから二ヶ月くらいは、中也が長男の子守りをしたが、実にこの長男が、のちに経済人として名を馳せる諸井虔《けん》であったのも面白い（「中原中也と諸井三郎」『中原中也

研究　第九号』)。

昭和二年一二月九日、スルヤは日本青年館で第一回発表演奏会を開催した。中也の詩が初めて曲つきで演奏されたのはそれから五ヶ月後(昭和三年五月四日)の第二回目の日本青年館での演奏会であった(一〇二頁写真)。「朝の歌」と「臨終」が演奏されたが、このときプログラムを兼ねた小冊子『スルヤ』(第二輯)に詩が載ったのが、中也の詩が活字になった最初だった。弟の呉郎が語るのは、そのころの話である。

「最初の詩〈朝の歌〉は諸井三郎が作曲し、世界音楽全集に載ったのは僅に二十二歳の時のことだ。その時の兄はかなり得意で、帰るなりそれを母と弟達に見せた。私等家人にさして共感を与えなかったのが不満であったらしく〈もう十年もして見ろ、俺の詩がどういう風に取上げられるか?〉と吐き棄てる様に言った」(『海の旅路　中也・山頭火のこと他』)

中也の予言はやがて現実となるが、「朝の歌」の歌詞は第四章の「鄙《ひな》びたる軍楽の憶《おも》ひ」で紹介済みなので、「臨終」の詩を示しておく。

〈秋空は鈍色《にびいろ》にして／黒馬の瞳のひかり／水涸《か》れて落つる百合花／あゝ　こころうつろなるかな／／神もなくしるべもなくて／窓近く婦《をみな》の逝きぬ／白き空盲《めし》ひてありて／白き風冷たくありぬ／／窓際に髪を洗へば／その腕の優しくありぬ／朝の日は澪《こぼ》れてありぬ／水の音したたりてゐぬ／／町々はさやぎてありぬ／子等の声もつれてありぬ／しかはあれ　この魂はいかにとなるか?／うすらぎて　空となるか?〉

中村稔編著の『中也のうた』は、「中原はこの作品を当時彼がなじんでいた横浜の娼婦の死をうたったものと語っていた」と説明している。たしかに「朝の歌」につづく「臨終」も横浜時代の中也の姿をとどめる作品であった。その後、スルヤで中也の詩が演奏されたのは昭和五年五月七日の第五回演奏会(日本青年館)で、内海誓一郎の作曲による「帰郷」と「失せし希望」。それに諸井三郎作曲による「老ひたるものをして……　空しき秋　第十二」も、このとき演奏された。

スルヤは昭和六年六月五日の第七回演奏会が最後になるが、理由は中心的存在であった諸井が昭和七年六月にドイツ留学のため、日本を離れたからだった。

〔＊〕中村稔が「中原中也と諸井三郎」（『中原中也研究　第九号』）の〔註記〕で記している。

河瀬の音が山に来る

大岡昇平は「中原中也の思い出」（『中原中也』）で「私が中原を識ったのは昭和三年の春である」と書いている。「たしか三月の初めだった」そうだ。このとき大岡が一九歳で、中也が二一歳。大岡は成城高校の二年生の終わりに東中野の小林秀雄の家で中也と初対面していたが、富永太郎の弟である富永次郎と同級生だった関係から、大岡は早くも中也の噂を耳にしていた。

その日、小林の家を中也と一緒に出た大岡は、そのまま中也の暮らす中野町桃園の炭屋の二階に泊まった。その室内には小さな机と粗末な本棚があるだけで、鴨居に掲げられたカリエールの「ヴェルレーヌ」が唯一の装飾であった（炭屋の二階の室内の様子は、付録「中原中也のこと」に詳しい）。

大岡が岩波文庫で翻訳された『基督のまねび』を中也に勧められたのもこのころで（『中原中也全集　第二巻』「解説」）、それは田中義一内閣が共産党員の大検挙を行った三・一五事件のころと重なる。しかし、「昭和三年に連れ立って東京の街をうろつき廻った頃の我々は全く呑気なものであった」と大岡が書いているので、二人にこの事件はさほど影響はなかったようだ。もっとも三・一五事件から一〇日後の三月二五日に全日本無産者芸術連盟（ナップ〈のちの全日本無産者芸術団体協議会〉）が誕生したり、四月一七日に東京帝大の新人会に解散命令が出されたり、翌一八日にはマルキストで京都帝大教授だった河上肇が辞任したりと、三・一五事件は様々な影響を与えた。ちなみに、ナップは五月から機関誌『戦旗』を創刊してプロレタリア芸術の大衆化をめざす。

中也もまた、この時期、左翼活動家を匿った彫刻家・高田博厚に出会っていた。同様に古谷《ふるや》綱武《つなたけ》とも出会う。

小林秀雄にフランス語を習っていた大岡の同級生（成城高校）だった古谷が、レッスン日に大岡の家を訪ねたとき、中也が同席していたのである。小林は沈鬱な面持ちだったが、中也は積極的に話しかけてきたようで、初対面から押しつけがましい口のきき方だったらしい。以来、中也と付き合うことになった古谷は、「人の弱みを、なめずりまわすようなところもあった」（「中原のこと」『新編中原中也全集　別巻〔下〕』）と中也との思い出を苦々しく語る。

山口県の湯田で中也の父謙助が五二歳で息を引き取ったのは、それから間もない昭和三年五月一六日だった。前年の昭和二年正月に、謙助は家族を連れて生涯一度きりのレジャーとなった別府旅行をしていた。大正天皇の崩御で新年宴会ができなくなり、代わりに企画した旅行だった。中也はこのとき帰郷していたが、謙助は、「そんなに長い髪をしておるものを、つれて歩くのはいやじゃから、おまえは留守番せい」といって中也だけを留守番させた。放蕩息子は父にとって目障り以外の何者でもなかったのだ。

そんな謙助の体調に異変が現われたのは、別府旅行から戻って間もなくしてであった。昭和二年は謙助が中原医院を継いで一〇年目だったことで七卿遺跡記念碑を建てた高田公園（井上邸跡）に田舎芝居を呼び、地元民に観覧してもらう計画だったが、そのうち疲労がひどくなり、芝居鑑賞どころではなくなった。やがて医業を休むようになり、他の医者に診せたところ、安静を言いつけられ、昭和三年のはじめに床に伏す。フクは中也に、「お父さんも長くはないかもしれんよ」と打ち明けていた。中也は、「月に一回ずつ、とにかく帰ってきます」と口約し、約束どおり父の見舞いのために東京から戻ってきた。そのときの出来事をフクが語る。

「中也は謙助の枕元にいって、なにか話をしておりました。そのとき、文士のようなものにならずに、まじめに勉強して、サラリーマンになれ、といわれたんでしょう。中也は私のところにきて、お父さんって、おかしな人じゃね、わけのわからん人じゃね、としきりにいっておりました」

盲腸炎を患い北沢の自宅で療養中の関口隆克のところに、諸井三郎が中也を連れて来たのも、そのころ（昭和

鳴滝（山口市小鯖）

三年春）だった。このとき、のちに『山羊の歌』に収録される詩稿の束を目にした関口は、「それらの詩の特異の美しさに驚愕した」（「北沢時代以後」『新編中原中也全集　別巻（下）』）と語っている。周囲の友人たちが中也の詩を認めはじめたにもかかわらず、死ぬ間際になっても、それが理解できない父に不肖息子はいらだっていたのか。いや、それ以上に中也のいらだちは、キリスト教で明治維新を戦った祖父たちの無念さを引き継いだ作品を、父が理解できないことだったのではないか。

同じころの話として、中也が「自分の詩を印刷したうすいもの」を東京から送ってきたと母フクが語っている。「中也の詩なんか読んでも、しようがない」といっていた謙助であるが、病床でそれを読んで涙を流したそうだ。初めて活字になった中也の詩は第二回目のスルヤの演奏会（昭和三年五月四日）でのプログラムを兼ねた小冊子『スルヤ』（第二輯）に掲載された「朝の歌」と「臨終」だったので、謙助が見て泣いた詩は、それだったのかもしれない。

謙助が倒れた三月から亡くなる五月まで、中也は二度ほど帰郷した（『兄中原中也と祖先たち』）。このとき山口市郊外の小鯖にある泰雲寺《たいうんじ》を訪ね、老僧・方丈品川雷応に会っていた（『中原中也必携』）。中也は山口中学時代にも泰雲寺を訪ねており、弟の思郎も若いころ三ヶ月ほどその寺で修行したことがあった。

泰雲寺は山口市大内から防府に抜ける途中、鳴滝《なるたき》の信号から左折して山手に入ったところにある曹洞宗の古刹である。私も富田哲宗住職（昭和二三年生まれ）に案内してもらい、中也が歩いたと思われる境内から山に向かう獣道を歩いたが、清流に沿う緩やかな登り坂が視界を大きく開き、切り立った岩と白く泡立つ鳴滝が現われた。山の中にそこだけぽっかり穴の開いたようなところで、空がやたらと青かった。昔、修験者たちが修行をした名残りであろうか、不動を彫った岩があり、「中原中也さんが修業されたのは、ここでしょう」と富田住職が教えてくれた。

中原思郎によると、泰雲寺の品川雷応の修行は鳴滝での水行と、急斜面の岩崖を鉄鎖に伝ってよじ登る行だったそうだ（『中国新聞』昭和四六年二月二七日号「中原中也の〝悲しき朝〟」）。中也の詩「悲しき朝」は、この滝での修業をモチーフにして作られた。

〈河瀬の音が山に来る、／春の光は、石のやうだ。／筧《かけひ》の水は、物語る／白髪《しらが》の嫗《おうな》にさも肖《に》てる。／／雲母の口して歌つたよ、／背《うし》ろに倒れ、歌つたよ、／心は涸《か》れて皺枯《しわが》れて、／巌《いはほ》の上の、綱渡り。／／知れざる炎、空にゆき！／／響の雨は、濡れ冠る！／／……………………／／われかにかくに手を拍く……〉

清流中に転がる巨岩を飛び越えて対岸に渡ると「悲しき朝」の詩を刻んだ巨岩（詩碑）〔＊〕と説明の書かれた白いプラスチック版が立ち、つぎの説明があった。

「この詩は、巨岩の間を激しく落ちる鳴滝を背景に、時の泰雲寺の老師品川雷応と中也との、ある朝の情景を歌ったものとも、また、愛人長谷川泰子との悲恋に打ちひしがれた心情をイメージしたものだともいわれている。このため〈朝の鳴滝〉ではなく、〈悲しき朝〉になったという説もある」

しかし中也にとって、最期まで理解してくれなかった病床の父の姿が重なっていたように、私には見える。怒濤のごとく流れ落ちる鳴滝が、父謙助の人生そのものだったのではないか、と。それは厚東で一揆を起こした謙助の祖父（小林仙千代）から逃れるため、生涯三度も姓を変えた父を、中也が自らの血に確認した悲しさにつながっていたのかもしれない。

〔＊〕中也没後五〇年を記念して昭和六一年一一月に小鯖青年団が建てたもの。

死だけが解決なのです

昭和三（一九二八）年五月一六日に没した中也の父謙助の訃報記事が『防長新聞』に載ったのは亡くなって二日後の一八日だった。「山口町湯田の中原医院主中原謙助氏は過般来病気であつたが、十六日午後十時半、遂に逝去した。十八日午後四時、自宅出棺、吉敷村経塚墓地で葬儀を行ふと」（句読点は筆者）

そのあとに、「（明治）四十三年二月従六位に叙せられ、大正元年九月三等軍医正に任じられ、二年五月従五位に勲四等に叙し瑞宝章を授けらる。同年八月歩兵第四十二聯隊付兼山口衛戍病院長に補せられ……」（（ ）と句読点は筆者）といった華々しい経歴がつづく。

だが、経歴の冒頭、「氏は明治八年六月厚狭郡厚東村柏村家に生まれ」と記されている箇所に早くも改ざんが見える。「明治八年」は「明治九年」の単純な誤りとしても〔＊〕、「厚狭郡厚東村柏村家に生まれ」とあるのは、生前の謙助がそう公言していたからだろう。亡くなったときでさえ、本来の出自（厚東の小林家）を公表しなかったことで、謙助が生涯仮面を被って生きたことを逆に示した。

父の葬儀に中也が帰郷しなかったのは、いまさら子供時代に床の間に長時間正座させられたとか、一晩中納屋に閉じ込められたといった恨みがあったわけではなく、「お父さんは死んだけど、あんたは帰らんほうがよかろう」とフクが忠告していたからだ。これより前、中也は盆と正月に東京から湯田に帰っていたが、黒マントに長髪といった奇妙な出で立ちだったことで近所の噂になり、「中原へいくと、坊ちゃんのようだけど、お嬢さんのような髪を長うした人がおいででしたが、あれはどなたでございますか」と、わざわざフクの母の実家（小野家）に尋ねに来る人もいたほどだった（『私の上に降る雪は』）。フクにしてみれば葬式にまで妙な噂が立つのが煩わしかったし、中也にしても帰り難かったに違いない。それは江戸期からつづく武家（吉敷毛利家臣）であり、明治維新でも名を上げたにもかかわらず、跡継ぎの中也の実生活がそれに見合う位置に達してなかったことによる。いまとなっては謙助こそが、沈みゆく新家中原家に一灯を燈したエイリアンであったともいえる。少なくとも世間的な認識ではそうであった。

父親の訃報記事の末尾に「嗣子中也氏は目下東京の日本大学文科在学中である」とあるのもウソである。中也は大正一五年四月に日本大学予科に入学したが、九月には早々と退学していた。父の葬儀が中也抜きで行われた本当の理由も、そこにある。湯田から吉敷の経塚墓地まで三キロにわたって途切れることのない行列が続く中、中原家の滅亡を予言する声さえ囁かれたそうだ。

中也は詩「誘蛾燈詠歌」（昭和九年一二月一六日制作）で、次のように語っている。

> **〈前略〉と、つまり死なのです、死だけが解決なのです／それなのに人は子供を作り、子供を育て／ここもと此処（娑婆《しゃば》）だけを一心に相手とするのです／却々《なかなか》義理堅いものともいへるし刹那的《せつなてき》とも考へられます／暗い暗い曠野《こうや》の中に、その一と所に灯をばともして／ほのぼのと人は暮しをするのです、前後《あとさき》の思念もなく〈後略〉**

中也に見えていたのは娑婆の対岸にある彼岸であった。祖先が待つあの世である。

謙助の位牌は中原家の菩提寺である長楽寺に納められた。吉敷佐畑にある浄土宗寺院で、菩提寺という以上に中也の一族と深い関係がある寺だった。長楽寺の由緒は古く、明治三年に朝田村の最明寺と合併して一時期、長明寺を名乗り、明治一三年に再び長楽寺として分離独立するが、このとき中也の曽祖父・小野吉兵衛の代に没らくして手放すことを考えていた小野家（中也の祖母スエの実家）を、そのまま長楽寺にすることになる。それで本堂を新築し、庫裏を小野家に充てたのである（『中原中也必携』）。つまり長楽寺は、横浜から帰った母フクが少女時代を過ごした家でもあった。

今では、山門に「浄土宗　五園山　長楽寺」と木札が掛かっているだけの、さほど大きくもない寺であるが、住職の松浦一道さん（昭和二四年生まれ）は本堂に私を招き入れると、中也の新家中原家のほかに、本宗中原家と下殿中原家が檀家であることを教えてくれた。横浜帰りのフクが過ごした庫裏は今の本堂のところにあったが、一度解体して本堂の横に庫裏として移築したそうで、「何れも昭和一四年ごろの工事なので、今は何も残ってません」との答えだった。そのあとで位牌堂に案内してもらい、明治になってキリスト教布教に尽力した服部章蔵の家も檀家であることを知った。中原家と服部家は吉敷毛利の上級士族で遠縁同士であるが、いずれもキリスト教に縁深かく、しかも、ひとつの寺に収まっていたのである。


〔＊〕『近代防長人物誌』及び『兄中原中也と祖先たち』では謙助の生年を明治九年としている。

私の聖《サンタ・》母《マリア》！

中也の身辺で新たな騒動が起きたのは、父謙助の葬儀が終ってしばらくしたころ（昭和三年五月下旬）だった。東京帝大を卒業したばかりの小林秀雄が長谷川泰子、いやこのころは小林佐規子になっていた彼女から逃げ出し、行方不明になったのである。同棲中に長谷川泰子の名が小林佐規子に変わったのも、情緒不安定の彼女の奇行（本人は潔癖症と語っていた）を治すため、小林の母が姓名判断の易者に付けてもらった結果だった。

小林の逃亡事件は五月二九日の『読売新聞』に「モガに魅いられ文學士謎の家出」と題して報道された。モガとは当時流行のモダンガールのことで、佐規子こと泰子を示している。一方、逃亡者の名前が小村正雄とあるのは、むろん小林秀雄の誤りだった。

「下谷区谷中天王寺町一七、文學士小村正雄（二七）氏は本月廿日、突然家出し、杳《よう》として消息を絶つてゐるので自殺の虞《おそれ》があると學友達は捜索願を出した」（句点は筆者）

このときの出来事を小林の妹高見澤潤子が『兄小林秀雄』で詳しく語っている。

「佐規子のいうのにまちがいがなければ、五月二五日の夜、佐規子は中野にいる男のともだちの家に遊びに行って、夜おそくその人に家までおくってもらって帰って来た。その人が帰ってから佐規子は、兄に、お礼のいい方が悪いと怒りだし、いろんな意味のない質問の答え方も悪いとわめいた末、気がちがったように、〈出て行け！〉とどなった。夜中の二時頃であった。兄は着のみ着のまま、下駄をはいて出て行った」

逃亡の日時は記事と多少食い違いがあるが、五月の下旬であったことは間違いない。高見澤潤子のいう「中野にいる男のともだち」とは、新潟県高田市の地主の息子で早稲田大学の理工科を出た建築技師の山岸光吉だった。泰子は小林の眼を盗んで、山岸とも密かに会っていたのだ。大岡昇平の説明では、「武者小路実篤の〈新しき村〉の集まりで泰子に紹介された」（『中原中也』）とのことであるが、モダンガール・長谷川泰子には誤解を招く行動が、以後もついてまわる。

新聞記事のとおり、友人たちは小林が自殺したのではないかと心配していた。東京帝大文学部仏文科を卒業後、同研究室の副手になっていた中島健蔵（明治三六年生まれ）のいた研究室に今日出海、佐藤正彰、辰野隆《たつのゆたか》たちが飛び込んできたのもそのためだ。中島は諸井三郎と中学時代からの同級生で、スルヤの会にも度々顔を出していた。佐藤は中島の一級後輩。辰野は建築家・辰野金吾の長男で東京帝大仏文科の助教授になっていたので小林の恩師である。このとき中也と知遇を得た中島は語る。

「中原は、しきりに小林の方の無責任を憤っているが、一ばん大せつなのは、彼の安否だから、もう一度、心あたりを探すことにして帰る。中原は、小林が死んでいないとは断言できぬという。前にも自殺未遂をやったことがある。S子と喧嘩してとびだしたというのはほんの表面のできごとだという」（『疾風怒涛の巻　回想の文学①』）

S子とは、佐規子こと泰子のことである。そして中也が口にした、「前にも自殺未遂をやったことがある」というのは、小林の伊豆大島旅行のときであった。しかし渋谷でタクシーを走らせて小林を探し回る中也の姿を見た大岡昇平は、「中原の浮き浮きした様子は小林の行方と泰子の将来を心配している人間のそれではなかった」どころか、「もめごとで走り廻るのを喜んでいるおたんこなすの顔であった」（『中原中也』）と語っている。小林が逃亡したことで、泰子が自分のもとに戻ってくると中也は期待したのであるが、思惑はみごとに外れた。そのときの意気消沈を歌った詩が「盲目の秋」だった。

〈前略〉私の聖母《サンタ・マリア》！／とにかく私は血を吐いた！……／おまへが情けをうけてくれないので、／とにかく私はまゐつてしまつた……〔後略〕〉

中也にとって泰子はキリストの母マリアだったのか。この詩を詠んで思い出すのが、毛利の本拠地であった萩に、キリシタンたちが信仰していたマリア観音像が数多く残っていたことだ。中でも米屋町の長寿寺には、マリア観音像と冠に「十」の入った徳川家光の坐像がある。本堂の裏には中国で景教（キリスト教）のマークで用いられてきた「卍」の刻印された二基の巨石が据えられてもいる。つまり浄土宗の長寿寺はキリシタン寺だったわけだが、その寺に禁門の変に関与した佐久間佐久兵衛（赤川淡水）や奇兵隊に尽力した入江九一、河上弥市といった志士たちの墓が鎮座しているのである。そう、彼らが命と引き換えに、「私の聖母《サンタ・マリア》！」と叫んだ幕末の青春が、「盲目の秋」で「私の聖母《サンタ・マリア》！」と絶叫する中也の中に潜む泰子と重なるのだ。

一方、小林秀雄の消息を河上徹太郎が知っていることが判明し、友人たちは安堵する。

萩市の蓮池院境内にあるバテレン墓の石灯篭。キリスト教禁教期の宣教師の墓と伝えられ、六角形の火袋にあたる部分に神父がミサを行う動作が彫られている

小林は大阪の日蓮宗の寺に飛び込んだのち、京都の伯父の家に転がり込み、志賀直哉が暮らす奈良に行って志賀の息子の家庭教師に納まっていた。かつて処女作「蛸の自殺」を認めてくれた志賀が、小林に息子の面倒を見させていたのである。そのときのことを小林自身が「処女講演」というエッセイで綴っている。

「僕はそのころ東京を飛び出して、奈良でほとんど着のみ着のままの姿で暮らしていた。春日様のなかに江戸三という料亭があり、そこの壊れかかった離れを借りていた。どこに行く当てもなく金もなく、そこで毎日ごろごろして、空想ばかりしていた」

神戸の関西学院大に通っていた従弟が訪ねてきたのはそんな矢先で、小林は、これ幸いとばかりに大学の文芸部主催の講演会に自分を呼べと強要した。当面の生活費を稼ぐためであるが、実にこれが小林の生涯最初の講演になった。だが、着てゆく服がなく、たまたま遊びに来ていた志賀直哉の甥である登《のぼる》の背広を借りて講演に臨んだのがエッセイ「処女講演」の主題である。

なお、講演料を手にした小林は、そのまま神戸をうろつき、翌日は大阪に行って友人たちと飲み明かし、与太者と喧嘩して心斎橋から川に投げ込まれる事態となる。道頓堀を歩いていて、突然、モオツアルトのト短調のシンフォニーが頭の中で鳴ったと『モオツアルト』で書いているのも、このときのことらしい。小林がそんな無頼生活を送ったのは「様々なる意匠」で『改造』の懸賞評論の二席〔＊〕に入選して（昭和四年九月）文壇デビューする一年前だった。

〔＊〕一席は宮本顕治の芥川龍之介論「『敗北』の文学」。

家の裏を出て五間もゆくと、そこが河です

小林秀雄が未だ行方不明だった昭和三（一九二八）年六月ころ、東京中野の下宿（炭屋の二階）にいた中也のところに成城高校のドイツ語教師だった阿部六郎が訪ねてきた。阿部は成城高校の教師仲間だった村井康男の下宿

(代々木富谷)に居を移した直後で、これより少し前、村井の部屋で中也と初対面をしていた。
阿部が「中原中也断片」(『文芸読本　中原中也』)で語るところでは、初めて会ったとき中也はビールを飲んでいて、「小さな軀をルパシカにして半分ガウンに近いような黒い上衣と黒いズボンに包み、何か憤りのような話をひとりで続けていた」としている。それから数日後、中也は阿部を誘って渋谷に飲みに出かけると、地下室食堂の片隅でビールを飲みながらボードレールやヴェルレーヌの話をしたそうだ。阿部が中野の中也の下宿を訪ねたのは、それからしばらくしてである。

　そのころ、湯田の中也の実家でも異変が起きていた。五月に父謙助が亡くなったことで、中原医院を防府市の医師、弘中国香《ひろなかくにか》に貸して、家族は母屋で過ごすことになったからだ。中也は一家を東京に呼び寄せたく思ったが、収入がないことでフクが拒み、その後、昭和三年八月に至って中原家の子どもたちが萩中学校に通うことになる。フクが語る。

「私どもが萩にうつり住みましたのは、思郎の学校の具合がちょっと悪くなったからでした。組は一年下でしたが、私の女学校のときの友だちが、萩中の校長さんの奥さんになっておりました。そんなつてで、萩中の校長さんに、思郎の転校のことを頼みました。〔略〕萩に思郎だけやっておくのは心配でしたから、弟の呉郎も拾郎も、つぎつぎに萩中の入学試験をうけさせて、そこにいれました」

　萩中学の校長は河内方三。隣家の体操教師、相島直一が中原家の保証人になったとしている(「詩人中原中也の寓居」『史都萩』第一四号)。以後、昭和六年三月までの約二年半、思郎が萩中学を卒業して山口高等学校に入学するまで、彼らは萩で過ごすが、この間、母フク、養祖母コマ、実祖母スエたちが湯田と萩を往復した。

　萩の借家は河添《こうぞえ》の萩藩士・楢崎家の古屋敷であったという。城下町萩は東に松本川、西に橋本川にはさまれる三角州であるが、河添は橋本川の中流、平安古《ひやこ》の手前を川が大きく湾曲する場所で、古くは武家屋敷の集まっていた界隈である。中学時代をその家で過ごした思郎は、「楢崎家は毛利本藩の高い地位にあった士族で、未亡人となっておられた御隠居さんの言動には武士の妻の風格があり、見事な達筆で和歌を楽しんでおられた」と語っている。また、「表通りは土塀、その中ほどに武家門があり、入ってすぐ右手の三間つづきの旧中間《ちゅうげん》部屋に楢崎老夫人がひっこみ、中原家は母屋を占領した」とも。母屋は三畳の玄関につづいて六畳、六畳、八畳の部屋があり、他に六畳、四畳半が三つ、二畳の納屋と外に井戸があったらしい。これより二年後の昭和五年八月に萩に来た中也が河上徹太郎宛に出した手紙に、「蜜柑畑に沿つた、高さ三尺許《ばか》りの生垣に繞《めぐ》らされた、チャンバラの背景には好適の家にゐて、間近い山が見える許りです。井戸端に行つて水を飲む、するとポンプの管が竹だもんだから、竹の匂がプンとします。家の裏を出て五間もゆくと、そこが河です」と記している。

萩市河添から橋本川を眺める

中原家が一時期住んだというその家を探したが、『中原中也アルバム』に写真が載っている土壁のある「萩の旧宅」はすでに無く、「リバース河添」というアパートが建っていた。井戸跡も発見できなかったが、夏みかんの木だけは周囲の家の庭先に何本も生えていた。この夏みかんも、近くの江向の楢崎十郎兵衛が長門市青海島の大日比の夏橙《なつだいだい》を植えたのがはじまりとされ、前原一誠の萩の変の起きた明治九年に、小幡高政が窮乏士族の救済のために増殖を試みて以来、萩名物になったものだ。

中也が、「家の裏を出て五間もゆくと、そこが河です」と書いていたとおり、「リバース河添」のすぐ裏が橋本川だった。遠方には橋本橋が見える。また、「間近い山」というのが川向こうに黒くそびえる三角山と面影山であることもわかった。その山のふもとの椿の地に、初代藩主・毛利秀就《もうりひでなり》以後二代から一二代まで偶数代の藩主の墓所「大照院」がある。

思郎は萩に来たときの中也について、「ビールと昼寝だけで過ごしていたのではなく、よく読書をした」とも語っている。その中の一冊、新潮社版・広津和郎訳チェホフ短編集『六号室』は、後々まで中原家に残っていた。

中也は何度か萩に来たようで、中原家が萩に家を借りた昭和三年八月初旬にも訪ねていた。それから一ヶ月後の九月、東京に戻っていた中也はいつまでもヨリを戻さない泰子（佐規子）に苛立ちを感じつつも、関口隆克とその友人であった石田五郎の三人で、高井戸の関口の家（現、東京都杉並区下高井戸）で共同生活をはじめる。関口と石田が共同生活をしていたことを知り、自分も仲間に加わることにしたのである。

あれは、シュバちやんではなかつたらうか？

高井戸での共同生活中の中也について、関口隆克が「北沢時代以後」（『新編中原中也全集　別巻（下）』）でつぎのように語っている。

「中原は（略）先の家とは又別な、しかし同じく上水道に添つた畑の中の、小さな僕等の家に荷物を運んで来た。そして三人の一年近い共同生活が初つた。三人の生活と云つても、一切は五郎さんがやつた。朝早く炭火を熾《おこ》す焚付けの煙が家中に流れてゐて、井戸のポンプを押す音の中に低い五郎さんの口笛が聞こえるのを、隣合わせのベットの中に寝てゐる中原は大きな眼を開けて聞いてゐた。晩方になると三人で夕食の食材をぶらさげて帰つてくる。中原はみつばのしたしが好きで毎日それを買つて来たが時期によつて値段に高低のあることに気附かなかつたので、二十何円か八百屋に支払つた月があつた」（高井戸での共同生活については、付録「中原中也のこと」を参照）

白米一〇キロが三円前後の時代（『値段史年表』）に、「二十何円」は白米六〇キロほどの値段で、それを一ヶ月のみつば代として支払う中也の金銭感覚は、かなり危うい。

そのころ長谷川泰子（小林佐規子）は生活の糧を得るため、『三田文学』に関係していた松本泰と、彼の知人で流行作家だった邦枝完二と親しくなり、彼らの世話で松竹の蒲田撮影所に入所した。かつてマキノの大部屋女優だった泰子だが、今回は邦枝の口利きで映画「山彦」で、端役ながら陸礼子《くがれいこ》の芸名でデビューすることができたのである。芸名をつけたのは田中絹代の夫で映画監督の清水宏だった。

小林秀雄の失踪原因となった泰子の新しい恋人・山岸光吉に泰子が同居を申し入れたのも、そのころで、結局、山岸がスポンサーとなり、中野の貸家の二階に泰子は山岸の妹たちと一緒に住み、そこから松竹の蒲田撮影所に通う。面白いのは、泰子のところに押しかけた中也が山岸とも親しくなり、山岸にフランス語を教えるまでになったことだ。泰子は当時の中也との関係について、「山岸さんの家では、さんざん音楽を聞きました。ベートーベンやシューベルト、中原のいうベトちゃんシュバちゃんですね」と明るく語っている。

樋口覚は『中原中也と音楽』（『中原中也研究　第九号』）で、「中也は雑誌〈スルヤ〉に初期の重要な詩を発表したが、闖入者であり、自ら〈スルヤ〉の院外団と称していたのは、マンドリンやピアノを弾いた小林秀雄や河上徹太郎などのように中也は楽譜も読めず、楽器をつまびらくこともしなかったからである。音楽的な素養はなく、そうした環境にもいなかった」と語るが、その文章の冒頭では、「中原中也は音感に優れた詩人であった」とも説明している。子ども時代に養祖母コマに連れられてカトリック教会に通ったことで聖歌に触れていただろうし、幼稚園もキリスト教系の広島女学校附属幼稚園と北陸女学校附属第一幼稚園に通っていたので、やはり賛美歌を聞いていたはずである。したがってスルヤで幼少期の西欧音楽の記憶を呼び覚ますと同時に、本能的臭覚で西洋音楽を愛した幼き日を思い出し、「お道化うた」の詩を書くのであろう。

〈月の光のそのことを、／盲目少女《めくらむすめ》に教へたは、／ベートーヹンか、シューバート？／俺の記憶の錯覚が、／今夜とちれてゐるけれど、ベトちゃんだとは思ふけど、シュバちゃんではなかつたらうか？　／／霧の降つたる秋の夜に、／庭・石段に腰掛けて、／月の光を浴びながら、／二人、黙つてゐたけれど、／やがてピアノの部屋に入り、

／泣かんばかりに弾き出した、／あれは、シュバちゃんではなかつたらうか？〈後略〉〉

中村稔は、「ベートーヴェンをベトちゃんとよび、シューベルトをシュバちゃんと呼ぶ諧謔の裏には、芸術を知らず、芸術家の名のみを知る世間の人々への揶揄もこめられているはずである」（『中也のうた』）と語るが、むしろ気になるのは詩の全体を包み込む「月の光」の柔らかなトーンのほうだ。中也の作品には「月」をモチーフとするものが非常に多く、「お道化うた」もその一つであるが、夜の月は昼の太陽と対峙し、日本的な神話観でいえば、アマテラスに対するツクヨミノミコトの世界。日本人は古来、昼と夜の循環から、この世とあの世の循環を創造したが、その意味では「月」を歌う中也の詩は彼岸の歌でもあった。

そんな彼岸の意識の中で、中也が生涯の友となる安原喜弘に出会うのが昭和三年七月五日。中也が古谷綱武を訪問したとき、野村良雄（古谷の成城高校の同級生）や安原らが同じように古谷の家に立ち寄り、そこで出会ったのだ。野村はのちに東京帝大を出て東京芸術大学の教授になる人物だが、当日の日記に中也のことを「デカダンではあるが、善良性の多分にある人だ」と綴り、「広い世界、別の世界を見せてくれた」と記している。安原の方は、「私がはじめて中原中也と会ったのは昭和三年の秋」（『中原中也の手紙』）としているので、古谷の家での対面は印象に残らず、秋ごろ中也と親密になったと述べたのであろう。こうして中也と安原の親交がはじまるが、それから間もない昭和三年一一月に、新しい天皇が誕生した。昭和天皇の御大典である。以後、中也の誕生日と同じ四月二九日が天長節となるが、このときの中也の心境を知る日記も書簡も現在まで見つかっていない。

きらびやかでもないけれど

中也が高井戸での共同生活に終止符を打ったのは昭和四（一九二九）年一月だった。その後は富永太郎の友人で成城高校の国語教師だった村井康男やドイツ語教師の阿部六郎、あるいは在学中の成城ボーイである古谷綱武、安原喜弘、大岡昇平、富永次郎（富永太郎の弟）たちが住む渋谷町神山に新しく下宿を見つけ、彼らとの交流を深める。詩「寒い夜の自我像」を書いたのは、そのころ（一月二〇日）である。

〈きらびやかでもないけれど／この一本の手綱をはなさず／この陰暗の地域を過ぎる！／その志明らかなれば／冬の夜を我は嘆かず／人々の憔《しよう》懆《そう》のみの愁《かな》しみや／憧れに引廻される女等の鼻唄を／わが瑣《さ》細《さい》なる罰と感じ／そが、わが皮膚を刺すにまかす。（後略）〉

やがて中也はスルヤの人脈をつうじて同人誌『白痴群』を昭和四年四月に創刊する。誌名を付けたのは中也自身で、編集人が河上徹太郎。スルヤからは内海誓一郎、村井康男、阿部六郎、古谷綱武、安原喜弘、大岡昇平、富永次郎の九名が名を連ねた。この『白痴群』について大岡昇平は、「はっきりした主義主張があるわけでなく、中原の交友範囲の文学青年が十円の同人費を持ち寄っていたずら書きを活字にしただけのものである」（『中原中也』）と語る。一方、古谷綱武は、「『白痴群』をはじめるとき、お前もはいれ、という中原の言いかたは、ほとんど命令的であった」として以下のようにつづける。「河上徹太郎さんが編集長格で、ぼくがその助手をした。いつもその大半は中原の詩稿であった。雑誌原稿を持って、ぼくは河上さんについて巣鴨の印刷屋通いをした。刷った部数は五百部ぐらいだったと思う」（「中原のこと」『新編中原中也全集　別巻（下）』）

これらの友人たちの言説とは違う、『白痴群』を発行する思惑なり主張なりが中也には別にあったようで、そのことが昭和一二年に精神が病んだ中で記した「千葉寺雑記」の中に見える。

「昭和三年の春、今では有名な連中の出す雑誌創刊に招かれ、やれやれと思ひましたものの会つてみると聊《いささ》か赤い気持を持つてゐる様思はれましたので、少しぐづりましたら相手も怒りましたので、いいことにして其処を去り、翌年〈白痴群〉なる雑誌を出しました」

中也のいう「赤い気持ち」とは、当時流行のプロレタリア文学系の雰囲気のことで、左翼思想の「赤」に対して「白」という意識が『白痴群』の題名に込められていたというのだ。実際、当時はプロレタリア運動の全盛期で、『白痴群』創刊から二週間余りのちの四月一六日に、共産党員大検挙事件の四・一六事件が起きている。また、これに抗するように『戦旗』の五月、六月号に小林多喜二が「蟹工船」を発表して世間の注目を集めた。

ところで四・一六事件であるが、これは前年（昭和三年）の三・一五事件につづく、田中義一内閣による左翼取締りだった。そんな折に中也も留置場にぶち込まれる事件が起きたのである。長谷川泰子が、「中原は酔っぱらって、渋谷で軒燈をこわし、留置所に入れられたことがありました」と語るその事件の真相は、軒燈を壊したのが町会議員の家だったことで警察への通報になったらしい。そして二週間も取り調べがないまま留置されたのも、四・一六事件で留置所が満杯になっていたからだった。もちろん中也にしろ、一緒に留置された村井康男や阿部六郎にしろ、思想的背景がなかったことで無罪放免となる。

『白痴群』〔中原中也記念館提供〕

このときのこととして、中原中也記念館の福田百合子館長が『中原中也研究　第一二号』（平成一九年八月発行）で「中原中也生誕百年に寄せて」と題して面白いことを書いている。記念館が主催する百年イベントの話し合いをしていたとき、金一封の熨斗《のし》袋と二枚の便箋が送られてきたというのだ。送り主は福島県いわき市の百歳になる鈴木脩平という老人だった。「私は中也氏と昭和四年春　数時間ほどお話し合いしたことがありました」と便箋に記されていた。福田館長は鈴木老人に電話で連絡をとり、中也との出会いが留置所の中であったことを知る。そして以下の顛末を記している。

「鈴木氏は当時、東京大学の学生で、所謂〈思想犯〉の一人として留置されていました。共産主義、アカの疑いということのようです。既に先輩格の留置人として眠っていた所、新入りの酔っぱらいが何やら騒がしかったのだそうです。間もなくしょんぼりしてしまったその人物と話したのが中也だったとの経緯でした。手紙の主は、その後、大学を無事卒業。銀行勤務を定年退職後、今日に至り、中原中也生誕百年に遭遇したわけです」

プロレタリア全盛期に、その風潮に抗して『白痴群』のタイトルを冠する同人誌を発行しながら、赤い連中と留置所で過ごした中也の人生の矛盾は、おそらく彼の生涯付きまとった巨大な矛盾につながっていた。それは中也個人を超えた中原家の矛盾であり、中原家の属した吉敷毛利と彼らを擁して明治維新を成し遂げた長州藩の矛盾にも結ばれていた。

実に、芸術とは、人が、自己の弱みと戦ふことです

昭和四（一九二九）年はモダンボーイ、モダンガールの誕生期で、西洋風俗のカフェー、レビュー、ダンス、エログロ・ナンセンス時代の開花期だった。一見華やかだが、何れも時代の表層に過ぎず、現実は暗い時代から放たれる逆光だったことは、同年五月と六月に『戦旗』に分載された小林多喜二の「蟹工船」が一世を風靡し、「八月の読売新聞紙上では、この作が一九二九年度上半期の最大傑作として多くの文芸家から推された」（『蟹工船　一九二八・三・一五』「解説」）ことでも明白だった。

中也が長谷川泰子（小林佐規子）と京都旅行をする幸運に恵まれたのも、そんな時期である。『白痴群』を創刊し、留置所体験をした翌月の五月八日に「小生京都に旅行致します」と中也が泰子に手紙を出したことで、彼女が同行することになったのだ。

京都では成城高校を卒業した大岡昇平、富永次郎、安原喜弘たちが京都大学に入学していたので『白痴群』の打ち合わせを行うつもりもあったが、何より中也の目的は京都旅行をきっかけに泰子がヨリを戻すことだった。だが、ここでまたひと波瀾が起きる。京都に着くと、泰子が大岡の下宿に泊まると言い出したのだ。泰子がその顛末を語る。

「私はあのころ大岡さんとよくつき合っていたので、自然とその下宿に泊めてもらいました。そのときは中原は一緒じゃなかったから、富永次郎さんの下宿に泊まったんでしょう。中原は私が大岡さんの下宿に泊まったことを快く思っていなかったらしく、大岡さんに怒っていたようだってこと聞きました」

大岡の釈明はこうだ。

「富永次郎の下宿に部屋が空いてましたから、そこへ泊まるんだとばかり思ってたら、夜、別れる時になって、急に泰子が僕の部屋へ泊まるって言い出したんです。〔略〕あくる日、みんなで新京極を歩いていたら、中原が僕に向って、泰子はいろんな男にきょろきょろ色目をつかう、しかし〈いざという時になると俺のほうを向くんだから〉というようなことを言う。正宗ホールといって、みながよく行った飲み屋が、新京極から四条へ出るあたりの横町にあったんですが、そこで飲み出しても、いつまでもそのことを言っている。そこで僕は一人で先に帰っちゃった。これが中原と大っぴらに喧嘩した初めです」(「中原中也、思い出すことなど」『中原中也必携』)

ところが泰子の本命が大岡ではなく小林だったことで、事態はさらに複雑化した。

泰子と京都旅行を終えた直後の五月一六日、中也の故郷、吉敷の経塚墓地に父謙助の一周忌を記念した「中原家累代之墓」が建てられた。山口中学校の二年生の夏休みに(大正一〇年、一四歳のとき)、中也が書いた文字を刻んだ墓碑である。

このころ泰子は東中野の下宿で一人暮らしをしながら、新宿の「中村屋」によく立ち寄っていた。河上徹太郎や古谷綱武、大岡昇平が顔を出していたので、彼女も度々訪れ、知りあいに会えば食事を奢ってもらうという按配だった。

泰子が「中村屋」に通っていることを知った中也は、当然ながら足を運ぶようになる。六月三日に「中村屋」で泰子に会った中也は、その夜、手紙を書いた。

「〔前略〕今日中村屋で、一番本当の意味で流れてゐなかつたのはあんたです。〔略〕自分自身でおありなさい。

弱気のために喋舌つたり動いたりすることを断じておやめなさい。断じてやめようと願ひなさい。〔略〕実に、芸術とは、人が、自己の弱みと戦ふことです〔後略〕」

中也は泰子の前で盲目だった。「実に、芸術とは、人が、自己の弱みと戦ふことです」という言葉は、中也が自分自身に諭しつけているようでもある。それから一月後の七月一〇日、中也は「ノート少年時」に神社を題材にした詩「木陰」（第一章「神社の鳥居が光をうけて」）を書く。それと同時に書いたのが詩「夏の海」だった。

捲き起る、風も物憂き頃

昭和四（一九二九）年七月一日に出た『白痴群』の第二号で、中也は「旧稿五篇」として「或る秋の日」、「深夜の思ひ」、「ためいき」、「凄じき黄昏」、「夕照」の五つの詩を発表している。なかでも「凄じき黄昏」は、中也と世情のカオスを感じさせる。

〈捲き起る、風も物憂き頃ながら、／草は靡《なび》きぬ、我はみぬ、／遐《とほ》き昔の隼人《はやと》等を。／／銀紙《ぎんがみ》色の竹槍の、／汀《みぎわ》に沿ひて、つづきけり。／―雑魚《ざこ》の心を恃《たの》みつつ。／／吹く風誘はず、地の上の／敷きある屍《かばね》―／空、演壇に立ちあがる。／／家々は、賢き陪臣《ばいしん》、／ニコチンに、汚れたる歯を押匿《おしかく》す。〉

この時期が波乱に満ちていたことは、張作霖爆殺事件（満鉄某重大事件）のこじれから翌七月二日に田中義一内閣が総辞職し、七月四日に石原莞爾（関東軍作戦主任参謀）が長春で「戦争史大観」を講演したことで明白だった。その一方では浅草に日本初のレビュー劇団「カジノ・フォーリー」が七月一〇日に結成されるなど、エロ・グロ・ナンセンス全盛期に突入していた。

面白いことに、詩人としての中也の活躍もこのころから増えていった。西荻窪にアトリエを構える彫刻家・高田博厚（明治三三年生まれ）の斡旋で、高田のアトリエに近い高井戸町中高井戸（現、杉並区松庵）に引っ越したのが昭和四年七月下旬。下宿の斡旋は高田がした。高田は中也との出会いを以下のように回想する。

「中原を西荻窪の私のアトリエに連れてきたのは古谷綱武君だったか泰子さん？　だったかはっきりおぼえていない。ごく短い期間に、まず古谷君を知り、それから前後して別々に中原と泰子さんを知り、そして三人が別々に私のところへしげく来だした」（「中原中也のこと」『新編中原中也全集　別巻〔下〕』）

　やがて高田は中也の詩と遭遇するが、「今までの日本の詩にないようなものを感じた」という。そして「普通なら同じ類に入れてしまいそうな石川啄木の歌とこの少年の詩とのちがいをはっきり見た」としている。

　実際、中也の詩の悲しさは石川啄木のような実生活の貧しさに由来するものではなかった。高田もまた中也の悲しさを、彼の血の中にある何かとして感じていたのではないか。

　だが実際に高田が初対面したのは、このときではなく、それ以前に中也と出会っていたことを示す記述が「分水嶺」（『高田博厚著作集第二巻』）に見える。昭和三年に共産党の地下活動家を高田がアトリエに匿ったとき、中也が無産者新聞を秘密発送する作業をしたことがあったらしい。高田は、「私はひとりで丹念に小包にし、人が来ると手伝わせた」とし、「中原中也も藤原定《ふじわらさだむ》〔＊1〕も来た。そして手分けして郵便局に持って行き、送り先の名簿は破れた唐紙の穴の中に隠した」としている。

昭和５年に高田博厚が制作した初代の「中原中也像（写真のみ）」〔中原中也記念館提供〕

　実際は、そのころから付き合いがあったわけだが、中也にしてみれば共産主義に共鳴して秘密発送を手伝ったのではなく、単に高田との付き合いの延長上に手伝いをしただけだったのだろう。そして一年が過ぎた昭和四年七月下旬に、前述のように高田の斡旋でアトリエ近くに移り住むのである。有名な中也のブロンズの首は、さらに一年後の昭和五年に高田が完成させたものだが、これまた泰子が関係していたと彼女が語っている。
「私は高田さんにブロンズの首をつくってもらうことになり、そのアトリエに毎日通っていたときがありました。そのころ中原も高田さんと仲良くなり、そのアトリエに出入りするようになりました。〔略〕はじめ造ってもらっていた私の首は、粘土だけで中断しましたが、その後、高田さんは中原のブロンズの首にとりかかり、それは完成されました」

ちなみにこのとき高田が制作した中也のブロンズ像は現在行方不明になっている。このため昭和三三年に造り直したもの〔＊2〕が、中原中也記念館に所蔵される。もともと中原家にあったもので、別にもう一体、古書店から買った同型のブロンズ像が記念館に所蔵されるが、同型のブロンズ像は他にも大岡家所蔵のものや、福井市立美術館所蔵のものなどが確認されている（平成一九年一一月、中原中也記念館調べ）。

〔＊1〕『歴程』昭和一四年四月号（『新編中原中也全集　別巻（下）』収録）で藤原定が「中原中也」と題して中也との初対面を「十年も昔のことである」としているので、おそらくこのころであったのだろう。藤原定は明治三八年に福井県敦賀郡敦賀町に生まれているので中也より二歳上。「藤原定年譜」（『日本現代詩文庫／24／藤原定詩集』）によると当時二四歳で、「高田博厚の世話で三鷹村牟礼の、電灯もない林の中、画家眞垣武勝の隣家で自炊生活をし、不摂生のため肋膜炎に罹り、母が上京、看病を受ける」とある。

〔＊2〕高田博厚は大東亜戦争（第二次世界大戦）中もヨーロッパで過ごし、昭和三二年に帰国。昭和五年に作成したブロンズ像が行方不明になっていたことで、中也の肖像写真をもとに作り直し、昭和三三年に完成させた。

血を吐くやうな、倦《もの》うさ、たゆけさ

高田博厚のアトリエ近くに転居するころ（昭和四年七月）、中也が「ノート少年時」に書きとめた詩が「消えし希望」だった。後に『白痴群』第六号（昭和五年四月）に掲載する際、「失せし希望」に改題された作品である。

〈暗き空へと消え行きぬ／わが若き日を燃えし希望は。／／夏の夜の星の如くは今もなほ／遠きみ空に見え隠る、今もなほ。〔後略〕〉

これは明治維新を戦いながらも新時代に報いられず、洋行の夢も果せずに死んだ実祖父・中原助之の苦悩をそのまま映し出したような詩である。

中也は思い通りにならない長谷川泰子との恋愛に疲れていたが、性懲りもなく彼女の尻を追いかけつづけた。このころの中也を、「中原は中原の理論を持っていた。それをしゃべりまくるのである」（「中原中也」『高田博厚著作集第四巻』）と高田が語っている。

しかし中也の言葉が、高田には全く理解できなかった。それで、「お前の言っていることはわけがわからん」というと、中也はしょげ返ったが、すぐに別の角度から理屈を語ったが、やはりわからなかったそうだ。もっとも泰子への恋愛詩を持ってきて、「僕が死んだら、あいつに読ませたいんです。高田さんにはみてほしいんだ」といって見せたときには高田も涙した。

「中原、世の中には賢い奴は沢山いるがね……しかもお前の詩におそれている連中も多いがね……なぜといってお前は詩以外にしゃべっていることは筋の合わんことばかりだ。お前はやっかいな人間だよ。……だけどお前といっしょにたったひとつ言いたいことがあるんだ……馬鹿に見えても、犬みたいに、心情の骨の髄までしゃぶりつくす奴が他にいるか！」

高田の言葉に中也も泣き出し、「あなた一人だ。それがわかるのは」と答えた。

このようなやりとりから友情を深め、アトリエ近くに引っ越したこともあって、中也は前にもまして高田のもとに顔を出しはじめる。当然、長谷川泰子の訪問時を狙っての来訪となるが、泰子のほうは「あいつに会うのは嫌だ」といっていた。実際、二人はアトリエでもよく喧嘩をしたらしく、取っ組み合いも数回あったが、彫刻台が一〇台も並んでいたので高田は気が気ではなかった。

「取っ組み合うのは勝手だが、俺の彫刻をぶっこわすなよ。用心してけんかしてくれ！」

高田は怒鳴ったが、二人はつかみあいの喧嘩をつづけた。しかし小さくてやせていた中也はいつも泰子に負けてフーフー息をついていたという。こうして高田のアトリエ近くに引っ越して一ヶ月が過ぎようとしていた昭和四年八月、「夏」という詩を作る。

〈**血を吐くやうな、倦《もの》うさ、たゆけさ／今日の日も畑に陽は照り、麦に陽は照り／睡るがやうな悲しさに、み空をとほく／血を吐くやうな倦うさ、たゆけさ／／空は燃え、畑はつづき／雲浮び、眩《まぶ》しく光り／今日の日も陽は炎《も》ゆる、地は睡る／血を吐くやうなせつなさに。**〔後略〕〉

泰子を呼び戻せない苛立ちにもだえていた詩人の天才を見抜いていた高田は、片山敏彦らと出していた『生活者』を中也に紹介してやる。このことで詩人としての中也の活躍の場がさらに広がった。昭和四年九月一日発行の『生活者』第四巻第八号に「詩七篇」として、「都会の夏の夜」、「逝く夏の歌」、「悲しき朝」、「黄昏」、「夏の夜」、「春」、「月」を発表できたのも、その結果である。そして同じ日に発行された『白痴群』第三号にも「詩二篇」として、「夏」、「木陰」を発表する。

一〇月一日の『生活者』第四巻第九号には「詩六篇」として「秋の夜空」、「港市の秋」、「春の思ひ出」、「朝の歌」、「春の夜」、「無題」（後に「サーカス」と改題）を次々発表し、同日発行の『社会及国家』第一六三号にも評論「ヂェラルド・ド・ネルヴァル」を発表した。後者は関口隆克の叔父で朝日新聞論説委員の関口泰《たい》がその雑誌を主宰していた関係から、中也が寄稿することになったのである（内海誓一郎「中原中也と音楽」『群像』一九八九年二月号）。この時期（一〇月）、ニューヨークで株価暴落が起こり、世界恐慌が急速に広まりつつあった。

ゆあーん　ゆよーん　ゆやゆよん

中也の最もポピュラーな詩「サーカス」が最初に発表されたのが昭和四年一〇月号の『生活者』であるが、当時のタイトルが「無題」だったのは、サーカスという言葉がまだ一般的でなかったからだ。

〈幾時代かがありまして／茶色い戦争ありました／／幾時代かがありまして／冬は疾風吹きました／／幾時代かがありまして／今夜此処での一《ひ》と殷盛《さか》り／今夜此処での一と殷盛り／／サーカス小屋は高い梁《はり》／そこに一つのブランコだ／見えるともないブランコだ／／頭倒《さか》さに手を垂れて／汚れ木綿の屋蓋《やね》のもと／ゆあーん　ゆよーん　ゆやゆよん／／それの近くの白い灯が／安《や》値《す》いリボンと息を吐き／／観客様はみな鰯《いわし》／咽喉《のんど》が鳴ります牡蠣殻《かきがら》と／ゆあーん　ゆよーん　ゆやゆよん／／屋外《やぐわい》は真ッ闇《くら》　闇《くら》の闇《くら》／夜は劫々と更けまする／落下傘奴《らくかがさめ》のノスタルヂアと／ゆあーん　ゆよーん　ゆやゆよん〉

詩の掲載と時を同じくする一〇月四日付の『読売新聞』に、靖国神社の大祭と「曲馬団」（サーカスの古い呼び方）の様子が「日曜娯楽ページ」で大々的に報道されている。記事には、「靖國神社の大祭を目当《めあて》に九段坂を登ると、中門から鳥居まで、両側に高小屋の軒を並べ楽隊《がくたい》馬鹿囃子《ばかばやし》太鼓《たいこ》法螺貝《ほらがい》ヂヤカ〳〵ドン〳〵の鳴物呼込の聲、此處《ここ》を前途と客を集めるところ、誠に壮観《そうかん》偉観《いかん》を極《きは》める」と見える。昭和四年は靖国神社が東京招魂社から名前を変えて（明治一二年）五〇年目の節目であった。

この記事を目にしたとき、中也の「サーカス」の詩が、靖国神社創立五〇年目を迎えたことで、靖国神社名物のサーカスを題材にした作品ではなかったかという気がした。靖国神社がまだ東京招魂社と呼ばれていた明治四年一〇月、早くもフランスのスリエ曲馬団が興行に来ていたことが三代広重の描いた錦絵によって記録されている（靖国神社及び江戸東京博物館に所蔵）。以来、曲馬団、つまりサーカスが靖国神社の名物となったわけだが、それをテーマに吉行淳之介（大正一三年生れ）が「祭礼の日」を書き、安岡章太郎（大正九年生まれ）も「サアカスの馬」を書いていることで、戦前における靖国神社の名物がサーカスだったことが、より明確になる。

いずれにしても、この時期、中也が靖国神社に行った可能性は高い。高橋新吉が「茶色い戦争」（『新編中原中也全集　別巻（下）』）で語る、「九段下の泡盛屋へ、彼がアテネ・フランセへ通ってゐた頃よく行った」という言

中也の大伯父・小野虎之丞が合祀された直後の靖国神社（幾英画　明治22年５月「九段坂上靖國神社奥庭図」『靖國神社百年史　資料篇上』より）。靖國神社はサーカスで有名だった

葉も、そのヒントを与える。「九段下」は靖国神社のある「九段坂上」のすぐ東で、現在の九段会館付近である。中也はアテネ・フランセに大正一五年の秋ころから通いはじめ、高橋新吉に出会ったのが昭和二年一〇月（第四章「見渡すかぎり高橋新吉の他、人間はをらぬか」）。そうなると、中也が高橋と「九段下の泡盛屋」に行ったのは昭和二、三年にかけてになる。『生活者』に「サーカス」（「無題」）が発表される少し前に中也は靖国神社の界隈を歩いていたわけで、そうであるなら創設五〇年目の昭和四年に靖国神社名物のサーカスにちなんだ詩を書き、『生活者』に発表したとしても何の不思議もない。

一方、この詩でよく問題にされるのが「茶色い戦争」のフレーズだが、この詩の舞台を靖国神社と考えるとき、近代戦争以前の泥臭い戦《いくさ》の匂いをこの言葉に感じる。中也の実祖父・中原助之や大伯父・小野虎之丞が戦った幕末維新の戦の匂いだ。事実、戦死した小野虎之丞は吉敷招魂社に祀られ、明治二一年に靖国神社に合祀されていた（第一章「神社の鳥居が光をうけて」）。すでに述べたとおり、私の曽祖父・野村喜三も徳山毛利家臣のキリスト教者で、教会で出会って後妻に迎えたヒサはクリスチャンだった。そのヒサの祖父が靖国神社初代宮司となる青山清だった。青山清は萩の椿八幡宮の社家に生まれ、幕末の禁門の変で自刃した宇部の領主・福原越後を祀り、高杉晋作らと下関で桜山招魂社（現、桜山神社）を祀ったのちに上京して東京招魂社に奉職したのである。そして明治一二年に東京招魂社が靖国神社になると同時に、初代宮司に就任した。それから明治二四年に亡くなるまで靖国神社に奉職したが、坪内祐三が『靖国』で書いたとおり、青山清の奉職中の靖国神社は西洋的でモダンな雰囲気が充満していた。明治一五年にイタリア人美術家カペレッティにより建てられた遊就館は欧化政策以前の欧化の象徴だったし、館中には中也がいう「茶色い戦争」としての戊辰戦争時の西洋銃や西欧風の軍服などが展示されていた。なにしろキリスト教国イギリスを後ろだてに幕府と戦ったのが長州藩（山口県）に他ならず、その戦いで亡くなった戦死者を祀った延長上に靖国神社が成立し、〈幾時代かがありまして〉サーカスの名所になったのである。靖国神社はスタートから西洋的でキリスト教的な新興宗教だったのだ。中也の「サーカス」の詩は、そんな靖国神社のモダニズム時代を投影しているように見える。

〈付記〉

平成一〇年四月一〇日付『朝日新聞』（夕刊）「中也の末弟コンサート」で、中也の弟である伊藤拾郎が語るところでは、草野心平や大岡昇平が家に来て酒を飲んだ夜、酔っ払ってトイレに行く中也が口ずさんでいたのが古賀政男の作曲した「サーカスの唄」だったとしている。この歌は昭和八年に西条八十が作詞しており、一番歌詞は、〈旅の燕《つばくら》　寂しかないか／おれもさみしい　サーカスぐらし／とんぼがへりで　今年もくれて／知らぬ他国の　花を見た〉である。また、アテネ・フランセで中也と付き合いの出来た高橋幸一によると、市ヶ谷町の下宿に移ってから（昭和一〇年六月以降）も、「オレは西条八十は買わないが、この歌だけはいい」といって「サーカスの唄」を好み、「あたりにはお構いなしに繰り返して歌い、応接間の絨毯の上に大の字になってその歌を喚くのだった」としている（「断片的回想」『中原中也全集　月報Ⅵ』）。

その雑誌はやめになりました

高田博厚や関口隆克の助けで作品発表の場を増やした中也だが、誰とでも喧嘩するという日常は変わらなかった。このため『白痴群』が第六号をもって昭和五（一九三〇）年四月に廃刊に追い込まれる。このときの騒動を安原喜弘が語る。

「この年三月、私の家での『白痴群』の編集会議の席上、ふとしたことから中原は大岡と喧嘩になり、はては表に出ての殴り合いとなった。といっても殴りかかるのはもっぱら中原の方だけだったのだが。このころ富永ともすでに仲違いしていた。原稿の集まりも悪くなり、そんなこんなで翌四月発行の第六号をもって『白痴群』はついに事実上廃刊となった」（『中原中也の手紙』）

「富永」とは富永太郎（故人）の弟の富永次郎のことだが、喧嘩の原因は時代にもあったと長谷川泰子はいう。

「あのころの風潮としても、だんだん左傾化していった時期だけど、中原は変わらなかった、ほんとに変わらなかったのは中原ぐらいでした。いつでも正統でいくから、今度は周囲の人間が逃げ出してしまいました。友だちがだんだん少なくなっていった時期だったと思います」

泰子の証言は、この時期の中也の姿を正確に表していた。昭和一二年に記した「千葉寺雑記」において中也が、「〈白痴群〉なる雑誌を出しましたが、何分当時の文壇は大方赤く、雑誌が漸くだれてゐました所へ同人の一人と争ひといふやうなわけでその雑誌はやめになりました」と記しているからだ（本章「きらびやかでもないけれど」）。

母フクが西荻窪の中也の下宿を訪ねたのも『白痴群』廃刊のころだった。三男の恰三《こうぞう》（中也の弟）が日本医科大学に合格したので、二人で上京したのである。

「部屋に入ると、そこは三十日も五十日も掃除した様子はありません。中也は、〈お母さん、新聞をしいて、そこへおすわんなさい〉といいました」（『私の上に降る雪は』）

フクは中也と恰三を部屋から出して掃除にかかるが、ふすまの奥から赤い布が出てきて女性の存在に気づく。

帰宅した中也は泰子のことを打ち明け、小林秀雄のところに逃げたと告げた。近くに住む高田博厚のアトリエにフクと一緒に挨拶に行ったのは、その直後である。高田は「中原中也」(『高田博厚著作集第四巻』)でフクの印象を語る。

「小ぢんまりした静かな方で畳に頭をすりつけて丁寧に挨拶され、息子が身を固めてまじめに暮らすように監督してくれと、くれぐれも頼まれて、こまりきった。中原の詩が立派なことを言ったって、それだけ彼が放蕩息子に思われてしまうのだから、私はただ偉そうな顔をして〈はあ、はあ〉と合づちを打っていた。中原は落第した学生のように傍にかしこまって坐り、くすぐったい顔をしていた」

下宿に一〇日ほど滞在したフクに中也は旅費をせびった。京都帝大を卒業した安原喜弘に会いに行くためだった。中也はその金を持って四月下旬に旅立ち、京都に着くと今度は安原と連れ立って奈良に向った。このとき河上徹太郎に宛てた手紙に、「奈良の博物館に行つた。すべてみな自力的な芸術であつた」と記している。奈良では、教会にいたビリオン神父を安原と訪ねたらしい(『兄中原中也と祖先たち』)。そして再び京都に戻ると立命館中学に行って懐かしい校舎を一巡した。河上に、「元気です―/時は春、京都は桃色、/昼は歩き夜は飲み、/―泣き笑ひより悲しいはない」といった詩のような手紙を書き送ったのも、そのときである。そして五月三日に東京に戻ると、翌日から連日のごとく京都の安原に手紙を送りつづけた。

【五月四日】「ゆふべは、寝る時淋しかつた。〔後略〕」/【五月六日】「蚊がもう沢山だ。何も書かない、読むつもり。仏蘭西には大変行きたい。やつぱり五十円やそこいらでは辛いらしい。八十円あればやれるらしい。今年中にはまづ行けない〔後略〕」/【五月八日】「頭は支離滅裂だ。尤も楽しいんだ。好いお天気だもんだから朝から歩いてゐる。昨晩はスルヤだつた。時計が間違つてて半分聴いただけだつた〔後略〕」/【五月九日】「朝目が覚めたつて、それから何処へ出かけたびしたつて、誰もゐない、役所にゐるか学校にゐるかの人ばつかりだ。〔後略〕」

／【五月一二日】「昨日、しばらくに行つた。客がゐなくて、ポツポツと三十分くらゐ話した〔後略〕」……。

五月八日の文面に見える「スルヤ」は五月七日に開催された第五回発表演奏会のことだ。本章の「秋空は鈍色《にびいろ》にして」で見たとおり、このとき内海誓一郎作曲で中也の詩「帰郷」、「失せし希望」と諸井三郎作曲で「老ひたるものをして…… 空しき秋 第十二」が演奏された。一方、五月一二日の書簡に見える「しばらく」は、東中野にあった酒場「暫《しばらく》」のことである。長谷川泰子がそこに通いはじめたことで、中也もちょくちょく顔を出しはじめたのである。

僕の部屋にはキリスト像がない

昭和五（一九三〇）年五月七日に日本青年館で開かれたスルヤの第五回演奏会で演奏された中也の詩三編で、まず内海誓一郎が作曲したのが「帰郷」と「失せし希望」。このうち「帰郷」は、のちに山口市湯田の高田公園に小林秀雄の筆により詩の一部が石碑に刻まれるが（第三章「年増婦《とします》の低い聲もする」）、その全体詩はつぎだった。

〈柱も庭も乾いてゐる／今日は好い天気だ／椽《えん》の下では蜘蛛の巣が／心細さうに揺れてゐる／／山では枯木も息を吐《つ》く／あゝ今日は好い天気だ／路傍《みちばた》の草影が／あどけない愁《かなし》みをする／／これが私の故里《ふるさと》だ／さやかに風も吹いてゐる／心置なく泣かれよと／年増婦《としま》の低い声もする／／あゝ　おまへはなにをして来たのだと……／吹き来る風が私に云ふ〉

もともと四行四連詩であったが、内海が曲をつけるときに中也と話し合い、四連目の〈庁舎がなんだか素々《しらじら》として見える、／それから何もかもがゆっくり私に見入る。／あゝ何をして来たのだと／吹き来る風が私に言う……〉の前二行（傍線部）を省略したと「中原中也と音楽」（『群像』一九八九年二月号）で明かしている。それは曲が付け難かったからだが、「おまへは」が作曲中にどういう経緯から付け加わったかについては思い出せないとしている。

そしてつぎに演奏されたのが、〈暗き空へと消え行きぬ／わが若き日を燃えし希望は。〉ではじまる「失せし希望」の詩であった。

中也がこの詩を内海のところに持ちこんだのは昭和四年後半で、「これはお前に作曲して貰うために書いたんだ。ぜひ作曲してくれ」と頼んだという。内海は中也の詩を読むと、あまりに悲壮な訴えに思わず落涙した。そして酔ったときに中也が口ずさんでいたマスネーの「エレジー」をヒントに、同じように高い音から一気に低い音へ落下していき、底で何回も波打ちながら繰り返す旋律で曲をつけた。その旋律を中也も気に入り、「酔ったときの鼻唄のレパートリーに加えた」と内海が書いている（「中原中也と音楽」）。ちなみに中也がマスネーの「エレジー」を口ずさんでいた様子は「昭和三〜四年頃」のこととして大岡昇平がつぎのように語っている。

中原家に保存されていた中也が好んだ「エレジー」（マスネー）のレコード〔中原中也記念館提供〕

「おお　いにし春よ、百《もも》鳥の、歌声去り……　渋谷あたりのバーのボックスで、年に似合わぬ深いしわの刻まれた顔を仰向きにして、眼をつぶり、少し狂った音程で歌う彼の顔が眼に浮ぶ。歌い終ると、がっくり俯いて、〈ばんやむ〉とひと言いう。グラスの方へ手が伸びて来る。〈ばんやむ〉とは〈万、やむを得ぬ〉の略である」（「詩人と音楽」『大岡昇平全集一八』）
河上徹太郎に中也が、「僕はもう再び狂ふといふこともありますまい」と書き送ったのもこのころだろう。手紙は、「僕の部屋にはヴェルレエヌの写真があります。それは日により時によつて変つて見える。今晩彼は僕に慈悲深い。しかし僕の部屋にはキリスト像がない」とつづいている。中也はこのころ、キリスト教について深く考えていたのだろう。一方、スルヤの第五回演奏会で演奏された最後が諸井三郎の作曲した「老ひたるものをして……　空しき秋　第十二」であった。

〈**老いたる者をして静謐《せいひつ》の裡《うち》にあらしめよ／そは彼等こころゆくまで悔いんためなり／／吾は悔いんことを欲す／こころゆくまで悔ゆるは洵《まこと》に魂《たま》を休むればなり／／あゝ　はてしもなく涕《な》かんことこそ望ましけれ／父も母も兄弟《はらから》も友も、はた見知らざる人々をも忘れて**〔後略〕〉

中也は以前に諸井が作曲した「朝の歌」を気に入っていたが、「老ひたるものをして……　空しき秋　第十二」の曲はそうでもなかったらしい。それは不協和音や複雑な形式の旋律を用いていたからだ（中原中也記念館　特別企画展『中原中也と西洋音楽』）。

この第五回演奏会の前後と思われるが、中也は頻繁に代々木山谷にあった内海の家を訪ね、盛んに音楽論議を交わしていた。内海によれば、中也が最も好きだったレコードがバッハのマタイ受難曲中のアルトのアリア、「わが神よ憐み給え」の盤で、つぎに好きな盤が、同じくバッハのオルガン曲のハ長パッサカリアとフーガとしている。逆にチャイコフスキーの「くるみ割人形」、第六交響曲や、ストラビンスキーの「ペトルシュカ」などにはあまり興味を示さなかったようだ。そして正式な音楽教育を受けていないにもかかわらず、中也の語るクラシック評は的を得ており、内海は何度も驚かされたらしい。なお、中也の郷里（山口市湯田）にある中原中也記念館には中原家から寄贈された中也の遺品として一七枚のレコードが所蔵されるが、そのうちの一四枚がバッハ、マスネー、ベートーヴェン、チャイコフスキー、ワグナーなどの西洋音楽である。この中に、中也がよく口ずさんだマスネーの「悲歌（エレジー）」も含まれている。

無限のまへに腕を振る

「当時、彼は代々木山谷の小田急の線路に接してたっていた下宿にいた」

日本の代表的音楽評論家となった吉田秀和が「中原中也のこと」（『吉田秀和全集一〇』）で書いている「彼」とは中也のことだ。そこに中也が下宿していたのは、近くに内海誓一郎が住んでいたからだった。大正二年生まれの吉田が中也に出会ったのは成城学園高等部の学生になったばかりの昭和五年、成城の教師だった阿部六郎の家に下宿していたときである。吉田は、「移ってつぎの日曜日の午後、隣りに人がきて、夜になるまで話し声がしていた。その声は少し嗄れて低かった」と語るが、その話好きの来客こそが中也であった。吉田はつづける。

「中原は、人を訪ねるのを日課みたいにしてる男だったが、このころは日曜というと、阿部さんのところに、まるで学校にでも出るように、きちんとやってくるのだった」

このようなことで吉田もまた中也と出会うことになる。

当時、吉田は一七歳で中也は二三歳。六歳年上の中也に対して吉田が感じたのは、「無限に年上の人間だったと同時に、非常にinfantileな、つまり乳臭い人間」という印象だった。未熟と老練の混合。このとき吉田が中也の根底にみたものは、本居宣長のいう「清く明るい心」に近いものだったとしている。

この認識は、晩年、『本居宣長』を書いた小林秀雄の中也に対する理解と似ている。小林は本居の天才を、「宣長という独自な生まれつきが、自分はこう思う、と先ず発言したために、周囲の人々がこれに説得されたり、これに反撥したりする、非常に生き生きとした思想の劇が開いた」（『本居宣長』）と看破したが、中也に対しても「中原の詩」（『考えるヒント4』）で、「中原は、詩人でありながら、言葉による装飾というものを、まるっきり知らなかった。生きて行く意味を感じようと希《ねが》い、その希いだけに圧倒され、圧倒されていろいろな形を取る心を、その都度《つど》率直に写生した」と説明している。

初対面の吉田が中也に感じたそれも、小林の中也観と同じで、つまり本居宣長としての中也だったのであろう。

吉田は、ある晩、中也に誘われて新宿に飲みに行くが、そのとき中也が電車の中で所持金の額を聞いてきた。吉田が「二円持ってる」と答え、そのまま新宿の路地裏の薄暗いバーで飲んだが、中也は一人で飲み、一人でしゃべったあげく、吉田に金をよこせとたかった。そこで二円を渡すと、「馬鹿だな、お前さんは。本当に二円しか金がないのなら、一円五十銭というもんだ。俺はそのつもりで飲んだんだ。これじゃ、女給にチップも渡せないじゃないか！」と怒ったという。結局、帰りの電車賃も無くなったので代々木山谷の中也の下宿に泊まるしかなかったが、吉田こそいい迷惑である。にもかかわらず吉田は中也に対して哲学的解釈を行う。

「中原の喧嘩というものは、実際は、誰が相手というのでなくて、もっと広くて大きなものに向っての表現なのだ。無限に対する〈生〉の主張の一つの形式。生きるとは、赤ん坊であるか、無限を相手どって腕を振るか、どちらかでしかない。いや、中原の場合、この二つは、しばしば同じでもあった」

吉田が語る中也そのままの詩が「盲目の秋」である。これは『白痴群』の最終号（第六号、昭和五年四月発行）に発表されたので、ちょうど吉田と出会ったころだ。

〈風が立ち、浪が騒ぎ、／無限の前に腕を振る。／／その間《かん》、小さな紅《くれなゐ》の花が見えはするが、／それもやがては潰れてしまふ。／／風が立ち、浪が騒ぎ、／無限のまへに腕を振る。（後略）〉

のちに吉田は中也からフランス語を習うが、それは中也が「フランス語を教えて小遣いをかせぐ」ためだった。また別のとき、中也に連れられて上野動物園に遊びに行くが、最初の半分くらいを駆け足で回っていた中也が、突然、白熊のところで立ち止まり、長いこと白熊を見ていたという。吉田は中也の詩を、「まるで生と死の中間の国にでもいるみたいに歌っている」と語るが、中也は此岸と彼岸を行き来していた詩人だったのであろう。実祖父の中原助之が生死の狭間を明治維新の戦いに明け暮れたように、中也も生死の狭間で詩を作りつづけていたのではないか。否、中也の詩の本質はそこにある。

平成二〇年三月二〇日付けの『朝日新聞』で吉田が「中原中也の目」と題して語るところでは、「一九三〇年代前半のころ」というので昭和五、六年ころであろう、阿部六郎の家で中也と自分の三人でバッハの《パッサカリアとフーガ》のレコードを聴いたとき、中也が畳の上に転がり、「お前はクリスチャンか？　宗教というものは子供の時、親が決めてくれるのが一番だ。大人になってからは難しく自分では決められないよ」と口にしたそうだ。あとで吉田が阿部六郎から聞いた話では、中也が人生に悩みぬいていた時期だったらしい。このとき中也は自らの血に宿るキリスト教的なものと東洋的、仏教的、神道的なものとの折り合いをどうつけるかに悩んでいた。西洋と東洋の相克の中にあった明治以後の日本の苦悩を、中也もまた感じつづけていたのである。

第六章　喧嘩人生（東京時代Ⅲ）

生きのこるものはづうづうしく、
死にゆくものはその清純さを漂はせ、
物言ひたげな瞳を床の上にさまよはすだけで、
親を離れ、兄弟を離れ、
最初から独りであつたもののやうに死んでゆく。

（詩「死別の翌日」）

ポツカリ月が出ましたら

昭和五年の春、長谷川泰子は東中野で気ままな一人暮らしをしていた。その泰子の家が左翼活動家の溜まり場となり、若き日に共産主義活動に奔走していた埴谷《はにや》雄高《ゆたか》が会合に使ったと「あの頃の東中野附近」（『甕と蜉蝣』）で書いている。

東中野の駅には長いプラットホームがあり、新宿寄りに「ゆうかり」、中野寄りに「暫《しばらく》」という酒場があった。「ゆうかり」は林房雄や谷川徹三（＊1）、吉行エイスケたちのたまり場で、泰子は古谷綱武に連れて行かれたのが最初だった。「暫」のほうは狭くてごちゃごちゃした店で、築地小劇場の連中が多かったが、やはり泰子が時々来ていた。それを追いけるように、中也も、これらの店に顔を出した。

泰子に新しい事件が起きたのが、そのころだった。一度は小林秀雄に寄り添い、つぎに山岸光吉に寵愛され、

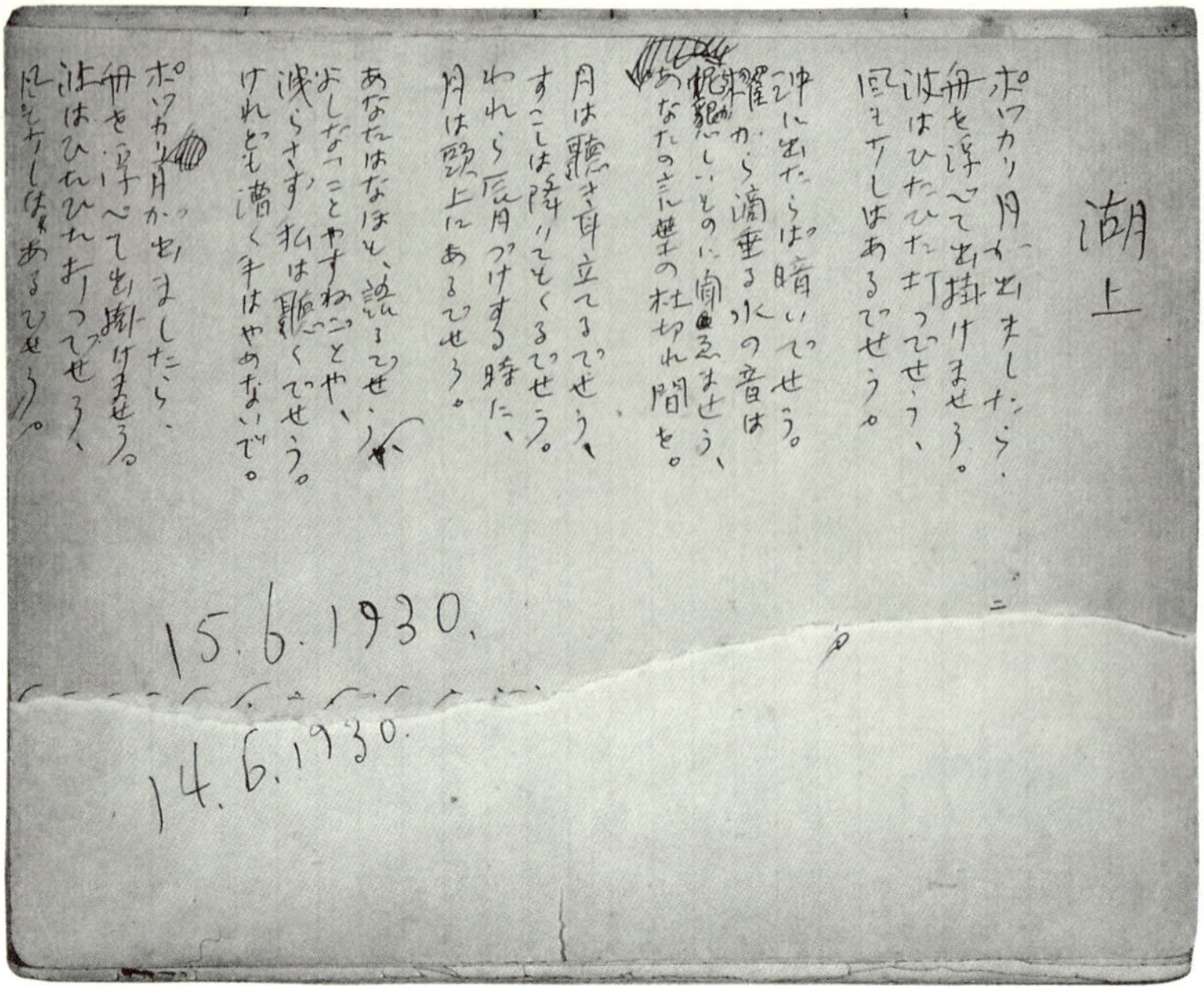

「湖上」の詩稿〔中原中也記念館提供〕

京都旅行では大岡昇平に甘えたが、ついに築地小劇場で演出をしていた左翼活動家・山川幸世の子どもを身ごもるのだ。彼女が山川と出会ったのは「暫」で、酒の勢いで出来た子どもだった（『中原中也との愛　ゆきてかへらぬ』）。

このころ中也はフランス行きを熱望していたが、「佐規子のことさへ忘れられれば、僕も飛んで行きたい」と五月二一日に安原喜弘に手紙で書いている。「佐規子」とは長谷川泰子のことで、「僕も」とはフランス留学に向けた準備をしている彫刻家の高田博厚に対しての「僕も」である。そのころ（昭和五年六月一五日）中也が月をモチーフに書いた詩が「湖上」である。

〈**ポッカリ月が出ましたら、／舟を浮べて出掛けませう。／波はひたひた打つでせう、／風も少しはあるでせう。／沖に出たらば暗いでせう、／櫂《かい》から滴垂《したた》る水の音は／昵懇《ちか》しいものに聞こえませう、／あなたの言葉の杜切《とぎ》れ間を。**〔後略〕〉

もしかすると中也は動物的臭覚で泰子の妊娠に気づいていたのかもしれない。京都で暮らしたことのある彼は、松尾大社の摂社、月読神社（ツクヨミの命を祀る）が安産の神様であることを知っていたとすれば、月はこれから生れてくる泰子の赤ん坊を象徴している。中也にとって泰子がマリアなら、生れ来る赤ん坊はキリストだ。誰の子であろうとあまり関係はない。一方、泰子の方は、子供を生むことに躊躇していた。「私はまだ小林のところへ帰りたいと思っていたときだったから、子どもを産みたくありませんでした。できれば処分したいと考えました」

中也は昭和五年九月に中央大学予科に入学した。東京外語学校の入学資格を得るためだ〔＊2〕。外語学校でフランス語を学び、フランス留学を考えていた中也は、九月二八日付けの安原喜弘宛の手紙に、「毎日欠かさないで、出席している」と書いている。

望まぬ妊娠に泰子が悩み、中也がフランス行きをめざして勉学していた昭和五年秋、半年前に日本医科大学に入学した中也の弟恰三が肋膜炎で倒れ、母フクが再び上京する。

「日本医大に入りますと、あの子は剣道の選手になっておったんです。そして、試合に勝ったときは、お酒をずいぶん飲まされたそうです。それから具合が悪くなったようで、〈みんなが飲め飲めというから飲んだけれども、もうお酒は飲まん〉といっておりました。恰三を小石川稲荷町の双塩《そうえん》病院というのに入院させてから、私は山口に帰りました」

中也もまた恰三を度々見舞いに行く。こうして生活をかき乱されながらも、翌昭和六年春に行われる東京外語学校の入試に向けて努力をつづけたのである。

〔＊1〕初版本『山羊の歌』の限定二〇〇部のうち一五〇部を配布したが、谷川徹三に「第十六部」を中也が送っている。これについて息子の谷川俊太郎が、「僕は父に、中也に会ったかどうかを聞いたことはないので、実際に面識があったかは知らない」（『中原中也誕生90―3年祭』）と語っている。

〔＊2〕中央大学予科への入学を薦めたのは高田博厚。

アルコール・リンビョウじゃないか

中也が東京外国語学校（専修科仏語）の受験に向けて勉学に励んでいた昭和五（一九三〇）年一〇月、小林秀雄はランボオの『地獄の季節』を翻訳して白水社から出版した。晩翠軒で行われた出版記念会に青山二郎、河上徹太郎、永井龍男、深田久弥、横光利一たちが集まったが、小林が酔って皆にからんだことで滅茶苦茶になる。無頼な生活に明け暮れていた当事の小林を象徴する出来事で、中也はいつもの調子で小馬鹿にした。

「金が入ったもんだから、酒を飲んだついでに、さっそく女を買いにいって病気になったんで、アルチュル・ランボオじゃなくて、アルコール・リンビョウじゃないか」（『四谷花園アパート』）

小林の淋病は青山二郎にも責任があった。青山二郎は大金持ちの息子で、遊びの達人。今日出海が「飲む打つ買うの天才」（「飲む打つ買うの天才」『陶に遊び美を極める　青山二郎の素顔』）と評しただけあり、二〇代から吉原の待合に通って女買いに明け暮れた豪傑だった。青山は明治三四年六月に東京麻布に生まれているので小林より一歳上で、名門麻布中学に入ったが中退。だが頼ってくる者が後を絶たない不思議な人望の持ち主だった。むろん小林もそのひとりだったが、青山との出会いは大正一三年で、出会いの場所は府立一中の同級生、石丸重治の家だった。そのころから青山は骨董に興味を持ちはじめるが、後年の小林が骨董を趣味にしたのも青山の影響といわれる。もっとも小林が『地獄の季節』を出したとき、中也はまだ青山と知り合っておらず、二人の出会いは半年後の昭和六年五月ごろに持ち越される。

そこで小林の淋病と青山との関係だが、長谷川泰子と別れた小林が奈良から戻ってくると、青山は小林と彼に紹介された友人知人を引き連れて待合に繰り出し、手当たり次第に女を買わせたのである。「私には小待合が学校だった」というほど色道に通じていた青山には、花街こそが、「世間の道徳観を〈遊び場〉で実地に身につけた」場所であった。実際そこで学んだことで骨董の目利きにもなるわけだが、小林もそんな青山と付き合った遊蕩の末に淋病を患うのである。

慶応病院で淋病の治療を受けていた小林の逸話を青山が語っている。
「淋病は治らない、淋病が治るやうな奴は馬鹿だと言ふのが小林の主張である。淋病が治せたら世界一の金持ちになる、と確に宮田重雄も言つてゐた。小林は慶応病院の宮田の處へ、それでも時々通つてゐたが、宮田に言はせると〈俺も只の病人は随分診てやつたが、來る度びに、電車賃を五十銭呉れつて持つて行く奴は、小林だ〉と舌を巻いてゐた」（「續・若氣の色」『青山二郎文集』）
そのころ、世の中は小林の淋病以上にきな臭いにおいが漂いはじめていた。『地獄の季節』出版から一ヵ月後の一一月一四日、東京駅で首相の浜口雄幸が愛国社の佐郷屋嘉昭に狙撃される。東京中に失業者があふれ、東北では娘の身売りが横行していた。
青山が芸者の武原はん（以後、「おはん」とする）と結婚したのも、そのころだった。二五歳のとき（大正一五年・昭和元年）に結婚した野村八重を翌年肺結核で亡くしたことで二度目の妻であるが、芸者との結婚に生活一切の面倒みていた父、青山八郎衛門が猛反対した。結局、青山は駆け落ち同然でおはんと新宿の安アパートで新婚生活をすることになる（このアパートは昭和八年九月におはんとの別居で移った「花園アパート」とは別）。そして二人は麻布一の橋の、青山の父の持ち家に居を移す。

いまやおまへは三毛猫だ

長谷川泰子が山川幸世の子どもを産んだのは昭和五（一九三〇）年一二月二〇日だった。だが山川は「暫」で新しい女ができ、左翼活動に命をかけるといって逃げていた。中也は子供の生まれた泰子を避けるでもなく、受験勉強の合間に面倒をみて、そのうえ名前まで付けてやった。このときのことを『歴程』の同人だった詩人・菊《きく》岡久利《おかくり》がつぎのように書いている（泰子は仲間内では小林佐規子で通っていた）。

「佐規ちゃんが茂樹君を生んで間もなくの頃、東中野だった佐規ちゃんの家に寄つて見ると、酔つぱらつた中原

長谷川泰子と茂樹〔中原中也記念館提供〕

がやつて来て、ポケットから写真を出し（佐規ちやんの赤ん坊のだつたと思ふ）〈お前の名は茂樹だぞ。いゝ名前だぞ。お前は茂樹だ〉と云つて、裏に茂樹と書いてあるその写真を佐規ちやんに渡したことも覚えてゐる」（「鎌倉の曇り日」『新編中原中也全集　別巻〔下〕』）

　中也が泰子の生んだ子が自分の子でないことを知りながら可愛がり、名前までつけて喜んでいるのは、やはり泰子が彼にとってのマリアだったからであろう。マリアは処女のまま懐妊して馬小屋でキリストを生んだので、茂樹はさしずめキリストであった。泰子が職を求めて松竹の蒲田撮影所に行くときも、中也は茂樹を預かり遊んでやったりしたが、酒が入ると毒づき、泰子に暴力をふるった。

　こうして昭和五年が暮れ、昭和六年を迎える。そして二月に彫刻家の高田博厚がフランスに旅立つ。前々から計画していた外遊ではなく、昭和五年の四月か五月ころに突然思いたった旅で、旅券の関係で出発が昭和六年二月にずれ込んだのである。高田は、「貧乏のどん底へ来て動きがとれなくなって、最後の撥ね返りをするように〈フランスへ行ってやれ〉と思いついた」と「中原中也」（『高田博厚著作集第四巻』）で語っている。

　フランスに向かう高田が小田原行きの汽車で東京駅を出たのは雪が降った晩で、金ボタンの学生服を着た中也が泰子と一緒に見送りに来ていたという。

それから一ヵ月後の昭和六年三月、中也の故郷でも異変が起きる。弟の思郎が萩中学を卒業し、山口高等学校へ入学が決まったことで、弟たちが萩の家から山口に戻ることになったのだ。この時期、国民には知らされなかったが、東京で三月事件が起きていた。陸相の宇垣一成を首班とする軍事政権を樹立し、満洲支配を達成しようとしたクーデター未遂事件である。北一輝門下の清水行之助《こうのすけ》、満鉄・東亜経済調査会理事の大川周明、山口県出身で国家社会主義者の赤松克麿らが画策したもので、未遂に終わったものの、その後の一〇月事件（昭和六年一〇月）、血盟団事件（同七年二月）、五・一五事件（同七年五月）、神兵隊事件（同八年七月）、二・二六事件（同一一年二月）の伏線となる。

中也が東京外語学校に入学したのは三月事件の翌四月で、療養中の弟恰三が治療に専念するため山口に戻ったのも同じ四月だった。母フクが上京し、病身の恰三を山口に連れ戻したが、見送り好きの中也は、この日も母と弟を東京駅まで見送った。

中也が青山二郎と出会うのが、そのころだった。麻布一の橋にあった青山の家は「青山学院」と呼ばれ、小林秀雄、永井龍男、河上徹太郎、大岡昇平たちの集うサロンになっていた。そこに昭和六年五月五日、麻布中学時代の青山の同級生である竹田鎌二郎《たけだかまじろう》〔＊〕が現われ、中也と知遇を得る。さらに二週間後の五月一九日、竹田は青山の家で再び中也と会うが、例のごとく中也が喧嘩を吹っかけたらしく、「中原もんちやくを起し、十一時つれだして帰へる」と日記に書いている。六月一日、中也は、〈**むかし、おまへは黒猫だつた。／いまやおまへは三毛猫だ、**〉ではじまる「三毛猫の主《あるじ》の歌へる」と題する詩を青山に送っている。

青山は頻繁に訪ね来る淋しがりやの中也を避けるでもなく、よく相手をしてやった。


〔＊〕明治三四年生まれ。麻布中学卒業後、早稲田大学に進学し、中退後に報知新聞に勤務。昭和七年ころから四谷区番衆町で喫茶店「欅《けやき》」を開く。

日本はちつとも悪くない！

弟恰三の見舞いを兼ね、中也が湯田の実家に長期帰省をしたのは昭和六（一九三一）年の夏だった。恰三は明治四四年一〇月生まれなので中也より四歳下。すぐ下の弟亜郎は大正四年一月に亡くなっていたので、中也にとって一番年が近い弟だった。中也は快復を祈るが、九月二六日に湯田の自宅で息を引き取る。恰三の死をテーマに小説「亡弟」を書いたのは二年後の昭和八年一〇月だった。

「『どうせ死ぬのなら、僕は戦争に行つて死ぬのならよかつた』と、病床の中から母に語つたといふ、一昨年死んだ弟のことを思ひ出しては、いとほしくて、涙が流れるのであつた」

小説では弟の看病のために八月から九月にかけて帰省したときのことを次のように記す。「医者は弟から二尺位離れた位置に、聴診器をあてるでもなく、何をするでもなく、坐つて弟を時々視守つてゐた。私はあとで知つたことだが、医者はもう到底駄目だと前々から思つてゐたので、毎日やつて来ては、三十分なり一時間なり、さうして弟の相手になつてやつてゐるのだつた」

医者は弘中国香《ひろなかくにか》の後に中原医院を借りていた三浦吾一がモデルであった。母フクは、恰三は肺浸潤になっていたので、「どうせ治るまい」と中也にいったそうだ。中也は、「もし恰《こう》ちゃんが死んだら、こんどは死に顔をぼくにみせてから、焼場へつれていってください」と言い残して東京に帰ったという。中也は親友の富永太郎を肋膜炎で失ったとき（大正一四年一一月）のことを思い出していたのかもしれない。東京に戻ると、「何卒、もともと長い病のことゆゑ、一度には癒らないのですから、あせらずゆつくり養生する様お伝へ下さい。」と九月下旬にフクに手紙を書いている。そして「支那とゴタゴタが起りましたね。東京では毎日二三度号外が出ます」と追伸をつづけた。

「支那とゴタゴタ」とは九月一八日に柳条湖付近で起きた満鉄の爆破事件「満洲事変」のことだった。一つのエスニシティ（民族性）に縛られず、各民族が自由に政治活動や経済活動を行えるエリアを作るために関東軍が計

山口中学校３年時の恰三〔中原中也記念館提供〕

画したもので、多くの国民にとって閉塞した社会を突破する解決策だった。このとき中也は「早大ノート」に愛国詩を書く。

〈支那といふのは、吊鐘の中に這入《はい》つてゐる蛇のやうなもの。／日本といふのは、竹馬に乗つた漢文句調、／いや、舌ッ足らずの英国さ。／／今二ァ人《ふたり》は事変を起した。／国際聯盟《れんめい》は気抜けた義務を果さうとしてゐる。／／日本はちつとも悪くない！／吊鐘の中の蛇が悪い！／／だがもし平和な時の満洲に住んだら、／つまり個人々々のつきあひの上では、／竹馬よりも吊鐘の方がよいに違ひない。／／あゝ、僕は運を天に任す。／僕は外交官になぞならうとは思はない。／／個人のことさへけりがつかぬのだから、／公のことなぞ御免である。〉

かつて長州勤皇派であった実祖父の中原助之や大伯父の小野虎之丞、あるいは服部章蔵の維新運動のバックにいたのはイギリスだった。長州軍は長崎にいた英国武器商人のグラバーを通じて近代的兵器を手に入れ、幕府を倒す革命を成功させた。その結果、新たに成立した明治新政府はイギリスをモデルにした国づくりを急ぎ、「舌ッ足らずの英国」になるのである。これに対してイギリス側も、日本の内閣制度が発足した明治一八年に、あたかもそのことを祝うようにロンドンのサヴォイ劇場で「ミカド」を公演し、「宮さん宮さん」を紹介していた。この歌の正式名は「都風流トコトンヤレ節」。戊辰戦争当時、長州軍を中心とした官軍兵士が歌いながら進軍した近代日本最初の軍歌である（拙著『戦争歌が映す近代』）。のちには日露戦争の準備として明治三五年二月（公式発表）に日英同盟が結ばれたように、明治維新後の日本とイギリスは穏やかな連帯を保ってきた。ところが昭和六年に日本が満洲事変を起こして、英米を中心とする世界的枠組みから逸脱する意思が明確になる。前兆は早くも日露戦争開戦時に見え、明治三七年の段階で東京帝大の主戦論者、中村進午（七博士のグループの一人）

が満洲を永久占領すべきと主張していたことにあった。イギリスがキプロス島を占領し、スーダンを支配したように、日本も満洲を手に入れれば良いとの単純な考え方だった（『天皇と東大〈上〉』）。満洲事変時の中也の詩に、

「日本はちつとも悪くない！」と見えるのも、父祖たちがイギリスと手を組んで幕府と戦った原風景が見えていたからではあるまいか。だが、ことは単純ではなく、英米との対立に向けて進みはじめたのである。

ポロリ、ポロリと死んでゆく

満洲事変から一週間を待たない昭和六（一九三一）年九月二三日、中也は京都に住む安原喜弘に宛てた手紙の末尾に、「明日は秋季皇霊祭。残りの蟬がまだ鳴いてゐる。─センチメンタル」と書いた。皇霊祭は春と秋に行われる皇室行事。天皇自らが宮中三殿の一つである皇霊殿で、歴代天皇をはじめ、皇后、皇族の全ての皇祖を祭る大祭で、それがこの時期の中也の心にあった。満洲事変により日本は西欧の秩序から一歩踏み出し、独自の道を歩き出しはじめたことで、国粋主義的ナショナリズムが国内を覆った時期でもある。秋季皇霊祭に関心を寄せた中也の意識は時代の空気でもあったのだろう。そして同じころ、不況のどん底にあえぐ世情を「〈われ等のジェネレーションには仕事がない〉」という詩に託した。

〈われ等のジェネレーションには仕事がない。／急に隠居が流行《はや》らなくなつたことも原因であらう。／／若い者はみな、スポーツでもしてゐるより仕方がない。／文学者だつてさうである。／／年寄同様何も出来ぬ。〉

中也の弟恰三が息を引き取ったのは、そんな矢先だった。母フクはいう。

「恰三は、昭和六年九月二十六日に、亡くなりました。そのときは、中也をすぐ呼びもどし、死顔をみせてから、焼場へつれていきました。中也はあのとき、泣きはしませんでしたが、恰三のことがかわいそうでならぬといったふうでした」

恰三の死は、山口中学の落第（大正一二年三月）や、長谷川泰子との別れ（大正一四年一一月）につづく心に深

く傷を残す出来事だった。葬儀のために再び帰郷した中也を、「ひどく悲しみ、火葬場で焼爐の扉が熱くなるまで手を放さなかった」と弟の思郎が「兄」（『新編中原中也全集　別巻〔下〕』）で語っている。中也は弟の死を悼む詩「（ポロリ、ポロリと死んでゆく）」を作る。

〈ポロリ、ポロリと死んでゆく。／みんな別れてしまふのだ。／呼んだつて、帰らない。／なにしろ、此の世とあの世とだから叶《かな》はない。〔後略〕〉

あるいは恰三の戒名をそのまま題にした「秋岸清涼居士」の詩（昭和九年一〇月二〇日作成）を作り、最後のフレーズで、**〈今は三年の昔の秋まで在世／その秋死んだ弟が私の弟で／今ぢや秋岸清涼居士と申しやす。ヘイ。〉**とわざと道化てみせた。

「グレタ・ガルボに似た女性」募集時の長谷川泰子の応募写真〔中原中也記念館提供〕

東京名映画鑑賞会の主催した「グレタ・ガルボに似た女性」の一等賞に小林佐規子こと長谷川泰子が選ばれたのは、恰三の死から一週間を待たない昭和六年一〇月一日だった。グレタ・ガルボは当時ハリウッド女優として日本で最も有名な外国人スター。『時事新報』が「日本の女性からグレタ・ガルボを募る」という広告記事を七月六日に出したことで、泰子自らが応募していたのである。そのときの心境を、「私はそのころ乳飲み子をかかえて、貧困のさなかでしたので、応募広告をみたとき、それに応募してみる気持ちになったのです」と泰子が語っている。応募用の写真は昭和三年九月に松竹の蒲田撮影所に入所して以来付き合いのできたカメラマン・堀野正雄に撮ってもらったものだった。その後、一〇月一九日に帝国ホテル演芸場で「グレタ・ガルボの夕」が開かれ、ガルボ主演の映画「インスピレーション」で着た夜会服と副賞が泰子に贈られた。だが、中也をはじめ、小林秀雄や大岡昇平は会場に現れなかった。

新宿の武蔵野館で映画「インスピレーション」が封切られたのが翌昭和七年三月一七日で、賞品で貰った夜会服を着た泰子が挨拶した。このときのことを古谷綱正《ふるやつなまさ》が『私だけの映画史』で、「泰子さんがガルボの衣装を着て舞台に現われ、黙ってお辞儀をしただけで引っ込んだ」と語っている。依頼主の徳川夢声に、「なにもいわないで、スーッとひきさがるほうがガルボ的だからな」といわれたからだそうだ。

東京の景気も、此の頃では大変ひどいものです

高田博厚らの芸術グループに属し、彫刻家を目指していた松田利勝が中也と出会ったのは昭和五（一九三〇）年一月。出会いの場所は高田のアトリエで、中也は酒に酔っぱらい、両手に一本ずつビール瓶をぶら下げていた（「思いだすこと」『新編中原中也全集　別巻（下）』）。その後、松田が郷里の北海道十勝に戻ったことで、昭和六年一一月一七日、中也は北海道で牧場の管理をしていた松田に手紙を書く。

「〔前略〕僕も段々家の方はうまくゆかなくなり、困つてゐます。東京の景気も、此の頃では大変ひどいものです。僕の目にさへ分るくらゐですから大変なものでせう。〔略〕僕も今の学校で大いに勉強して、大使館書記生の試験を受けます。さうでもしなければ、僕に出来さうな仕事はありません〔後略〕」

中也は泰子をめぐる小林秀雄との仲たがいで、多くの友人を失っていた。一方、手紙に書いた大使館書記生になる夢はフランス渡航計画の大きな柱だったが、日本は不況のどん底。九月に起きた満洲事変あたりから資本主義企業の抑制や利潤の再分配、土地の解放や政党の革新、普通選挙の実施など、昭和維新運動の機運が高まりはじめ、渡航は実現不可能になりつつあった。そのことは中也にも察しがついていたはずである。

青山二郎の肝煎りで最初の妻八重の弟（野村茂）夫婦が京橋に酒場ウィンゾアーを開店したのは、そんな矢先（昭和六年一二月）だった。「京橋を渡つて八重洲通の手前の東仲通の横町に〈ウィンゾアー〉といふ酒場があつ

た。これは私の死んだ女房の弟夫婦にやらせた酒場で、英國の家具を一通り鳩居堂から借りて來て使つてゐたからウィンゾアーといふ名にした」と青山は「私の接した中原中也」（『青山二郎文集』）でいう。

一八世紀初頭からイギリスの伝統的な挽物技術をもとにウィンゾアー（またはウィンザー）地方で作られた「ウィンゾアー・チェア」がその酒場にあったのは、西洋の骨董家具などを売る骨董屋を開かせるつもりでいたためだが、店主の野村茂にその気がなかったことで酒場に代わったのである（『四谷花園アパート』）。野村は後に国立音楽大学の器楽専攻の教授になる人物だが、中也がウィンゾアーに客として来はじめると、彼を大いにかわいがった。そのため店で大波乱が起きたと青山は語る。

「中原が此處でよく喧嘩をしたものだが、喧嘩を仕掛けてなぐられるのは何時でも中原の方だつた。この酒場は丸一年ぐらゐしか續かなかつたのである。一人の詩人の爲に一軒の酒場が潰されたのは（そんなノンキな時勢にも依るが）酒場の主人夫婦といふのが音樂家だつたからで、詩人を理解しようとしなければ恁ういふ事は起る筈もない」（「私の接した中原中也」同前）

ウィンゾアーに通いはじめたころの中也は、千駄ヶ谷（現、渋谷区代々木）に下宿していた。そして昭和六年暮れの大雪が降った日暮れどきに、宮崎県出身で成城学園高等部（文科）の学生だった高森文夫と出会う。高森は砧村《きぬた》（現、世田谷区）に家を借りて吉田秀和と一緒に住んでいた。高森は「ある歳末の記憶」（『詩学』昭和四四年一二月号）で、中也との出会いを語っている。

「その日は吉田君が留守でわたし一人だった。日暮れ時、一人で火鉢にあたりながら本を読んでいると、全くきなれない何か一種不吉な予感さへする低い塩枯れた声がきこえ玄関の戸をたたく音がするので硝子戸を開けてみると、深い雪の中に一人の小柄な男が立っていた。雪明りの中に真黒いソフト帽とやはり黒い外套がくっきりと印象的だったが、蒼白い顔色と凝つと見ひらいた黒い瞳が妙に大きく感じられた」

それが中也だったのである。「おれは中原だが、吉田は居るか?」

成城学園高等部でドイツ語教師をしていた阿部六郎の家で中也が吉田にフランス語を教えていた関係から、中也が吉田を訪ねてきたのであるが、このとき高森は『白痴群』で中也の詩に魅了されていたので、「吉田君は留守だけれども上がりませんか」と答えた。中也はずうずうしく上がり込み、「阿部ちゃんとこに来たんだが留守なんだ。酒でもご馳走になろうと思ってたんだが……あぶれた……ああ腹が空った」と口にしながら、ポケットからつまみ出した南京豆かじった。そこで高森が食パンを登山ナイフで切って差し出すと、中也は喜んでパンにかじりついたのである。

やがては全体の調和に溶けて

高森文夫が中也に出会った次の日曜日というので、昭和七年の初頭であろう。高森が千駄ヶ谷の中也の下宿を訪ねると、ロシアの売春婦が着ていた真っ赤な縞模様の寝巻きをまとって中也がベッドに横たわっていたそうだ。神田の古着屋で買ったらしく、そのその毒々しい衣装をまとったまま、「君はナオビノタマをもたんか」と中也が唐突に聞いてきた。高森がポカンとしていると、「本居宣長の『直毘霊』だ。俺は早くあの本を読みたいと思って、毎日神田の古本屋を探している。早くあの本を読まんと神経衰弱になりそうだ。山口にはある。すぐに送れと葉書は出してある」と語ったという。以上は歌人の福島泰樹が高森を取材して『誰も語らなかった中原中也』で書いていることだ。

大岡昇平によれば、中也はこのころ阿部六郎にも『直毘霊』を勧めていたらしい（「思い出すことなど」『大岡昇平全集一八』）。阿部も当時の中也について、「仏教の静的生命に彼は反発し、遮断宣長翁の〈直毘魂〉には感心してゐた」と「死の接近について」（『阿部六郎全集　第一巻』）で書いている。本居宣長は古典の研究から日本独自の古道を明らかにした国学者で、直毘霊とは穢れや禍《わざわ》いを取り除く神の名だった。

この時期、中也が神道的なものに回帰していたことは、昭和六年九月二三日に京都に住む友人・安原喜弘に宛てた手紙に、「明日は秋季皇霊祭」と書いた意識からも推測できる。昭和四年七月に神社をテーマにした詩「木陰」を作ったのも、それとつながっていたのかもしれない。昭和六年九月に弟恰三が死んだことで、この世とあの世が彼の意識の中でつながっていたのか。実際、阿部は、「彼は霊魂不滅を信じてゐた」（「死の接近について」同前）と、当時の中也の宗教観を語っている。中也の神道は、明治維新を戦った実祖父・中原助之や四境戦争で散華した大伯父・小野虎之丞の血の記憶に他なるまい。それは東洋的な招魂思想と明治維新の隠れた原動力となったキリスト教の混在という長州藩士の家に残る独特の意識であったろう。

東京帝国大学仏文科の教授になっていた辰野隆に中也が高森を紹介したのも、そのころだ。昭和七年二月五日付けで目黒に住む安原喜弘に、「今夜は高森と一緒に辰野さんの所へ出かける約束です。もしよろしかつたら渋谷駅に八時に来て下されば、辰野の所へ行きませう。一時間くらゐゐるつもりです」と速達の葉書を送っている（後に同人誌『半仙戯』で中也と知り合う野田真吉が『中原中也　わが青春の漂泊』で語っている）。しかし安原は来ることなく、中也は高森だけ連れて辰野の家を訪ねた。このとき辰野に高森を紹介し、一方、早稲田大学の英文科に進もうとしていた高森には辰野のいる東京帝大への進学を勧めた。〈**私はも早、善い意志をもつては目覚めなかつた／起きれば愁《うれ》はしい　平常《いつも》のおもひ／私は、悪い意思をもつてゆめみた……**〉ではじまる詩「憔悴」を中也が辰野に見せたのがこのときである。

この詩に本居宣長の『直毘霊』が投影されていることは、〈**しかし此の世の善だの悪だの／容易に人間に分りはせぬ／／人間に分らない無数の理由が／あれをもこれをも支配してゐるのだ**〉という「憔悴」のフレーズに、『直毘霊』の、「そもそも、天地《あめつち》の理《ことわ》りはしも、すべて神《かみ》の御所為《みしわざ》にして……」と同じ雰囲気があることでわかる。天地の道理は神の行為によるものだから、人智の及ぶものではないという意味だが、それがつまり神道《しんとう》だった。また、〈**山蔭の清水《しみず》のやうに忍耐ぶかく／つぐむでゐれば愉《たの》しいだけだ／／汽車からみえる　山も　草も／空も川も　みんなみんな／／やがては全体の調和に溶けて／空に昇つて　虹となるのだらうとおもふ……**〉という

「憔悴」のフレーズも『直毘霊』的な八百万神《やおよろずのかみ》の思想の存在を示している。中也の詩は、あるがまま、なすがままという意味で本居宣長の国学に似ていた。

嘉村礒多といふ男の小説、これは立派だ

昭和六（一九三一）年九月一八日に勃発した満洲事変以来、大陸では激しい抗日運動がつづいていた。日本は日露戦争の勝利で手に入れた土地を失うわけにはいかず、昭和七年に入ってすぐの一月二八日に第一次上海事変を起こす。結果、二月二二日に廟行鎮《びょうこうちん》で北川丞《きたがわすすむ》、江下武二、作江伊之助の三兵士が爆薬筒を抱えたまま壮絶な戦死を遂げ、ヒーロー「爆弾三勇士」となる。そんな事件から一週間が過ぎた二月二九日、中也は京都の友人・安原喜弘に宛てた手紙で、「嘉村礒多といふ男の小説、これは立派だと思ひました。僕には、新吉以来のメッケモノのやうな気がします」と書いた。高橋新吉のダダイズム詩と同じパワーを感じたという嘉村礒多の小説とは、昭和七年二月号の『中央公論』に発表された自伝小説『途上』であった。嘉村は明治三〇年一二月に山口県吉敷郡仁保村上郷（現、山口市）で生まれているので、中也より一〇歳上で、山口中学の先輩でもある。嘉村も停学や無断欠席の末に退学となり、仁保村役場に勤めるものの長続きしなかった長州のアウトサイダーだった。そのころから嘉村は文学に目覚め、昭和四年一二月に非プロレタリア作家たち一三名（川端康成、吉行エイスケ、尾崎士郎たち）と「十三人倶楽部」を結成したのである。そして昭和五年に『崖の下』を新潮社から刊行し、翌昭和六年に牧野信一主宰の文芸誌『文科』のメンバーに加わり、小林秀雄、河上徹太郎、中島健蔵、三好達治、坂口安吾たちと知遇を得た。中也は長谷川泰子の件で小林たちと疎遠になっていたが、彼らと付き合いをはじめた同郷出身の嘉村のことが気になっていたことは想像に難くない。

満洲建国宣言が出されたのは、中也が嘉村の作品に感動した翌日（三月一日）であった。満洲事変で、「日本はちつとも悪くない！」と愛国詩を歌った中也にとって、満洲建国も喜ばしい出来事だったはずだ。日本陸軍が

中心となって企てた国際的謀略ではあるが、国民にとって美しい謀略であった。

この時期、中也の心は嘉村作品への出会いと共感、そして満洲建国という二つの興奮が渦巻いていたのではあるまいか。その熱気がさめやらぬ三月五日、中也は山口への帰郷途中で京都に寄り、安原喜弘に会う。そして三月七日に山口に着くと安原に遊びに来るよう手紙で伝え、その結果、安原が三月の終わりに山口にやって来る。安原が『中原中也の手紙』で当時の思い出を語る。

「私はこの月の二十四日におみこしを挙げ詩人の郷里訪問の途についた。そして五日の間彼及彼の家族の方々の誠に心からの手厚い歓待に身を委せた。この間彼はくさ〴〵の心遣いを以て私を労わり、細心の準備を以て私に郷土を紹介した。彼はそこの気候、風土、地勢、歴史、人情、産物、酒、女のことごとくを私に語るのだつた。或時は長門峡の流れに盃を挙げ、或る時は秋吉の鍾乳洞の神秘を探つた。長門峡では俄雨に襲われた。岩を噛む清流は忽ち滔々たる濁流となつた。私達は岩陰にあるたつた一軒の休み茶屋の縁に腰を下ろし、耳を聾する流の音を聞きながら静かに酒を汲んだ。彼は少しずつではあるが絶えず物語つた。やがて真赤な夕陽が雨上りの雲の割れ目からこの谷間の景色を血の様に染めた。詩人は己を育てたこの土地の中に身を置いて今しきりに何事かを反芻するものの如くであつた。そしてそれを私に語ろうとした」

それから四年後（昭和一一年一二月）に中也は「冬の長門峡」を書くが、その詩のモチーフの一部は、このときの長門峡の旅にあったに違いない。このとき母フクは自宅に招いた安原に湯田の酒屋にあった最高級酒「加茂鶴」をふるまったが、中也は「もっといい酒をとってください」とわがままをいったらしい（『私の上に降る雪は』）。

一方、東京では『中央公論』に発表された嘉村礒多の『途上』を江川書房から出版したいという話が持ち上がっていた。小林秀雄が江川書房への橋渡し役を買って出て、嘉村とウィンザアで酒を飲みながら出版計画を進めていたのである（「嘉村君のこと」『小林秀雄全集　第一巻』）。『途上』が刊行されたのは昭和七年八月だった。

早くやると使つちまふ

小林秀雄が嘉村礒多の『途上』の出版準備を進めていたころ、中也もまた詩集『山羊の歌』の編集に着手した。嘉村へのライバル意識でもあったのか。ともあれ二五歳になった中也は、一〇年間の詩作の締めくくりを思いついたのだ。その年の春、京都大学を卒業していた安原喜弘によると、「詩集〈山羊の歌〉は昭和七年の四、五月頃に計画され、六月の初めには原稿の編輯も終つた」(「〈山羊の歌〉など」『新編中原中也全集 別巻〈下〉』)としている。

この時期、中也が信頼していた友人の一人が安原で、もう一人が半年前に知り合った高森文夫だった。高森とは五月に京都、奈良を旅行していたが、きっかけは東京帝大に入学したばかりの高森が授業料を払いに大学に行ったとき、中也が近くの落第横丁で酒を飲もうと誘ったことにある。酒場で飲むうち、中也が京都に行こうと言い出したのだ。ちょうど中也が『山羊の歌』の出版を計画したころで、五・一五事件が起きたころだった。ところが京都に行って飲み歩くうちに、酔っ払った中也が突然走り出した。そのときの状況を野田真吉が高森から聞き出している。

【野田】先に京都にいって、奈良という順で—／【高森】そうだったですね。京都の裏町のようなところを中原と一緒にあちこち歩いていたら、急に中原が猛烈な勢いで走りだして、もうあの小さい男が、私も相当足が早かったんですけど追いつけないほど、疾風のように走りだしてね、……何かもうなつかしくて悲しくってたまらなくなったんでしょうね……／【野田】泰子さんとの生活などを思い出したんでしょうね／【高森】うーん、思い出してね。山口から京都にでてきた当時のことを思い出したんでしょう。……京都のね、あのシモタヤみたいな家の並んでいる裏通りを、……私は追いかけていって、やっとのことつかまえたんです(『中原中也 わが青春の漂泊』)

このインタビューには、中也が編集作業を進めていた詩集『山羊の歌』のタイトルを「山羊の歌」にするか「修羅街輓歌」にするかで迷っていた逸話も記されており、高森が「『山羊の歌』がおもしろい」といったので、その題が決まったとしている。山羊は中也が自分につけていたアダ名で、山口中学時代の中原家にカナリヤ、ホオジロ、四十雀、ゴイサギ、オシドリ、鳩、猫、犬をはじめ、雄と雌の山羊が飼われていたことも関係していたようだ。中也の弟思郎は裏の畑から聞こえる山羊の「メーエ・エ・エ」という鳴き声について、「終りの〈エ〉は哀れに響く。孤独の救いを求めていた」と語るが、その絶望的な哀れさに自らを重ね合わせた中也が「山羊」を自称していたなら、『山羊の歌』というタイトルは彼の詩集にふさわしい。これとは別に河上徹太郎は『わが中原中也』の座談会で、詩集『山羊の歌』の題の由来を、「山羊というのは羊ととるのですが、中原はヒツジ年です。ところが中原は、尊敬するヴェルレーヌもヒツジ年だ、と言って威張っていたが、調べたらヴェルレーヌはヒツジではない。ただの羊では芸がないから、山をつけたんで、それはまったくヴェルレーヌに憧れての心境ですよ」と解説している。

『山羊の歌』のタイトル由来の真相は中也のみが知るが、ともかくも第一詩集のタイトルとして『山羊の歌』をつけ、中也は六月初めに編集を終える。スルヤを主宰していた諸井三郎がドイツに渡ったのも六月一三日で、以後、スルヤの活動は中断するが、不思議にも『山羊の歌』の出版作業もストップした。「はじめ詩集は、六月いっぱいに予約で金を集め、七月には出版という予定だったが、二度目の予約勧誘状を出しても効果がなく、印刷は秋まで延期のやむなき有様であった」（『中原中也の手紙』）と、その理由を安原が語っている。最初の予約募集の葉書を六月一九日に出し、二回目を七月八日に出すが、予約を入れたのは安原の他、内海誓一郎、関口隆克、小出直三郎（成城学園教師で阿部六郎の同僚）たち僅か十数名だったからだ。限定二〇〇部の豪華本にする中也の思惑は、このとき一度挫折した。

このころ出版費用を先に渡すと、中也の酒代に消えるという噂が飛び交っていたようで、安原に宛てた手紙で、

「予約の方大抵、早くやると使つちまふと云つてゐる模様です。とんだ見当ちがひです。」と中也は怒っている。予約募集の葉書を貰った大岡昇平なども河上徹太郎に、「いま払い込んでも飲んじゃうにきまっているんだ。もう少し様子を見ようや」（「詩碑が建つ」『中原中也』）と相談していたが、彼らの心配は的中し、中也は予約金の全部を飲んでしまった（『中原中也　わが青春の漂泊』）。「早くやると使つちまふ」という噂は本当だったのである。

立つてゐるのは、材木ですぢやろ

『山羊の歌』の予約出版をあきらめた中也は、出版資金の捻出先を実家の母フクに頼ることにし、昭和七（一九三二）年七月下旬に帰省する。フクが中也に援助したのは三〇〇円で、その額について、「普通の月給とりが大学でて、月五、六十円のときですから、それはすくない額ではありません」とフクは語る。湯田に帰省中、中也が安原喜弘に出した手紙（七月二七日付）にはつぎのように記されている。

「蟬の音のほか、何にも聞こえません、寝ころんでゐますと、なんだかいたづらにかなしくなつて来ます　飛行機にでも乗つて、飛出したい気持と、このまゝジツとしてゐたい気持と、両々相俟つて湧いて来ます。詩を書かうと思へば、いくらでも書けさうです。だが、万事急がないことにしてゐます、出来るだけのんびりと、のんびりと怠けてゐよう、さう思つてをります。」

四月に東京帝大仏文科に入った高森文夫が宮崎に帰省途中、山口で下車して中也と会ったのもこのときだった。京都・奈良旅行から二ヶ月以上が過ぎていたが、中也は高森にぶら下がるようにして八月六日に一緒に山口を発ち、高森の故郷である宮崎県東臼杵郡の東郷村山蔭《やまげ》に向かう。そのときのことを高森が語る。

「二、三日、私の家に滞在してね。その時ね、中原と、あそこの牧水記念館（東郷町坪谷の若山牧水の生家の跡にある。高森の家から記念館まで、十キロほどの距離である）にいったことがありましたね。〔略〕牧水記念館にいって帰りに、橋のたもと（耳川と坪谷川の合流点にある東郷橋のたもと）に製材所が一軒あるんです。今もあります。

そこの製材所のところで、中原は突然『高森、おまえも大学をやめて家に帰れ、俺と二人で製材所をやろうや』というんだね。私はもちろん、その時は何かいうわいと思って相手にしなかった。そしたらしばらくしたら『四季』〔＊1〕に野中の、野中の製材所の……という製材所の詩がでていましたよね。〔後略〕」（『中原中也　わが青春の漂泊』）

高森文夫の故郷、宮崎県東郷村を訪ねたときに撮影された萱《かや》の上に横たわる中也〔日時不明・若山牧水記念文学館蔵〕

高森がいう「製材所の詩」とは、「材木」という詩であった。

〈立つてゐるのは、材木ですぢやろ、／野中の、野中の、製材所の脇。／／立つてゐるのは、空の下《もと》によ、／立つてゐるのは、材木ですぢやろ。／／日中《ひなか》、陽をうけ、ぬくもりますれば、／樹脂《やに》の匂ひも、致そといふもの。／／夜は夜とて、夜露うければ、／朝は朝日に、光ろといふもの。／／立つてゐるのは、空の下によ、／立つてゐるのは、材木ですぢやろ。〉

　高森が中也の話に乗っていたら、中也も製材所の経営者で人生を終えたのかもしれない。もっとも材木業とは名ばかりで昼間から酒を飲み、金が入れば女を買い、相変わらず詩を作って遊び暮らしたであろうことは容易に想像がつく。

　ともあれ製材所を見た二人は、高森が少年期を過ごした延岡を訪ね、そこで安い売春宿に泊まって天草に出て、長崎を旅して回った。このときのことを高森が昭和三〇年五月一七日付の『朝日新聞』〈西部本社版〉に「忘れ得ぬ人—過ぎし夏の日の事ども」と題して語っている〔＊2〕。それによると旅の間、中也は朝から酒を飲み、夜は夜で山村の旅籠《はたご》や居酒屋で地酒やビールを飲んで文学論や人生論を語ったらしく、高森は疲れて逃げたくなったという。天草の牛深で、氷屋のカキ氷機を巡って激しく言い争ったのも高森のイライラが原因だった。そんな旅が終わり、別れる段になったとき、「まるで女の子かなんかのように別れを惜しみ、くどくどと東京での再会を約し、車窓からほとんど半身を乗り出して、子供のように手を振りながら遠ざかっていった」と中也の姿を高森が語っている。中也にとって九州巡遊は寂しさを紛らわせるための女買いの旅でもあった。実際、そのときの中也の態度を、「非常に、そして女好きだった。一緒に島原へんまで旅したが、必ず旅館で女を口説くんです。一人で寝ることはまずなかった。そして、事が終わると、〈行ってやれ！〉と、そのお下がりが僕んとこへくるんですよ」〈『誰も語らなかった中原中也』〉と高森が暴露している。九州旅行で金を使い果たした中也が一度湯田に戻ったのは、母フクから追加の小遣いをせしめるためだった。

〔＊1〕『四季』昭和一二年一二月号〈中也の没後に発表された〉。
〔＊2〕記事中に「昭和九年の夏」とあるのは「昭和七年の夏」の誤りと思われる。

金沢に寄りました

九州旅行を終えて湯田に帰っていた中也は、目黒〈東京市〉の安原喜弘に、「髪を刈って、イガグリ頭にしました」と葉書で書き送った。〈**頭を、ボーズにしてやらう／囚人刈りにしてやらう**〉ではじまる詩「〈頭を、ボーズにしてやらう〉」を作ったのも、そのころだろう。中也は母フクから小遣いをせしめると、単身で金沢へ旅立つ。金沢は子供時代を過ごした思い出深い場所だった。

昭和七年八月二三日、中也は金沢から安原に宛てて、「金沢に寄りました。気分は昔のとほりですが、距離の記憶なぞは随分違つてゐます。匂ひを嗅いで歩いてゐるやうなものです。二十年の歳月が流れたとは思へません」と手紙を出す。このとき松月寺の向かいにあった昔住んだ家の跡や、かつて通った北陸女学校附属第一幼稚園を見学し、兼六園のヤマトタケルの銅像を見て泣いたりもした。そういえば幼稚園にすぐ下の弟の亜郎と通ったが、その亜郎も山口に戻って間もない大正四年一月に亡くなっていた。最初に経験した身内の不幸を金沢で思い出すと同時に、昭和三年五月に父謙助を亡くし、昭和六年九月に三番目の弟恰三を亡くしたことも改めて思い出したはずだ。長谷川泰子への異常なまでの執着心も、常道を逸した遊里での女買いも、いわば喪失したものを埋め合わせるための享楽だったのかもしれない。そして彼の詩も、おそらく同じ位相から生れていた。

中也は八月終わりに東京に戻ると千駄ヶ谷の下宿を引き払い、馬込町北千束六二一番地に転居して東京外国語学校専修科（仏語）に通う。そこは高森文夫の伯母・淵江千代子の下宿屋だった。

淵江千代子の夫は御木本（真珠）の専属デザイナーだったが、副業として北千束で家を買って妻に下宿屋を経営させていたのである。このため淵江千代子が高森に下宿に来るよう申し付けていたが、そのことを高森が中也に漏らしたことで、中也が「俺も連れて行ってくれ」となったのだ（『誰も語らなかった中原中也』）。一方、放蕩をつづける中也を高森が心配していたことも事実だった。中也が不安を乗り越えようと努力する姿を間近で見ていたからだ。着京後の中也が高森と、彼の四歳下の弟で画家志望の淳夫との三人で、淵江千代子の下宿で暮らすことになったのも、そのためである。

この時期、刑務所から出て間もない林房雄（昭和七年四月末に出獄）は、長州出身の伊藤博文と井上馨を題材にした長編小説『青年』を『中央公論』で連載しはじめた。左翼活動で昭和五年七月に入獄したのだが、二年間の獄中生活で転向し、右翼作家となった第一歩を示す記念碑的連載だった。

中也のもとに実祖母スエが七四歳で他界した訃報が届いたのは九月四日である。幕末の四境戦争で戦死した小野虎之丞の話をして吉敷の招魂社に連れて行ってくれたスエは、広島にいたときも身の回りの世話をしてくれた最も信頼していた身内の一人だった。子供のときに習字を教えてくれたし、落第が決まったときも「これ位のこと何です」と味方になってくれた。そしてまた成長してもフランス留学の夢を最も理解してくれていた。亡くなる前のスエについて、「死ぬる前に、だんだんものがいえなくなりましたが、その苦しいあえぎとのなかから、〈フランス、フランス〉といいましたのは、中也をフランスへやれ、というつもりがあったんでしょう」とフクは語る。スエは亡き前夫（中原助之）が海外遊学の夢を果たせなかったことで、中也の夢をかなえてやりたかったに違いない。

Ⅲ部

「ノート翻訳詩」に描かれたデッサン（昭和８年ころ）〔中原中也記念館提供〕

第七章　精神の混迷（東京時代Ⅳ）

他愛もない僕の歌が、
何かの役には立つでせうか？
僕の気は余り確かではありません
僕は死んだ方がましだと昨日思ひました
（詩「（他愛もない僕の歌が）」）

来る年も、来る年も、私はその夜を歩きとほす

実祖母スエが他界した（昭和七年九月）ころ、中也は母フクに援助してもらった三〇〇円で『山羊の歌』の出版に奔走していた。当時、行動を共にした安原喜弘は語る。

「この秋、詩集の予約成績は依然思わしくない乍らも、原稿は一先ず印刷屋に渡すことにした。差し当っての費用は彼が郷里から調達して来た。表紙の意匠は私が受け持つことになつた。私達は足繁く麻布の方にある美鳳社という印刷屋の店に通つた」（『中原中也の手紙』）

美鳳社は麻布市兵衛町にあった青山二郎が紹介した印刷屋で、このとき安原は中也に、「何か特に不安定なものを感じ出した」という。それが中也の第一の精神の動乱期のはじまりだった。九月二三日、中也は安原に、「今日美鳳社から手紙が来ました　表紙と扉は木版にするさうでして、それと他の色との校正が二十七八日頃出るから　その頃一度来てみてもらひたいとのことです」と私信を書いた。ところが本文印刷は完成したが製本費が不足し、七校までの校正稿を安原が預かることになる。表紙のデザインも安原が担当する計画だったが、「版の出来も不首尾で、その後これは古河橋のたもとから泥河の中に抛《ほう》り込まれてしまった」（『中原中也の手紙』）らしい。青山二郎は「私の接した中原中也」（『青山二郎文集』）で、木版を川に投げ込んだのが中也だと語るが、川に捨てたのは青山本人であったようだ〔＊1〕。結局、昭和九年一二月に野々上慶一の経営する文圃堂書店から刊行されるまでの約二年間、『山羊の歌』の印刷原稿は目黒の安原の家に保管される。

神経衰弱になっていた中也は、北千束の淵江千代子の下宿で寝起きしていた。このころの状況を、「家も木も、瞬く星も隣人も、街角の警官も親しい友人も、今すべてが彼に向い害意を以て囁き始めたのである」と安原が回想している（『中原中也の手紙』）。

長谷川泰子や小林秀雄といった友人たちは、みな中也から去っていた。大岡昇平は、「中原は〈白痴群〉の同人とは、僕も含めてみんな喧嘩してしまっていた。それから昭和九年『山羊の歌』が出るまでが、中原の一番辛い不幸な時期である」（「詩人」『中原中也』）という。友人たちの離反に加え、実祖母スエの他界や詩集『山羊の歌』の挫折で、中也は何も信じられなくなっていた。もっともこの時期、国際連盟の調査委員会リットン調査団が満洲国を承認しなかったことで、日本もまた神経衰弱状態だった。このように身体内外が不安定だった一〇月一五日に作った詩が「お会式の夜」である。

〈十月の十二日、池上の本門寺、／東京はその夜、電車の終夜運転、／来る年も、来る年も、私はその夜を歩きとほす、／太鼓の音の、絶えないその夜を。／／来る年にも、来る年にも、その夜はえてして風が吹く。／吐く息は、一年の、その夜頃から白くなる。／遠くや近くで、太鼓の音は鳴つてゐて、／頭上に、月は、あらはれてゐる。／／その時だ　僕がなんといふことはなく／落漠たる自分の過去をおもひみるのは／まとめてみようといふのではなく、／吹く風と、月の光に仄《ほの》かな自分を思んみるのは。／／思へば僕も年をとつた。／辛いことであつた。／それだけのことであつた。／――夜が明けたら家に帰つて寝るまでのこと。〔後略〕〉

被害妄想で苦しんでいた中也は、夜になれば、不安を忘れようと街の灯を求めて雑踏に足を踏み入れた。頭上に月が出ていたこともあったろう。その月明かりが過去を走馬灯のように照らし出したのか。向かう先は決まって京橋の酒場ウィンゾアーだった。

新橋の「よし乃や」で大岡昇平と大喧嘩したのもこのころで、『作品』に大岡が文芸時評を書きはじめたことで、「大岡のくだらねえ論文を」載せて、どうして自分の詩を載せないのかと河上徹太郎に食ってかかったのが原因だった。下宿の大家、淵江千代子の娘〔＊2〕に求婚し、しばらく娘が親戚の家に逃げていたのもそのころで（「思い出すことなど」『大岡昇平全集一八』）、何をやってもうまくいかず、夜になれば月だけが煌々と輝くほか、右も左も暗黒の世だった。

〔＊1〕大岡昇平は「思い出すこと」（『大岡昇平全集一八』）で、「これは青山の記憶違いで、投げこんだのは中原ではなく、青山だった、と安原はいっています。中原と安原の友情から見て、中原の行為とはちょっと考えられない。しかし意気軒昂たる当事の青山のしそうなことで、安原のいうとおりでしょう」と述べている。

〔＊2〕『四谷花園アパート』（一〇一頁）によれば娘の名前は淵江喜代子。

わが友等みな、我を去るや

昭和七（一九三二）年当時、中也が酒場ウィンゾアーに入り浸っていたのは、女給の「よう子」こと坂本睦子に目をつけていたからでもある。後に大岡昇平が書いた小説『花影《かえい》』の主人公で登場する銀座のバーの女給「葉子」のモデルで、最近では久世光彦が『女神《じょしん》』〔＊1〕で描いたが、彼女は仲間うちで「むうちゃん」と呼ばれていた人気者だった。そして男から男へ渡り歩き、昭和三三年四月に自殺した。

そんな睦子がウィンゾアーに出ていたのは一九歳のころだ。中也は下宿屋の淵江千代子を通じて、とびきり美人の睦子に結婚を申し入れる。ウィンゾアーで菊池寛の甥で文芸春秋の社員だった菊池武憲と中也が言い争いになり、武憲に殴られたのを睦子が庇ったことで自分に好意を持っていると勘違いした結果だった。このとき中也は自分を殴ったのは小林の用心棒と思ったらしい。小林が睦子を愛人にしていたからだ。当時の出来事は野田真吉による高森文夫へのインタビューで詳しく語られている。

【高森】ウインザーにはね、よう子という、私も顔をよく覚えているが立派な顔だちの娘がいたですよ。それにね、惚れていてね、中原が—／【野田】それは初耳でした。中原さんがよう子という彼女のところにかよっていたんですね。／【高森】そこでの出入りで誰かと喧嘩してなぐられて帰ってきてね、あとが紫色になっていた。ウインザーへはしょっちゅう中原は飲みにいっていたんですよ。私もお供して何遍かいった。小林なんかもその頃そこが巣だった。だもんだから、中原と小林がよう子という女をめぐって鞘あてのようなことになった（『中原中也　わが青春の漂泊』）。

「よう子」こと睦子と付き合いのあった白洲正子（樺山資紀《かばやまのりすけ》の孫娘で白洲次郎の妻）は、彼女のことを中也から小林の愛人になった長谷川泰子と同じ立場だったと語る。
「広い文壇の中で、尊敬されている先生から、尊敬している弟へと、いわば盥回しにされたのである。いずれも文壇では第一級の達人たちで、若い文士は先輩に惚れて、先輩の惚れた女を腕によりをかけて盗んだのである。その亜流たちは、先生たちを真似てむうちゃんに言いよった」（『いまなぜ青山二郎なのか』）
　睦子はウィンゾアーで働く前、文芸春秋社のビルの地下にあったレインボウ・グリルという喫茶店で働いていて、そのとき作家の直木三十五に処女を奪われ、以来、崩れ落ちるように男性遍歴を繰り返すのである。睦子と関係した文士は、彼女の死後、白洲正子により「銀座に生き銀座に死す」（『行雲抄』）で公表された。それは直木三十五、菊池寛、小林秀雄、坂口安吾、河上徹太郎、大岡昇平たちである。この中に中也の名がないのはフラレタからだ。中也が酒場でも女にもてなかった話は有名だった。

一方、中也に結婚を迫られたころの睦子は木挽町八丁目にあった直木三十五の仕事場「木挽町倶楽部」〔＊2〕で寝泊りしていた。他にも美女が二、三人寝起きしていたそうで、行く先々で直木が目をつけた若い女性を連れてきて一緒に生活させていたという意味のことを永井龍男が「直木三十五」（『永井龍男全集　第十一巻』）で明かしている。

睦子と破談後の昭和七年一二月二七日に、中也は詩『修羅街挽歌　其の二』を書く。

〈**暁は、紫の色、／明け初《そ》めて／わが友等みな、／我を去るや……／否よ否、／暁は、紫の色に、／明け初めてわが友等みな、／一堂に、会するべしな。／弱き身の、／強がりや怯《おび》え、おぞましし／弱き身の、弱き心の／強がりは、猶《なお》おぞましけれど／恕《ゆる》せかし　弱き身の／さるにても、心なよらか／弱き身の、心なよらか／祈ることなし。**〉

長谷川泰子に去られ、坂本睦子にもフラれ、小林秀雄とも不仲のまま、中也の心も荒みきった修羅そのものだった。

〔＊1〕表紙に着物姿の坂本睦子のポートレートが使われている。
〔＊2〕植村鞆音著『直木三十五伝』によれば、京橋区木挽町（いまの新橋演舞場近く）に設けられた「文藝春秋社倶楽部」とのこと。三階建ての日本家屋で、直木と愛人の（香西）織恵、菊池寛の三人の共同名義になっていた。昭和九年四月号『衆文』（『直木三十五全集別巻』収録）で菊池寛が「直木と女性」で書いていたところでは、直木が「大阪ビルのレーンボウにゐた女給仕の阪本と云ふ人を好きになつて木挽町の家へ連れて來た」という。「阪本」とは坂本睦子のことで、「大阪ビル」は内幸町（うちさいわいちょう）の文藝春秋社のあったビル。

彼女等は、幸福ではない

中也がウィンゾアーに入り浸っているときに現われた新客が坂口安吾だった。時期は明確ではないが昭和七年ごろと思われる（ウィンゾアーは昭和八年二月に閉店）。安吾は明治三九年一〇月に新潟県新潟市で生まれたので中也より一歳上の二六歳だった。

安吾の父、坂口仁一郎は代議士と新潟日報の社長を兼ねていた知名士であるが、父に反発した安吾は、新潟中学に入るとボードレールや石川啄木を読み漁った。そして一六歳で東京の豊山中学校に転校。卒業すると世田谷の小学校で代用教員となり小説家を志すが、『改造』の懸賞小説に落ちたことで翌大正一五年に東洋大学印度哲学科に入学した。梵語、パーリ語、チベット語にあわせ、フランス語を学ぶためアテネ・フランセに入ったのが昭和三年である。中也は大正一五年秋ごろからアテネ・フランセに通っているので、安吾の入学は中也より後になろう。

安吾はアテネ・フランセの仲間たちと同人誌『言葉』を昭和五年一一月に創刊し、小説やエッセイを発表していた。昭和七年にウィンゾアーに飲みに行ったのも、牧野信一の主宰する『文科』に関わったことで、同人の小林秀雄、嘉村礒多、河上徹太郎、中島健蔵たちの行きつけのバーに顔を見せたのである。彼は中也と出会う前、河上徹太郎とウィンゾアーの女給二人を連れて飲み歩き、一人の娘と恋仲になっていた。その娘こそ、中也が熱を上げていた「よう子」こと坂本睦子である。安吾はウィンゾアーで中也と鉢合わせたときのことを自伝的作品「二七歳」(『暗い青春・魔の退屈』)で明かす。

「中原中也はこの娘にいささかオボシメシを持っていた。そのときまで、私は中也を全然知らなかったが、彼の方は娘が私に惚れたかどにによって大いに私を呪っており、ある日、私が友達と飲んでいると、ヤイ、アンゴと叫んで、私に飛びかかった」

中也は髪をふり乱して安吾に殴りかかるが全て空ぶりで、安吾が笑いながら、「こっちへ来て、いっしょに飲まないか」と誘った。中也は、「キサマはエレイ奴だ、キサマはドイツのヘゲモニー」など意味不明なことを口走りながら一緒に酒を飲んだ。以来親密になるが、友達になると睦子のことなど気にもとめず、安吾と酒を飲んで楽しんだ。

「要するに彼は娘に惚れていたのではなく、私と友達になりたがっていたのであり、娘に惚れて私を憎んでいるような形になりたがっていただけの話である」

安吾が語るように、中也にとって女は友達を作る手段でもあったのだろう。その実、中也はモテタためしがなかった。このため、「お前は一週に何度女にありつくか。オレは二度しかありつけない。二日に一度はありつきたい。貧乏は切ない」と安吾に嘆いてみせた。酒に酔っても何本飲んだかを中也が覚えていたのも、女を買いに行く金を残しておくためだったと安吾は語る。このため安吾が有り金全部を飲んでしまうと、「アンゴ、キサマは何というムダな飲み方をするのか」と毒づいた。

中也は「女給達」という詩を作っている。

〈〔前略〕**彼女等は、幸福ではない、／彼女等は、悲しんでゐる、／彼女等は、悲しんでゐるけれどその悲しみを／ごまかして、幸福さうに見せかけてゐる。**〔後略〕〉

しかし「幸福ではない」、「悲しんでゐる」のは女給なのか、中也なのか。「彼女等」を「私」に言い換えると、中也自身にピッタリはまる詩であろう。

とにもかくにも春である

神経衰弱のまま中也は昭和八（一九三三）年を迎えた。「益々なまけたくあります」と安原喜弘に手紙を書いた三日後（一月二五日）、アメリカは満洲国不承認を列国に通達した。一月三〇日にはドイツでナチス政権が誕生した。世界が緊張の中にあったこの日、中也が安原に送った詩が「冬の夜」である。

〈**みなさん今夜は静かです／薬鑵《やかん》の音がしてゐます／僕は女を想つてる／僕には女がないのです／／それで苦労もないのです／えもいはれない弾力の／空気のやうな空想に／女を描いてみてゐるのです**〔後略〕〉

二年の空白を超えての詩作といわれるが、長谷川泰子はすでに彼にとって恋愛対象ではなくなっていたのではないか。だとすれば「想つてる」のはウィンゾアーの坂本睦子か。一方、世の中はきな臭さを増していく。二月二四日にはジュネーブの国際連盟臨時総会で松岡洋右《ようすけ》が日本の国際連盟脱退を表明し、三月にはアメリカは金融恐慌を回避するため大統領に就任したばかりのF・ルーズベルトがニュー・ディール政策を開始した。中也が東京外国語学校専修科仏語を修了したのは三月一六日だが、「この頃、彼には外務書記生になる考えはすでになかつた」（『中原中也の手紙』）と安原が語るのも、不安定な世界情勢を中也が懸念していたからだろう。だが中也は、「女を想つてる」のだ。

四月二五日、中也は放っておいた『山羊の歌』の印刷稿を芝書店に持ちこむ。紙や版組みが立派だと店主にほめられ、「ここまでやってゐる上は製本もよくなくちゃ」と感心されるが、結局、出版を断られた。その晩、北千束の下宿でフランス語と英語の個人教授をはじめるが体中にジンマシンが出たらしく、その症状を書いて安原に送った手紙に同封した詩が「（とにもかくにも春である）」（当事のタイトルは「無題」）だった。

〈とにもかくにも春である、帝都は省線電車の上から見ると、トタン屋根と桜花《さくらばな》とのチヤンポンである。花曇りの空は、その上にひろがつて、何もかも、睡がつてゐる。誰ももう、悩むことには馴れたので、黙つて春を迎へてゐる。おしろいの塗り方の拙《まず》い女も、クリーニングしないで仕舞つておいた春外套の男も、黙つて春を迎へ、春が春の方で勝手にやつて来て、春が勝手に過ぎゆくのなら、桜よ咲け、陽も照れと、胃の悪いやうな口付をして、吊帯にぶる下つてゐる。薔薇色《ばらいろ》の埃りの中に、車室の中に、春は来、睡つてゐる。乾《ひ》からびはてた、羨望《せんぼう》のやうに、春は澱《よど》んでゐる。〉

昭和八年二月にウィンザアーは暖簾を下ろし、前年（昭和七年）七月に新橋近くにオープンしたエスパニョールに客は移っていた。中也もエスパニョールに通うが、「中原は〈エスパニョール〉でも喧嘩した」（「私の接した中原中也」）と青山二郎はいう。実際、坂口安吾とひと悶着おこしたのも、この頃で、銀座でしこたま酒を飲んで吉原のバーに繰り出したものの、女給と意気投合する安吾を見て悔しがった中也が洋服、ズボン、シャツを脱いでサルマタ一枚で寝転がったのだ。安吾が「二七歳」でそのことを語る。

「女と私は看板後あいびきの約束を結び、ともかく中也だけは吉原へ送りこんでこなければならぬ段となったが、ノビてしまうと容易なことでは目を覚まさず、もとより洋服をきせうる段ではない。しかたがないから裸の中也の手をひっぱって外へでると、歩きながら八分は居眠り、八十の老爺《ろうや》のように腰をまげて、頭をたれ、がくんがくんうなずきながら、よろよろふらふら私に手をひっぱられてついてくる。うしろから女給が洋服をもってきてくれる。裸で道中なるものかという鉄則を破ってめでたく妓楼《ぎろう》へ押しこむことができたが、三軒ぐらい門前払いをくわされるうちに、ようやく中也もいくらか正気づいて、泊めてもらうことができた」

遊廓の入口で、「ヤヨ、女はおらぬか、女は」と中也が叫んでキョロキョロすると、「何を言ってるのさ。この酔っ払い」と娼妓が腹立たしげに突き飛ばしたので中也はひっくり返った。安吾は、そのブザマな姿を見届けて女給のアパートにしけこんだのだ。

噫《ああ》、生きてゐた、私は生きてゐた！

昭和八（一九三三）年の春は、中也にこれまでにない「温和さ」が芽生えはじめた時期だった。小林秀雄をはじめ「一度離反したかつての友人達とも次々に旧交を温めて行つた」（『中原中也の手紙』）からだ。彼が『半仙戯』の発刊準備会に出席したのも昭和八年春である。『半仙戯』はブランコのことで、詩人たちが「かりそめの空中飛翔の競いあい」をするという意味をこめ、石川道雄を編集責任者に置く同人誌だった。このとき出会ったのが早稲田第二高等学院に入学したばかりの野田真吉（大正四年生まれ）である。野田によれば、「高森文夫は石川道雄が『半仙戯』を発刊することを知って中原を参加させるように計らった」（『中原中也　わが青春の漂泊』）らしい。

高橋新吉が北千束の中也の下宿に訪ね来たのも同じ時期で、すでに禅思想に目覚めていた高橋は、中也の生活を正すために訪問したが、食事の行儀もよく、自律的な生活をしていたので意外に思ったらしい。

この時期、中也が関わったのは『半仙戯』だけではない。五月一六日に安原に宛てた手紙で、「『文芸万才』（九月創刊予定）の同人となりました、随分大勢で二十人くらゐです」と書いている。『文芸万才』は九月に創刊される『紀元』の仮誌名で、五月一〇日に銀座の「きゆうぺる」で開かれた発刊準備会に出席して牧野信一と知遇を得た（「思ひ出す牧野信一」『新編中原中也全集　第四巻』）。

小林との関係が修復され、『半仙戯』や『紀元』の同人たちとの交流がはじまったことで中也の心は満たされはじめていたのである。だが、病魔に襲われたのも、そんな矢先だった。五月三一日付の安原宛の葉書に腎臓炎になったため、二、三週間の安静を医者から申し渡されたと見える。顔が腫れて熱が出るが、六月一〇日発行の『半仙戯』には何事もなかったように詩「春の日の夕暮」が掲載された。

〈トタンがセンベイ食べて／春の日の夕暮は穏かです／アンダースローされた灰が蒼ざめて／春の日に夕暮は静かです〔後略〕**〉**

それとは別に、季刊で創刊（五月）されたばかりの『四季』の編集者である堀辰雄に、小林秀雄が中也の詩を紹介していた。小林が六月二五日付で堀に宛てた書簡からそれがわかるが、「僕はこの頃女との事件で滅茶々々に憂鬱だ」と小林が書いている。菊池寛から奪い取り、婚約までしていたウィンゾアーの女給・坂本睦子が新しい男と逃げてしまった苦悩を綴った手紙である〔＊〕。そんな小林のもがきとは裏腹に、中也の方は精神的に安定していた。中也の詩を堀が気に入ったことで、『四季』夏号（七月二〇日発行）に「帰郷」、「逝く夏の歌」、「少年時」の三編が載ることになったからだ。「帰郷」は昭和五年五月七日のスルヤの第五回演奏会での演奏曲として紹介したので（第五章「僕の部屋にはキリスト像がない」）、ここでは他の二編を示しておこう。

「逝く夏の歌」

〈並木の梢が深く息を吸つて、／空は高く高く、それを見てゐた。／日の照る砂地に落ちてゐた硝子《がらす》を、／歩み来た旅人は周章《あわ》てて見付けた。〔後略〕**〉**

「少年時」
〈黝《あをぐろ》い石に夏の日が照りつけ、／庭の地面が、朱色に睡つてゐた。／／地平の果に蒸気が立つて、／世の亡ぶ、兆《きざし》のやうだつた。／／麦田には風が低く打ち、／おぼろで、灰色だつた。／／翔《と》びゆく雲の落とす影のやうに、／田の面《も》を過ぎる、昔の巨人の姿ー／／夏の日の午《ひる》過ぎ時刻／誰彼の午睡《ひるね》するとき、／私は野原を走つて行つた……／／私は希望を唇に噛みつぶして／私はギロギロする目で諦めてゐた……／噫《ああ》、生きてゐた、私は生きてゐた！〉

〔＊〕久世光彦の『女神』によると、坂本睦子が婚約破棄したことで小林秀雄は茫然自失となり、青山二郎に頭を下げて骨董の道に入ったとしている。一方、睦子が駆け落ちした相手はオリンピックの十種競技の候補選手だったが、睦子はこの男との婚約も破棄したらしい。

今年は夏が嬉しいです

病の峠を越えた昭和八（一九三三）年六月二〇日、中也は『読売新聞』の紙面に「流行小唄『東京祭《とうきょうまつり》』懸賞募集」と記された広告を見つける。一等五〇〇円の懸賞金に目が釘付けになったことはいうまでもない。それに、「當選歌は直ちにレコードに吹込み、その大衆性を可能たらしむると同時に誰でも手がけられる民衆踊の振付によつてデビユーすることになつてゐる」（句点筆者）というのも魅力的だった。中也は病み上がりの体を奮い立たせ、渾身の思いで詩を書いて新聞社に送る。

〈宵の銀座は花束捧げ、／舞ふて踊つて踊つて舞ふて、／我等東京市民の上に、／今日は嬉しい東京祭り／／今宵銀座のこの人混みを／わけ往く心と心と心／我等東京住ひの身には、／何か誇りの、何かある。／／心一つに、心と心／寄つて離れて離れて寄つて、／今宵銀座のこのどよもしの／ネオンライトもさんざめく／／ネオンライトもさざめき笑へば、／人のぞめきもひとときはつのる／宵の銀座は花束捧げ、／今日は嬉しい東京祭り〉

応募総数は一万五三四五篇。一等の五〇〇円が当たれば房総方面でのんびり暮らすつもりだったが、七月二日の当選発表に中也の名前はなかった。当選者は、中也と同じ明治四〇年に東京に生まれた門田穣《かどたゆたか》。その一番歌詞はつぎである。

「戀《こひ》の闇路《やみぢ》の地下鐵《ちかてつ》ぬけて／逢ひに來ました、銀座の柳、／君とひととき、スクラム拱《く》んで／行けばネオンの花ざかり。」

選者は山田耕筰、西條八十、堀内敬三、佐々紅華の四人に読売新聞文芸部長（清水）が加わっていた。門田が西條八十の教えを請ったと記事に見えるので、そのような背景も影響したのか。七月六日の『読売新聞』には古賀政男がつけたメロディーの楽譜が載るが、いずれにしても中也にとってはじめての俚謡が世に出ることはなかった。にもかかわらず中也の表情は穏やかだった。小林秀雄との友情の回復や、新しい友人たちができていたからだ。歌詞落選がわかった翌日の七月三日付で安原喜弘に宛てた書簡にも、「今年は夏が嬉しいです。空が美しく見えます」と明るい調子で記している。

それから四日後の七月七日の竹田鎌二郎の日記に、「中原が本の装ていの木版をたのみに来　つれだち銀座へ行く、女房の洋服を買ふ　中原　菊正と云ふうまい酒をのませ、僕よつぱらい、こうじ町までぶらぶら、又新宿で諸々遊ぶ、みんな中原のをごりとは驚いてしまいました」とある。奢られてばかりの中也が、このころはずいぶん気前が良い。

すでに見たように、中也と竹田鎌二郎の出会いは昭和六年五月であった（第六章「いまやおまへは三毛猫だ」）。それで中也が『山羊の歌』の装丁を頼みにいったのだ。竹田は前年（昭和七年）夏頃から四谷区番衆町で喫茶店「欅《けやき》」をはじめていたが（昭和九年七月までつづく）、もともと小説家志望で木版画の彫師でもあった。昭和七年一一月に刊行された小林秀雄の『續文藝評論』の装丁などは仲間内でも評判になったほどだ。このような関係から小林に江川書房を紹介され、『山羊の歌』の出版交渉も同時進行中だったのである（結果的に挫折するが、この時点では江川書房との交渉が成立した）。何をやっても順調にことが運ぶことで中也は有頂天になっており、安原も『中原中也の手紙』で、「これがかつての世にも人づきあいの悪いあの中原中也と同じ中原中也であろうかと目を疑うほどの変わりように、私はただ驚き入るばかりであつた」と語っているほどである。

中也は富永次郎（富永太郎の弟）を『紀元』の同人に加えることに奔走し、安原にも入会を勧める。このような社交性は幼い茂樹を抱える長谷川泰子（小林佐規子）にも向けられ、昭和八年七月二四日にはエスパニョールで女給として働くことを勧め、茂樹の戸籍を心配する手紙まで書いている。そして八月九日から二一日までの二週間弱で八編の詩を書きあげる。九日は「虫の声」と「怨恨」。一〇日は「怠惰」。一四日は「蟬」。一五日は「夏」。二一日は「夏過《あ》けて、友よ、秋とはなりました」と「燃える血」と「夏の記憶」。満たされはじめた中也の心から、つぎつぎ詩が生まれていた。

死ももう、とほくはないのかもしれない

昭和八（一九三三）年九月一日、『文芸万才』は『紀元』と誌名を改め、第一号を発行した。この創刊号を飾った中也の詩が「秋」と「凄じき黄昏」だが、「秋」は『白痴群』第四号（昭和四年一一月一日発行）に、「凄じき黄昏」は同じく『白痴群』第二号（昭和四年七月一日発行）に掲載されたのを再録したものだった。ここでは不穏な響きを持つ未見の「秋」を紹介しておきたい。

〈昨日まで燃えてゐた野が／今日茫然として、曇つた雲の下につづく。／一雨毎に秋になるのだ、と人は云ふ／秋蟬は、もはやかしこに鳴いてゐる、／草の中の、ひともとの木の中に。／／（略）鈍い金色を滞《お》びて、空は曇つてゐる、―相変らずだ、―／とても高いので、僕は俯《うつむ》いてしまふ。／僕は倦怠を観念して生きてゐるのだよ、／煙草の味が三通りくらゐにする。／死ももう、とほくはないのかもしれない……（後略）〉

当初、『紀元』の発行所は千代田区の内幸町《うちさいわいちょう》にあった。日比谷公会堂の南西で、この発行所に出入りしていたころの中也について、若園清太郎が村上護との対談（『わが坂口安吾』）で興味深いことを語っている。

【村上】『紀元』発行所の最初は内幸町ですね。／【若園】そうです。内幸町の当時の都新聞の裏にありました。／【村上】その同じビルにはヤクザの事務所もあったとか。／【若園】紫雲荘とかいいましてね、黒龍会の右翼の事務所があったんですよ。おっかなかったですね。／【村上】中也はその事務所へも遊びに行ったらしいですね。／【若園】ええ、あの男、ひょこひょこっとしていますが、中々要領がいいですからね。私は『紀元』に書いていますけど、「中也の態度」という題でね。

若園のいう『紀元』は昭和一〇年二月に発行された第三巻第二號で、正確なタイトルは「中也君の態度」。それによると、「日比谷近くの木造二階建、Qビルの一室」に編集兼事務所を構えたそうで、同じQビルに「壮天倶楽部」という「政治的用心棒」の事務所があり、扉を開けたまま碁を打ったり酒を飲んだりする壮士たちがゴロゴロしていたらしい。たまたま管理人が不在で『紀元』の事務所の鍵が開かなかったことがあり、中也が「壮天倶楽部」に行って、「管理人は何処へ行つかた御存知ないか」とか、「もしや合鍵の所在をば御存知ないか」など堂々と尋ねた。結局、鍵の所在はわからず、そのときは銀座の喫茶店で会合が開かれたが、壮士に物怖じしない中也の態度に一同が驚いたとしている。

この時期、「Qビル」があった内幸町に住所があり、「紫雲荘《しぐも》」を名乗っていた人物がのちに佐藤栄作の私設秘書になる右翼の橋本徹馬〔＊1〕だったことを考えると、「壮天倶楽部」は橋本と関係がある組織だったと思われる。若園がいう黒龍会と直接の関係は不明ながらも、昭和七年一月に「井上前蔵相を追撃す」との声明文を出し、二月九日に井上準之助が血盟団員の小沼正《おぬましょう》により射殺されたこと（血盟団事件）で、東京朝日新聞の投稿欄に「殺人の責」と題して「井上前蔵相を殺したのは紫雲荘の文章〔＊2〕である」という告発文が載った（橋本徹馬著『自叙伝』）。この延長上に黒龍会の別働隊である大日本生産党の青年幹部が昭和八年七月一一日の神兵隊事件に多数参加した（『大日本生産黨十年史』）ことから、若園が黒龍会の名を出したのかもしれない。いずれにしても中也が「壮天倶楽部」を堂々と訪ねたのは、血盟団事件や神兵隊事件の直後だった。

仮にこの時期の中也が、彼らと何らかのつながりがあったなら、このときの不遜な態度も不思議はなく、「中也はその事務所へも遊びに行ったらしいですね」という村上護の言葉も額面どおりに受け取れる〔＊3〕。もっとも右翼ではあったが紫雲荘の主宰である橋本徹馬は若いころから聖書に親しんでいたし、昭和九年六月五日付の『読売新聞』夕刊では「失業者は新工夫に生きよ」という意見広告を載せ、困窮者を救済する資金一万円を提供するなど、社会奉仕的活動も積極的に行っていた人物だった。

〔＊1〕昭和七年刊の橋本徹馬著『紫雲荘閑話』も橋本の住所は「東京市麹町区内幸町一丁目六番地」としている。この本の発行所も住所と同じで「紫雲荘」とある。

〔＊2〕前出の「井上前蔵相を追撃す」という声明文のことと思われる。

〔＊3〕他にも中也の周囲に不可解な人物がいたことを青山二郎が「私の接した中原中也」（『青山二郎文集』）で示唆している。「中原の周圍には氣の抜けた、手に負へない、人中へは出せない様な若者が、何時も二三人製造されて備へられてゐた。これが中原のこわいろを使つて、仕舞ひには中原の方が、この筆法でおどかされてゐる所は見ものだつた。彼等は中原中也でも無く、中原の友達でも無く、中原とその友達を第三者の所に立つて〈中原流〉に眺めた」

僕女房貰ふことにしました

「田舎は、稲が刈られんばかりで、その上を風が吹いてをります。」

昭和八年一一月二日付の中也の葉書は、実家のある湯田から東京市目黒区に住む安原喜弘に宛てたものだ。この時期、中也は帰郷しており、縁談話が持ち上がっていた。

相手は中原家の遠縁（下殿中原家）にあたる上野孝子《たかこ》。中也は二六歳で、孝子は二〇歳だった。年齢的に不都合は無いが、佐波郡の名家であった孝子の家は没落し、家庭的に不遇だったようで、「父は失踪、そのため母は他家に再縁、唯一の叔母は若い日恋愛結婚をしたため勘当されて大連にいた」と中原思郎が『兄中原中也と祖先たち』で書いている。このときのことをフクは語る。「中也は私のいったとおりに、東京から帰ってきて、見合いのときは実に素直でした。あれは十月でしたか、とにかく気候のよいときでした。見合いの場所は、吉敷の中村家でしたんです」

見合い会場となった中村家は、中原助之、政熊の弟である資一の養子入り先であったが、すでに資一は他界していた。そして縁談は順調に進み、その日のうちに結婚が決まる。「僕女房貰ふことにしましたので　何かと雑用があり　來ていただくことができません。上京は来月半ば頃になるだらうと思ひます」と中也が安原に書き送ったのは一一月一〇日のことだ。この手紙で、「自分の詩も三つ四つ書きました」と別に記しているが、そのうち二編が「朝」という同じタイトルの詩だった。一つの「朝」はいつになく明るく力強いフレーズではじまる。

〈かがゞやかしい朝よ、／紫の、物々の影よ、／つめたい、朝の空気よ、／灰色の、甍《いらか》よ、／水色の、空よ、／風よ！〔後略〕〉

そしてもう一つの「朝」には、中也の初恋を彷彿させるフレーズが見える。

〈〔前略〕恋人よ、親達に距《へだ》てられた私の恋人、／君はどう思ふか……／僕は今でも君を懐しい、懐しいものに思ふ〔後略〕〉

中也の初恋は大正九年、一三歳の夏で

湯田の旅館「西村屋」での結婚写真。妻の上野孝子は中也の遠縁であった〔中原中也記念館提供〕

ある。春に山口中学に入ったばかりだったが、家にいるとやかましいと、父謙助が門司の親戚・野村家に中也を預けたときだった。中也はそこで野村政一の姪に好意を寄せ、湯田に戻ってからも文通をつづけたが、謙助は間違いを起こすといけないと言って文通を禁止した（『私の上に降る雪は』）。中也はこのときの初恋の思い出を小説仕立てで「（無題）」に書き綴っている。

ともあれ結婚式の日取りが一二月三日で、式場も中原家から五〇メートルほどしか離れていない温泉旅館の西村屋に決まった〔＊〕。こうして式を迎えるが、当日の出席者は孝子側から二人、中也側から養祖母コマ、母フク、弟の思郎、呉郎、拾郎の五人だった。仲人は中也の大叔父夫妻の中村資一と妻マキだが、すでに述べたように資一は他界していたのでマキ一人が務める。参加者が少ないうえ、式も神式で簡素だったが、結婚写真になって手間取る。中也の背が孝子より低かったからだ。結局、中也を立たせ、孝子を座らせる解決策がとられるが現実は隠せなかった。その晩は、自宅の客間に二人は泊まり、翌日から二日間、知人、友人、近所の人たちを招いて盛大な披露宴が開かれた。養祖母コマが地元の知名士を集めたのだが、出る言葉は「先代は」ばかりだったそうだ。

〔＊〕中也の実家のあった場所が今の中原中也記念館で、県道を隔てて向かいに松田屋ホテルがあり、西村屋はその隣で現在も営業している。

まだ何かとごたごたして、気持が落付きません

中也が新妻の孝子を連れて東京の北千束の淵江千代子の下宿に戻ったのと時を同じくする昭和八（一九三三）年一二月一〇日、中也が翻訳した『ランボオ詩集《学校時代の詩》』が限定三〇〇部で三笠書房から刊行された。三笠書房からの刊行は、九月に創刊された『紀元』の版元であった関係による。

そもそも前年の一九三二年（昭和七年）にフランスでも少部数しか刊行されなかった原書を三笠書房に持ち込んだのは『紀元』同人の若園清太郎である。それで翻訳の話が中也のもとに舞い込み、やっつけ仕事でしたので

ある。にもかかわらず意外な人気があり、少部数発行ながら良く売れた（『中原中也全集　第五巻』「解説」）〔＊1〕。

中也が新妻の孝子とともに四谷花園アパート二号館に引っ越したのは『ランボオ詩集《学校時代の詩》』が発売されて三日後の一二月一三日。三ヶ月前に青山二郎が単身で転居した〔＊2〕のを追いかけた結果で、このとき高橋新吉が引越しの荷物を車から下ろすのを手伝ったという（「我が出逢い　Ⅰ」『中原中也研究』）。

一二月一五日に安原喜弘に転居の知らせを書き、「まだ何かとごたごたして、気持が落付きません　買物に出掛けては必ず一つ二つ忘れて帰つて来ます」とつづけている。

かつての花園アパートの場所は、JR山手線の新宿駅から新宿御苑の遊歩道を歩き、終点の大木戸門の一つ前の通りを左折したところにポッカリ緑が残っている花園公園の一帯だった。今、その公園にはスベリ台や鉄棒などの遊具が据えられ、新宿区立花園小学校の運動場と地続きで幼稚園も隣接しているが、すぐ西が新宿二丁目。そこは敗戦後にGHQが許可した売春地帯の赤線の場所で、それ以前はカフェや遊廓があった所である。花園アパートには、その界隈で働く女給や商売女たちが暮らしていたのだ。中也は女給たちの暮らしぶりを昭和九年の日記に綴っている。

「貧乏な家に生れて、チップ暮しを始めたカフヱー女給。彼女等は異口同音に〈しがない暮し〉といふけれど、実はさうでもないといふのには、洗濯物を洗濯屋へ出すとか、自炊をしないでサンドイッチを買つて来てすますとか、さういふことが彼女等を非常に満足させてゐる」

一方、花園アパートで青山二郎が独り身だったのは、駆け落ち同然で一緒になった恋女房「おはん」こと武原はんと別居していたからだ。正式な離婚はそれから約一年後の昭和九年一一月である。大金持ちの放蕩息子にして女給たちの住む安アパート（といっても文化アパートのはしりでもあったが）に転がり込んだのは、大学出の初任給が五〇円の時代に、毎月五〇〇円もの仕送りを父親に内緒で与えていた母きんが八月に亡くなったからだ（『四谷花園アパート』）。それで今日出海が、「木造の薄汚いアパートで、見るからに見すぼらしく、入ると便所の臭気が建物中に漂い、セメントの廊下に下駄の音が大きく響く」（「飲む打つ買うの天才」『青山二郎の素顔』）と語る花園アパートに、青山二郎を追うように新婚の中也夫婦も転がり込むわけである。青山がそのころを語る。
「朝鮮の女學校を出た新妻を連れて、いきなり此の花園アパートへ中原が越して來たのである。生まれて初めて東京に來て、これも生まれて初めて見るアパートと謂ふものに入れられて、二十二か三の若い奥さんは事毎にちゞみ上つてゐた。数寄屋橋の菊正ビルで中原は一杯やるのが好きで、奥さんの方は連れて行かれて、その間にライスカレーを二皿平らげるのである。それから銀座を一廻りし乍《なが》ら、ソレ松屋だ、三越だ、服部だと指差して、大きな聲で説明する詩人の夫を奥さんは辱しがつた」（「私の接した中原中也」『青山二郎文集』）

中也の飲み歩きが再び盛んになったのも、このころからで、『山羊の歌』の装丁を頼んでいた竹田鎌二郎が一二月一八日に花園アパートに来て中也と酒を飲み、夜は四谷箪笥町に出て飲み明かしている。また、翌一九日は妻の着物や時計を質に入れた竹田が中也を飲みに誘うが、孝子が風邪のため中也は断わる。だが翌日には中也のほうから青山を連れて竹田の経営する喫茶店「欅」を訪ねるといった具合だった（竹田の日記より）。

中也が花園アパートに入居したころ、青山の部屋は「青山学院」と呼ばれ、小林秀雄、永井龍男、河上徹太郎たちが集まるだけでなく、有閑夫人や実業家、女給、板前など、あらゆる人種が出入りしていた。ウィンゾアーが潰れたことで、客たちが花園アパートに押し寄せていたのだ。前出の今日出海は、青山の部屋「青山学院」に入るとそこだけは別世界で、「広い居間には革張りの肱掛椅子やらソファーが並べられ、その頃蓄音機に凝っていたから、バッハの全集やモーツァルトのレコード。それに朝鮮の壷や小机等々が足の踏み場もないほどに転がっていると言いたいのだが、彼なりに一糸も乱れず整頓されているのだ」としている。このようなことで中也も「青山学院」に入り浸るが、無軌道な生活ぶりに新婚早々の孝子が目を回したことはいうまでもない。

〔＊1〕「中也をめざした中也」（『中原中也誕生90—1年祭』）におけるねじめ正一との対談で、中也のランボオ詩の翻訳について佐々木幹郎が以下の興味深い指摘をしている。「彼は、ランボーの翻訳をしているけれど、その翻訳詩は小林秀雄の訳よりずっといいんだよね。現代のフランス人が読んで、中也訳のほうがランボーの精神に近いっていう評価が高い。小林秀雄は昭和初年代の自分の翻訳文や、ヴァレリー論とかランボオ論が同時代のフランス人に読まれることを恐れていた。中也は、そんな恐れは全然持っていなかったと思う。天性的な資質でランボーに近寄って、翻訳していますからね。それが、フランス人にどんなふうに読まれるとか、自分の詩も含めてどういうふうに読まれるかってことに、中也は怯えも何もなかったと思う」（中也の翻訳詩については、付録「中原中也のこと」も参照）

〔＊2〕『青山二郎日記』の昭和八年九月一五日に、「四谷花園町九五　花園アパートに転移　独身生活　十丈にベット玄関出張り床の間附　前が湯殿　月三十一円也　敷金百五十円入」とある。現在の新宿一丁目、新宿御苑前駅（丸ノ内線）近くの「花園公園」界隈にあった女給たちの住む文化アパート。

俺にはおもちゃが要るんだ

どん底の不況で幕を閉じようとしていた昭和八年だが、年末になって明るいニュースが流れた。昭和天皇の世継ぎである皇太子（今上天皇）が一二月二三日に誕生したのだ。ラジオは慶報を伝え、花電車が走り、飛行機が奉祝の編隊飛行を行い、民家の軒々に日の丸が掲げられた。継宮明仁《つぐのみやあきひと》親王と命名されたのは年も押し迫った二九日。暗い世相に強烈な光を放つ一燈が灯され、昭和九年を迎える。

昭和九年は中也にとっても華々しい幕開けとなった。まず、元旦発行の『紀元』第二巻第一号に詩「汚れつちまつた悲しみに……」と「月」が掲載された。「汚れつちまつた悲しみに……」は『白痴群』第六号（昭和五年四月発行）に発表されていたが、「月」は初めての公表である（昭和四年九月発行の『生活者』に発表した「月」とは別の詩）。

〈今宵月は蘘荷《めうが》を食ひ過ぎてゐる／済製場《さいせいば》の屋根にブラ下つた琵琶《びわ》は鳴るとしも想へぬ／石灰の匂ひがしたつて怖《おぢ》けるには及ばぬ／灌木がその個性を砥《と》いでゐる／姉妹は眠つた、母親は紅殻《べんがら》色の格子を締めた！〔後略〕〉

それとは別に『紀元』の同号に「ランボオ書簡」が訳載された。さらに元旦発行の『書物』第二年第一冊にランボオの「静寂」が訳載され、『半仙戯』第二年第一冊にランボオの「失はれた毒薬」とボードレールの「饒舌」

中也が使用したのと同機種の蓄音機
〈POLYDOR polyfar〉〔中原中也記念館提供〕

の訳詩が載る。皇太子誕生でわきかえる帝都で、作品発表の場を一気に増やした中也は晴れ晴れしい気分になっていた。その表れか、正月二日に青山二郎と竹田鎌二郎と連れ立って銀座や浅草を遊び歩き（竹田鎌二郎日記）、四日には青山のところに転がり込んでいる（青山二郎日記）。そして一月二六日の竹田鎌二郎の日記に、「うちで一ぱい飲む所へ中原来、蓄音キをかいに一緒に行く、高い品は音が非常によし」と見える。これまで代々木山谷の内海誓一郎の家を何度も訪ね、手廻し蓄音機でバッハのレコードを聴いていた中也は、このお祭り騒ぎの中で自分でも蓄音機を手に入れたくなったのだろう。

吉田秀和は新婚の中也夫妻の住む花園アパートを訪ね、「何か小さなお祝いをさせて欲しいけど……」と申し出たところ、「じゃレコードを買ってくれ。でも新しいのは高いから中古でいい」と中也が答えたという。吉田は中也と神田の神保町に出向いてレコードをプレゼントするが、そのとき中也が選んだレコードがモーツァルトの三九番変ホ長調の交響曲で、「確かワインガルトナー指揮のコロムビア盤だった。もちろんSPの十二インチ盤」と吉田が語っている。それから花園アパートに戻り、手回し式の小さな蓄音機でレコードを聴くが、このときは孝子も一緒だったらしい（平成二〇年三月二〇日付『朝日新聞』「中原中也の目」）。

小林秀雄の仲介で『短歌と方法』第二巻第二号に「サーカス」の詩が載ったのは昭和九年二月一日。『生活者』昭和四年一〇月号に「無題」として発表された詩だが、このとき初めて「サーカス」の題となった（*）。

一方、大岡昇平が京橋区銀座西七丁目（当時）にあった国民新聞社へ入社して学芸部に配属されたのが同じ二月で、四〇円の月給取りになった（『大岡昇平全集二三』「伝記年譜」）。そんな大岡に対して中也が皮肉をこめた詩「玩具の賦」を書く。

〈どうともなれだ／俺には何がどうでも構はない／どうせスキだらけぢやないか／スキの方を減《へら》さうなんてチヤンチヤラ可笑《おか》しい／俺はスキの方なぞ減らさうとは思はぬ／スキでない所をいつそ放りつぱなしにしてゐる／それで何がわるからう／俺にはおもちやが要るんだ／おもちやで遊ばなくちやならないんだ／〔略〕俺にはおもちやが投げ出せないんだ／こつそり弄べもしないんだ／つまり余技ではないんだ／おれはおもちやで遊ぶぞ／おまへは月給で遊び給へだ〔後略〕〉

大岡には遊びの詩であっても、中也には人生そのものだった。「玩具の賦」について河上徹太郎が、「何も大岡に限らない。われわれだれにでも中原に酒に酔われると、こんなふうにネチネチといやらしく、しかも一面非常に正確に、人の弱みをついた人物論を含んでからまれるのである」（『わが中原中也』）と語るが、このこともまたアウトサイダーたる中也の証であったのだろう。もっともこの心情は今にはじまったものではなく、山口師範附属小学校六年生のとき、『防長新聞』に投稿した短歌〈藝術を遊びごとだと思ってる　その心こそあはれなりけれ〉（第二章「ギロギロする目」）の延長といえた。ちなみに大岡に対する不満は以後もつづき、昭和一〇年五月二日の日記に、「大岡といふ奴が癪に障る」と記している。

〔＊〕大島幹雄（〈サーカスの会〉事務局長）によれば、昭和八年三月にドイツのハーゲンベックサーカスの日本公演が行われ、「開国以来の大騒ぎ」と連日新聞に書きたてられたことで「曲馬団」から「サーカス」と呼ばれるようになったとしている（『平成ＤＡＤＡ　中原中也生誕90‐3年祭』「中原中也とサーカス」）。

火を吹く龍がゐるかもしれぬ

詩人としての中也は知名度を上げていくが、友人たちの不評は相変わらずだった。それは昭和九（一九三四）

年二月八日の青山二郎の日記を見ても明らかだ。
「俺が中原につき合つてゐると小林は笑ふ。竹田が中原とつき合つてゐると俺が笑ふ。小沢〔＊〕が中原につき合つてゐると竹田が笑ふ。中原が玉突きをすると小沢が笑ふ。中原は恁ういふ男だ。併し中原は中原でい、、他人が口を出す手はない、撒込まれる奴が笑はれるだけだ」

　一年半ほど前（昭和七年秋）に被害妄想に陥ったのも、人間関係のつまずきが原因だった。中也を圧迫した筆頭は小林秀雄だが、小林の友人たちも同じように中也を圧迫した。河上徹太郎や大岡昇平などがそうで、彼らは長谷川泰子を中也から剥ぎ取り、坂本睦子もまた奪うといった具合に、女の略奪において顕著にその性格を露にした。中也の詩を高く評価していた小林が中也を傷つけたのは、ランボオに心酔していた時期に中也に出会って彼の作品を目にしたとき、詩人としての自らの限界を悟ったからではないか。もはや詩において中也にかなわないという絶望の結果なら、小林ほど中也を畏れ、嫉妬した男もいなかった。そして実際そうだったからこそ、小林は中也が没してなお、中也の幻を追いつづけて人生を送ったのだろう。

　そんな中也が、「ホラホラ、これが僕の骨だ」と、三年半後の自らの死を予言するような不気味な詩「骨」を書いたのが昭和九年四月二八日である。同じころ、四谷花園アパートでの新婚生活に災難がふりかかる。「文也の一生」（『新編中原中也全集　第五巻』）で、「春よりの孝子の眼病」と記しているのが、それだ。「奥さんに子供が出來たらしいのが分つてから、暫くすると奥さんは眼を患つた。うつちやつて置くと盲目になる病氣だつた」（「私の接した中原中也」）と青山二郎はいうが、中也の顔に膿がたまり、いわゆる面疔《めんちょう》になったのもそれからしばらくしてだった。六月一日に安原喜弘に出した手紙には「顔がはれ」と記し、六月五日の手紙でも「医者ノ宅診が午前中だけ」と書いている。新婚早々、夫婦で病気に苦しみながら、中也は六月二日に詩を作る。長編の「道化の臨終（Etude Dadaistique）」だ。

〈君ら想はないか、夜毎何処《どこ》かの海の沖に、／火を吹く龍がゐるかもしれぬと。／君ら想はないか、曠野《こうや》の果に、

／夜毎姉妹の灯ともしてゐると。／／君等想はないか、永遠の夜《よる》の浪、／其処《そこ》に泣く無形《むぎやう》の生物《いきもの》、／其処に見開く無形《むぎやう》の瞳、／かの、かにかくに底の底……〔後略〕〉

長谷川泰子に運命的な出会いがあったのも、このころだった。青山二郎の口利きでエスパニョールに出ていたある晩、仕事を終えて新橋駅から終電で帰るとき一人の男性が声をかけてきたのである。「ずいぶんおそいお帰りですね」との問いに、「ええ、あたしはエスパニョールという酒場に勤めていますから」と泰子が答えたことから、男がエスパニョールに来て酒を飲むようになった。男の名は中垣竹之助。石炭問屋で知られた株式会社三幸商会の社長で、その後、客として通いはじめた中垣から、泰子は彼が妻と別居中らしいことを聞き出す。中垣が永福町の泰子の下宿に転がり込み、妻と離婚して昭和一一年に泰子と結婚するのはその延長上だった（『中原中也との愛　ゆきてかへらぬ』）。

このように泰子が新しい恋愛に胸をときめかせていたとき、中也は自らの顔の腫れを気にしながら妻孝子の目の看病に明け暮れていたのである。しかし孝子の病状はなかなか快方に向かわなかった。六月二四日付の安原に宛てた手紙では、「女房の眼が両方となり、せいぜい二時間しか外出することが出来ません」と訴えている。結局、毎日、病院通いとなるが、中也が四谷花園アパートから孝子を連れ出し、俥屋まで連れてゆく光景を、「小男が色眼鏡を掛けた若い女の半歩前を歩いて行くのである」（「私の接した中原中也」）と青山が語っている。

〔＊〕大岡昇平が「中原中也、思い出すことなど」（『中原中也必携』）で、「小説家志望の小沢という人物」で「ポイッチという仇名だった」と説明している。

僕はブラブラと暮らしてゐます

花園アパートで妻孝子の看病をつづけながらも、詩人としての中也の活躍は順調だった。昭和九（一九三四）年七月一日には『鶺《ばん》』に「悲しき朝」、『紀元』に「つみびとの歌」の詩が載った。また、『文学界』に評論「詩と其の伝統」を発表し、『苑』にランボオの詩「坐つた奴等」が訳載された。『文学界』は昭和八年一〇月に文化公論社から創刊された同人誌であるが、昭和九年二月号で休刊し、以後は野々上慶一が経営する文圃堂に引き継がれ、中也の処女詩集『山羊の歌』も昭和九年一二月に文圃堂から発行されるに到る。

一方、『四季』は昭和八年五月に季刊で創刊されたが二冊出ただけでつぶれたので、堀辰雄、三好達治、丸山薫らが月刊誌で復刊することを考えていた。中也が「指物師の徒弟と思える小柄な」格好で丸山の家を訪ねたのがこのころだった。丸山は朝目覚めたばかりで、中也は和服の裾をそろえて座ると、「あなたはお酒が好きですか?」、「量はどのくらいいけますか?」、「朝から飲みますか?」、「夜だけですか」、「盃で飲みますか? コップですか?」と矢継ぎ早に聞いてきたそうだ。初対面の詩人からの唐突な問いに丸山は戸惑うが、自己の生活を規制する精神を感じさせる態度だったとしている。そして、その日から花園アパート近くの塩町に住んでいた丸山の家に連日のように中也が通いはじめるのだ(『マネキン・ガール 詩人の妻の昭和史』)〔＊1〕。このようなことで丸山と酒を飲む機会が増えるが、「中也の酒は一種の悲劇」であり、「酔えば酔うほどにあの小さなからだから噴出してくる反抗の呂律に、みずから持て余しているように見えた」と丸山は語っている。中也は、「煎じ詰めれば、私が詩を書くというのも、ナニ、人さんよりも、背が二、三寸低いということのほかに理由が無いのでゴザンして」などといって丸山に絡んだらしい(「中原中也の詩について」『現代詩文庫 丸山薫』)。

一〇月一五日に復刊された『四季』第一号に丸山の詩「火」とともに中也の詩「みちこ」〔＊2〕が載ったのもこのような経緯による。再出発した『四季』に中也の参加を許したのが、中也を最後まで認めなかったといわれる三好達治だったのも意外だった。三好は語る。

「河上徹太郎君があるとき、中原中也を『四季』の仲間に入れないかといった。よろしかろう、と私は答えた。そうしてつむじ曲がりの中原がこの仲間に加わった。紹介者は私の外にないが、紹介の労をとった記憶はない」(「をちこち人」『作家の自伝95 三好達治』)

そのあとで三好は、「それにしても保田與重郎君その他日本浪曼派の人々が、この仲間に参加したというのはどういう風の吹き廻しからであったろうか」と首を傾げている。中也は『日本浪曼派』の同人にこそ名を連ねなかったが、人脈的にはこのころから彼らと交流があった。『四季』は通巻八一号までつづくが内紛などはなく、「中原中也一人が何やら我鳴っていた」だけで、「あの男のあの際の趣味であった」と三好は突き放す。

中也が丸山薫の家に連日のように通っていたころであろうが、青山二郎は昭和九年八月四日の日記に、「中原は退屈すると人が食ひたくなる鬼だ」と記している。そんな中也が山口県に帰省したのは八月半ばで、九月下旬までの約一ヶ月半、湯田で過ごした。眼病だった孝子が妊娠したことで、出産準備のために一緒に帰省したのである。そして郷里でも気ままに暮らしたことが、安原喜弘に宛てた八月二五日付の手紙からわかる。

「僕はブラブラと暮らしてゐます　甲子園がある間は毎日聞いてゐました　昨日は朝から汽車で二時間位の海辺の町に出掛けて来ました」

九月一日付で、四谷に住む竹田鎌二郎に出した手紙でも、「退屈で退屈でやりきれません」と綴り、「十五夜の晩　山陽線の食堂車でビールを飲んだ時はとても嬉しかつた」とか、「また長門峡へでも出掛けたくなりました」と書いている。「十五夜の晩」とは八月二四日の晩で、安原に宛てた「汽車で二時間位の海辺の町に出掛け」た日の晩である。

湯田で退屈しきった中也は、帰省後に知った青山二郎とおはんの離婚話をネタに九月一三日に竹田に長々と手紙を書く。そして九月一八日にもつづきを綴った挙句、「昨日ドストエフスキーの伝記を買つて読んだ」と記した。こんな具合に実家で毎日ブラブラしているとき、東京では『山羊の歌』の出版にむけて安原が奔走してくれていたのだ。

〔＊1〕中也が丸山薫を訪ねた時期について、『マネキン・ガール　詩人の妻の昭和史』は、『四季』復刻（昭和九年一〇月）の「少し以前」としている。また中也と親しくした時期については、「『山羊の歌』が出る（昭和九年一二月）ちょっと前の数ヶ月間」(「中原中也の詩について」『現代詩文庫　丸山薫』)としている。
〔＊2〕昭和五年一月一月発行の『白痴群』第五号に掲載されたものの再録。

何だ、おめえは

湯田の実家にいる間、中也は詩人の仕事もこなしていた。建設社が企画した『ランボオ全集』刊行のため、ランボオ詩の翻訳をしていたのだ。かつての『ランボオ詩集《学校時代の詩》』が意外と好評で売れ行きが良かったため、全集を出すことになり、小林秀雄と三好達治と訳詩を分担したのである(ただしこの全集は刊行されなかった)。

西日本を暴風雨が襲ったのが、中也がランボオの詩と格闘していた昭和九年九月二〇日の夜だった。暴雨風は大きな被害をもたらし、二二日付の『防長新聞』に、高田公園(旧井上邸)の樫や湯田小学校の新築校舎の倒壊を伝える記事が載った〔＊1〕。二五日に中也が竹田鎌二郎に宛てた手紙で、「風水害で途中テイタイしてゐたのだ　二十二日朝の便以来東京からの手紙は今日が初めて」と書き、予定より四日遅れている出産についても、「僕事おかげで手持無沙汰」と綴っている。そしてこの「手持無沙汰」ゆえ、東京に戻ったときに売り払う家財を物色しはじめ、弟たちから「フガヒナキ奴」と罵られ、母フクからも就職しろと叱責される。中也は家に居づらくなったことと『山羊の歌』の出版の打ち合わせもあったので、「お産を山口ですませて、東京へ帰れ。ぼくはさきに帰っておる」(『私の上に降る雪は』)と孝子に言い残し、一足先に東京に戻るが、一〇月四日の日記に、「腐りはててゐる。何をしようといふ元気もない。悲しい。あどけないものがいたはしい。望郷といふのでもないが望郷に似た感情頻《しき》りなり」と記している。それなら湯田に留まればよかったが、それはそれで「手持無沙汰」だったのだろう。青山二郎がいうとおり、「中原は退屈すると人が食ひたくなる鬼」で、その寂しさを紛らわすため、翌一〇月五日から連日のごとく竹田鎌二郎を訪問しはじめる。

湯田の実家で孝子が待望の長男文也を生んだのは一〇月一八日だった。中也が単身で上京してから三週間が過ぎたときである。ところが中也は三年前（昭和六年九月）に亡くなった弟の恰三の戒名を題にした「秋岸清涼居士」の詩を、それから二日後（一〇月二〇日）に書く。中也には、生まれたばかりの文也が弟恰三の生まれ変わりに見えていたのだろうか。また、同じ一〇月二〇日に中也は青山二郎に捧げる詩「月下の告白」を書いている。

〈劃然《かくぜん》とした石の稜《りょう》／あばた面《づら》なる墓の石／蟲鳴く秋の此の夜さ一と夜／月の光に明るい墓場に／エヂプト遺蹟もなんのその／いとちんまりと落居《おちい》てござる／この僕は、生きながらへて／此の先何を為《な》すべきか〔後略〕〉

これもまた中也特有の「月」をモチーフにした作品であるが、同時に故郷吉敷の経塚墓地の風景を思わせる。この時期の中也は、維新時の祖先たちの精神がそうであったように、生と死が混濁していたのだろうか。

中也が麻布龍土軒で開かれた『歴程』主宰の詩の朗読会に出席して草野心平に出会ったのは文也が生まれて一ヶ月が過ぎようとしていた一一月初旬だった。草野はこの席で中也が自作の詩を朗読するのを聴いて魅了される。「その晩僕達は㊉（マルジュウ）という居酒屋で朝の三時過ぎまでのんだ」と草野は語り、「酔うと彼は毒舌なども吐いた」とつづけている（「中原中也」『草野心平全集　第十一巻』）〔＊2〕。

中也は草野の紹介で檀一雄を知り、檀の家で今度は太宰治と出会った。のちに檀は「小説太宰治」（『檀一雄全集　第七巻』）で、中也と太宰との間に繰り広げられた壮絶なバトルを描いたが、それによると昭和九年一二月に創刊を予定していた『青い花』〔＊3〕の同人に檀は中也と森敦《もりあつし》を推薦し、太宰は斧綾を推したとしている。太宰は中也の詩才を高く評価していたが、酒席での傍若無人ぶりには心底辟易していたようだ。だが、高橋新吉によると、花園アパートに行ったとき、中也の部屋の入口の土間に腰かけている「生白い、ヒヨワイ感じ」の太宰治がいたそうなので（「わが出逢い」『中原中也研究』）、太宰のほうから中也を訪ねたこともあったのだろう。檀の記憶では、中也と太宰は三回ほど酒を共にしたそうで、最初が「おかめ」という居酒屋だったとしている。

「寒い日だった。中原中也と草野心平氏が、私の家にやって来て、丁度、居合わせた太宰と、四人連れ立って

〈おかめ〉に出掛けていった。初めのうちは、太宰と中原は、いかにも睦まじ気に話し合っていたが、酔いが廻るにつれて、例の壮絶な、中原の搦みになり、〈はい〉〈そうは思わない〉などと、太宰はしきりに中原の鋭鋒を、さけていた。しかし、中原を尊敬していただけに、いつのまにかその声は例の、甘くたるんだような響きになる」(『小説太宰治』)

中也は泣き出しそうな顔の太宰に、「何だ、おめえは。青鯖が空に浮んだような顔をしやがって。全体、おめえは何の花が好きだい?」と罵声を浴びせた。すると太宰が思いつめた顔で、「モ、モ、ノ、ハ、ナ」と答えると、「チェッ、だからおめえは」と吐き捨てて乱闘騒ぎとなった。あげくに「おかめ」のガラス戸がこっぱみじんに砕け散る。

二度目の酒席での中也と太宰治の騒動は「雪の夜だった」というので、昭和九年の一一月から一二月にかけてだろう。酒が入った中也に絡まれた太宰が途中で逃げ出したことで、「よせ、よせ」という檀の制止を振り切り、中也は太宰の家まで押しかけた。中也は太宰の家に着くと「今眠っています」という家人の言葉を無視して上がり込み、二階に向かった。檀が中也の腕をつかんで制止すると、「何だおめえもか」と腕を振り払おうとしたので、そのまま外に引きずり出して雪の上に投げ飛ばしたそうだ。それから車を拾って銀座に出て、さらに川崎大島の遊廓に行ったが、遊廓でも中也は勝手放題にふるまったと檀は語る。「雪の夜の娼家で、三円を二円に値切り、二円を更に一円五十銭に値切って、宿泊した。明け方、女が、〈よんべ、ガス管の口を開いて、一緒に殺してやる積りだったんだけど、ねえ〉そう云って口を歪めたことを覚えている」

支払いのときに中也はさらに一円に値切り、夜明け早々、廓を追い出された。そんな太宰との騒動の影響からか、一一月二六日に中也は「悲しい歌」という詩を作る。

〈こんな悪達者な人にあつては/僕はどんな巻添へを食ふかも知れない/僕には智慧が足りないので/どんなことになるかも知れない//悪気がちつともないにしても/悪い結果を起したら全くたまらない/悪気がちつとも

ないのに／悪い結果が起りさうで心配だ〉

全くもって酒席での騒動は、中也自身に「悪気がちつともない」にもかかわらず「悪い結果を起」こすのだから、「心配」なのであろう。この詩の最後に、〈私はどうしやうもないのです／／あゝ、どうしやうもないのでございます〉というフレーズがあるが、そこで思い出すのが同じく山口県出身の山頭火の「どうしようもないわたしが歩いてゐる」の名句である。昭和四年に詠んだ句だが、発表したのは昭和八年一二月発行の第二句集『草木塔』だった。山頭火は病により昭和九年四月二九日から翌昭和一〇年七月まで小郡の其中庵で過ごすが、中也は孝子の出産準備で昭和九年八月半ばから九月の終わりまで湯田で過ごしていた。つまり俳人と詩人は同じ時期に近くに居たことになる。どこかで『草木塔』の「どうしようもないわたしが歩いてゐる」の秀作を見た中也が、自らの詩「悲しい歌」に取り入れた可能性もないわけではない。中也が没して二年が過ぎた昭和一四年ころ、山頭火が湯田の中原家の近くに住み、以来度々中原家を訪ねるようになるが、山頭火を湯田に呼んだのが湯田の文学団体「詩園」のメンバーだったと母フクが語っている（『私の上に降る雪は』）のも気にかかるところだ。

中村光夫の頭を中也がビール瓶で殴ったのも、太宰とバトルを繰り返していたころだった〔＊4〕。花園アパートの青山二郎の部屋で起きたこの事件を中村自身が振り返る。

「中原氏が〈殺すぞ〉といって、ビール壜で、僕の頭をなぐったことがあります。こちらは酔っているのでけろりとしていましたが、青山氏がめずらしく真顔で、中原氏にむかって、〈殺すつもりなら、なぜ壜の縁でなぐらない。お前は、横腹でなぐったじゃないか。卑怯だぞ〉と怒鳴りました。ビール壜を右手にさげたまま、中原氏はしばらく僕らの顔を見くらべていましたが、やがて〈俺は悲しい〉と叫んで泣きふしてしまいました」（『今はむかし』）

中也の左翼嫌いは有名だったし、昭和八年秋には『紀元』の発行所と同じビルにあった右翼の事務所「紫雲荘」にも訪れていた（本章「死ももう、とほくはないのかもしれない……」）。もっとも野々上慶一が「文士と酒」

（『ある回想』）で語るように、中也は、「大勢の酒の座となると、（特に気に入らない人間がいると）人が変わり、子供のように我儘勝手となり、時に乱暴狼藉をはたらく」ので、中村も単にその犠牲になっただけかもしれない〔＊5〕。

一方、中也の日記に興味深い読書傾向が見えはじめるのも、この時期からだ。昭和九年一一月一日から『少年大日本史　神代の物語』と『少年大日本史　源義経』を読みはじめ、一一月三日に『少年大日本史　満洲建国』と『少年大日本史　東郷元帥』。四日に『少年大日本史　楠公父子』。五日に『少年大日本史　川中島の戦』。そして二五日に『少年大日本史　乃木大将』を読むが、文也に語って聞かせるための読書であったのか。だが、生まれたばかりの赤ん坊に、そんな話がわかるはずもないのだが。

〔＊1〕室戸付近に上陸し、神戸をとおり能登半島へ抜けたので「室戸台風」と呼ばれる（『山口県災異史』）。

〔＊2〕二ヵ月後の昭和一〇年一月二七日に丸の内蚕糸会館で開かれた詩の朗読会「マチネー・ポエテック／第一回公演」で草野心平は中也の「サーカス」を自ら朗読した（『新編中原中也　別巻（下）』）。草野は「中原中也寸言」（『草野心平全集　第五巻』）においても、「中原の自作詩の朗読はよかつた。その一つだけでもレコードにしてとつておかなかつたことは全くの損失だつた」と書いている。

〔＊3〕『青い花』は昭和九年一二月一日に創刊号が出て、中也は「港市の秋」、「凄まじき黄昏」を発表したが創刊号のみで廃刊。檀一雄が『太宰と安吾』で述べるところでは、檀と古谷綱武が話し合って『鷭《ばん》』を創刊するが、二号で続刊が困難となり、太宰治が檀を誘って『青い花』を創刊したとしている。しかし創刊号発行と同時に続刊が難しくなり、時を同じくして保田與重郎らの『日本浪曼派』が創刊（昭和一〇年三月）される運びとなったことで、『日本浪曼派』の三号から『青い花』のメンバーのほとんどが合流したとしている。

〔＊4〕『四谷花園アパート』では「中村光夫を傷めつけたのは、妻が出産で山口の実家に帰っていた間に出来事であった」としている。

〔＊5〕野々上慶一は「『山羊の歌』のこと」（『新文芸読本　中原中也』）で、「中也は半分本気で、半分冗談でやったのだな、とすこし酔った頭で、そう思った」と語っている。

海にゐるのは、あれは人魚ではないのです

停滞していた『山羊の歌』の刊行も大詰めを迎えていた。小林秀雄の紹介で、『文学界』を出していた文圃堂から詩集を出す話へ進んだことで、神宮表参道の実家で病気療養していた経営者の野々上慶一を中也が訪ねることになった。しかし中也は相変わらず傍若無人の振る舞いをした。野々上の枕元に座ると嗄れた声でいきなり、「君イ九州の天草に行ったことありますか」と尋ねたのも、その一つである。野々上は面食らいながら、「いやありません」と答えると、中也はニコリともしないで、「ぼく、この夏、天草に行ったんだ。天草の女ッて赤の腰巻だけで、ズロースなんかはいてないときいていたんだが、なんのことはない。みんなズロースはいてやがった――」とつづけた。

昭和七年八月に高森文夫と宮崎、延岡、天草、長崎を巡る旅をしたときの思い出話だが、初対面の、しかもこれから自分の詩集を出してもらう相手に天草の女のズロースの話をするのだから常識はずれも度を越えていた。野々上は中也の奇行の噂は耳にしていたが、会ってみると噂以上に大変な男と思ったそうだ（「『山羊の歌』出版のころ」『新編中原中也全集　月報1』）。だが、野々上は『山羊の歌』を文圃堂から出すことを承諾した。このとき中也が文圃堂から出ていた『宮沢賢治全集』と同じように高村光太郎に題字を頼むよう申し入れたことで、野々上が草野心平を通じて高村に装丁を依頼することになるのである（「『山羊の歌』のこと」『新文芸読本　中原中也』）。

校正も印刷も出来ており、残るは製本と装丁のみだったので作業は順調に進み、昭和九年一二月七日の夜には待望の『山羊の歌』が完成する。限定二〇〇部のうち市販は一五〇部。自費出版ながら箱入り上製本で頒価は三円五〇銭。当時はあまり例のない大判の豪華な詩集だった。中也は翌八日に東京帝大近くの文圃堂に出向き、予約と寄贈分の『山羊の歌』の発送作業に追われるが、その作業を終えると、夕方、電車で東京を発ち、まだ見ぬ長男文也に会いに山口に直行した。高村光太郎の装丁で贅沢《ぜいたく》な詩集が完成し、長男とも初対面するのだから心が

昭和47年に焼失する以前の中原家〔中原中也記念館提供〕

踊っていたことはいうまでもない。しかし出版後の反響は小林秀雄が『文学界』（昭和一〇年一月号）で「中原中也の〈山羊の歌〉」と題して「彼の詩心は見事である」と絶賛した以外、特に目立った動きはなかった。金子光晴などは昭和一〇年四月刊の『日本詩』の「文芸時評」で、「むろん、ほめようと思えば、いくらでもほめる言葉が用意されるが、それだけのことだ」と述べたうえで、「アマチュアクラブの詩人にすぎないこんなふうな詩人が、いかに純粋づらをして横行することよ」と酷評したほどだ。しかし、それがこのころの中也に対する一般的評価だったことも事実であろう。母フクは帰省後の中也を語る。

「あの子は湯田の家にいる間は、しきりになにか書いておりました。あれは『ランボー全集』を翻訳してだす仕事だったと思うんですが、〈ぼくは仕事をせにゃいけませんから、静かな部屋においてちょうだい〉と私にいいました」

中也はランボオ詩の翻訳に励みながら、暇があれば文也を抱いて遊んだ。このようにして昭和九年一二月九日から翌昭和一〇年三月下旬までの約三ヶ月間を湯田の実家にこもりっきりで過ごすが、周囲を山が囲う盆地の冬は寒く、家の中で翻訳をするしかなかったというのが正しいのかもしれない。ちなみにランボオ詩の翻訳は離れの茶室で行ったらしい（中原家は昭和四七年に火災に遭うが、この茶室は焼け残った）。

昭和一〇年一月二三日に中也は東京（目黒）にいる安原喜弘に、「毎冬東京で暮してゐて、子供の時はひどく寒さを感じたものだつたと思つてゐましたが、今度十二年目の冬をこちらで送つてみますと、やつぱり炬燵《こたつ》の中ばかりゐます」と書いている。一月二九日には、「少し田舎に倦《あ》いて来ました」とも記す。

養祖母コマが亡くなったのは二月三日で、キリスト教での葬儀が終わったのち、風邪をひいた中也は二日ばかり寝込むが（二月一六日付、安原宛葉書）、風邪が治った二月二一日にも竹田鎌二郎に宛てて、「田舎は寒いと完全に戸外に出る気がしないので　恐ろしく運動不足になります」と書いている。それでも少し暖かい日には日本海まで旅したのだろう。見たのは萩の海でもあったのか。詩「北の海」を書いたのは帰省中の二月である。

〈海にゐるのは、／あれは人魚ではないのです。／海にゐるのは、／あれは、浪ばかり。／／曇つた北海の空の下、／浪はところどころ歯をむいて、／空を呪つてゐるのです。／いつはてるとも知れない呪。／／海にゐるのは、／あれは人魚ではないのです。／海にゐるのは、／あれは、浪ばかり。〉

それにしても浪はどうして「空を呪つてゐる」のか。どうして「いつはてるとも知れない呪」なのか。萩の海なら、明治九年の萩の変で死んでいった侍たちの呪いであろう。明治維新で活躍した中也の家も明治以後は消滅に向った長州武家であった。樋口覚は中也のことを「堕落した長州人」（『中原中也　いのちの声』）と呼んだが、その堕落は明治維新を戦いながら、新時代に報いられぬまま明治一九年に横浜で客死した祖父・中原助之の人生に早くも表れていた。そんな中原家の宿命を背負った中也が、萩の変の起きた場所で、近代への「呪」を感じたと考えるのは不自然ではない。「我がジレンマ」という詩も二月に湯田で作っていた。

〈僕の血はもう、孤独をばかり望んでゐた。／それなのに僕は、屢々《しばしば》人と対坐してゐた。／僕の血は為《な》す所を知らなかつた。／気のよさが、独りで勝手に話をしてゐた。／／後では何時でも後悔された。／それなのに孤独に浸ることは、亦《また》怖いのであつた。／それなのに孤独を棄《す》てることは、亦出来ないのであつた。／かくて生きることは、

それを考へみる限りに於て苦痛であつた。〔後略〕〉

これは友人がいないと寂しく、友人と会えば折り合いがつかなくなる中也の矛盾が歌われた詩である。中也は、どうやって生きればよいのかわからなくなっていたのだ。この迷いには、『山羊の歌』を東京で出して詩人として名が広まってもそれが生活に結びつかない焦りや、田舎では誰も認めてくれてない苛立ちも重なっていたに違いない。

そして同じく二月に湯田で作った詩が、文字通り「寒い！」である。

〈毎日寒くてやりきれぬ。／瓦もしらけて物云はぬ。／小鳥も啼かないくせにして／犬なぞ啼きます風の中。／／飛礫《つぶて》とびます往還は、／地面は乾いて艶《つや》もない。／自動車の、タイヤの色も寒々と／僕を追ひ越し走りゆく。／／山もいたつて殺風景、／鈍色《にびいろ》の空にあつけらかん。／部屋に籠《こも》れば僕なぞは／愚痴つぽくなるばかりです。／／かう寒くてはやりきれぬ。／お行儀のよい人々が、／笑はうとなんとかまはない／わめいて春を呼びませう……〉

三月に入って暖かくなると気晴らしに長門峡を訪ねたりもしたが、中也はすでに病魔に冒されていた。「長門峡といふ所に行き、旅館兼料理屋といふ所で四本ばかり飲み、その帰りの汽車でアゲたくなつたので洗面所へ行つたらゲロに混つて、可なりの血です」（三月一六日に竹田鎌二郎に宛てた手紙）。運動すれば疲れ、無性に肩が凝るので酒を控え、茶の代わりに漢方薬のゲンノショウコを飲むといった有様だ。

文也を連れて実家近くの湯田温泉街の端、権現山付近を歩いたのも、そのころだった。文也が夭折（昭和一一年一一月没・享年二歳）したあとに記した「文也の一生」に、「坊やを肩車して権現山の方へ歩いたりす。一度小生の左の耳にかみつく」と見える。そこは地元民たちが「権現様」と呼ぶ見晴らしの良い小高い丘で、石段を登ると熊野神社が鎮座している。弟の思郎が、「中也は、よく学校をサボっては権現様の丘上で休んだ」（『中原中也必携』）と回想しているように中也に馴染み深い場所だが、今、権現山に登っても、目の前にいくつかのビルが建ちふさがり、当時のように湯田の街を一望することはできない。

昭和一〇年三月二六日に弟の呉郎が山口高等学校に合格したのを見届けると、中也は東京に戻る。妻孝子を同行しなかったのは眼病が完治してないことと、文也を育てるのに人手の多い湯田のほうが好都合だったからだ。

一方、東京では保田與重郎、神保《じんぼ》光太郎、亀井勝一郎、中島栄次郎、中谷孝雄、緒方隆士の六人が日本回帰の文学をもくろみ、月刊誌『日本浪曼派』を創刊したばかりだった（昭和一三年八月号で終刊）。

四月、中也は昭和二年秋に訪問して（第四章「見渡すかぎり高橋新吉の他、人間はをらぬか」）以来、約八年ぶりに佐藤春夫に会い、〈**悲しい　夜更が　訪れて／菫**《すみれ》**の　花が　腐れる　時に／神様　僕は　何を想出したらよいんでしょう?**〉ではじまる「聞こえぬ悲鳴」と、〈**一夜彗星**《すいせい》**が現れるやうに／天変地異は起ります／そして恋人や、親や、兄弟から、／君は、離れてしまふのです、君は、離れてしまふのです**〉で終わる「十二月《しはす》の幻想」の二つの詩を書いている。

うたひ歩いた揚句の果は

昭和一〇（一九三五）年四月に中也は伊豆大島へ一泊旅行した。『紀元』の同人であった若園清太郎の友人に東海汽船の宣伝課員がいて、その人の世話で『紀元』に関係していた作家や詩人たちが招待されたのだ（『中原中也全集　別巻』「解説補遺」）。このとき中也は「大島行葵丸にて」という詩を書く。

〈**夜の船より僕唾吐**《ぼかつば》**いた／ポイ　と音**《おと》**して唾**《つば》**とんでつた／瞬時**《しばし》**波間に唾**《つば》**白かつたが／ぢきに忽**《たちま》**ち見えなくなつた**
（後略）〉

一緒に乗船した隠岐和一は、古めかしい陣の丸旅館の一室で中也と語り合ったと「詩人の運命―中原中也と黄瀛―」（＊1）で語っている。隠岐は生まれ故郷の京都の龍安寺石庭や安養寺に関する話、そして妙心寺異聞や一条戻橋の昔話をしたが、中也は興味を示さないばかりか、「そんな話は詰まらないぜ」と文句ばかりを並べた。そこで七軒町の芸者の話をすると、好色そうにニヤニヤ笑い出したそうだ。

このころ中也は銀座の出雲橋にあった小料理屋「はせ川」でもよく飲んでいた。銚子一本が二〇銭か二五銭でビールが三五銭か四〇銭の庶民的な店で、二階の小座敷が『文学界』の同人会の会場だったと野々上慶一が「小林秀雄カラミ道場」（『高級な友情』）で書いている。その「はせ川」に中島健蔵が五月二〇日の夜、立ち寄ると、中也が青山二郎や野々上たちと飲んでいて、離れて座っていた河上徹太郎のところに小林秀雄や今日出海たちが合流して、割れるような騒ぎになったらしい（『回想の文学②』）。

中也の詩が次々掲載されていた時期で、五月に『文学界』に「朝鮮女」、『歴程』に「寒い！」と「北の海」、『帝国大学新聞』第五七七号に「春日閑居」が載り、『早稲田大学新聞』第四号にも「雨の降るのに」と「落日」が掲載されるといった具合だった。

日本青年館でフランス帰りのソプラノ歌手・太田綾子が中也の詩「春と赤ン坊」と「妹よ」を独唱したのは六月三日である。諸井三郎が曲をつけた作品で、このころから彼女が公の場で歌いはじめる。六月一四日のＪＯＡＫのラジオでも太田が「春と赤ン坊」を歌う。

〈菜の花畑で眠つてゐるのは……／菜の花畑で吹かれてゐるのは……／赤ン坊ではないでせうか？／／いいえ、空で鳴るのは、電線です電線です／ひねもす、空で鳴るのは、あれは電線です／菜の花畑に眠つてゐるのは、赤ン坊ですけど〔後略〕〉〔＊2〕

その日の夜も『文学界』の集まりが銀座の「はせ川」で開かれ、中也は野々上慶一、小林秀雄、青山二郎、今日出海、林芙美子、渋川驍、中村光夫、中島健蔵たちと出席した。途中、文芸春秋社の菊池武憲が顔を出したが、中島によると、「退屈でうんうんいっているような会」（『回想の文学②』）だったようだ。

彼らが芝浦の安待合「小竹」に繰りだし、雑魚寝していたのもそのころで（「小林秀雄カラミ道場」『高級な友情』）、当時、中也が作った詩に「夏の明方《あけがた》年長妓《としま》が歌つた　――小竹の女主人《ばばあ》に捧ぐ」というのが見える。

〈うたひ歩いた揚句の果は／空が白むだ、夏の暁《あけ》だよ／随分馬鹿にしてるわねえ／一切合切《いっさいがっさい》キリガミ細工／銹《さ》び

付いたやうなところをみると／随分鉄分には富んでるとみえる／林にしたつて森にしたつて／みんな怖《お》づ怖づしがみついてる〔後略〕〉

この時代を中也と過ごした野々上慶一に、佐々木幹郎がインタビューしている。

【佐々木】小竹にはたくさんの文学者たちが集まったんですが、中也も来ましたね。【野々上】中也も来たりしていましたよ。芸者を買ったりしていた。【佐々木】このころ待合というのは、どういうシステムになっているんですか。料亭でしょうか。【野々上】料亭でもあるし、売春宿でもあるし、場所によりますね。新橋とか柳橋とかいう一流のところはそういうことはしないけれど、小竹あたりはやっていたわけです。浅草でもそうだ。芸者は置屋から呼びます。それで泊まってもいくわけです。いやだと言って断られることもあるし。【佐々木】そこでは、中也だけではなくて、小林さんも青山さんも野々上さんも芸者を買うということがあったわけですか。【野々上】そうです。そういうときもあったわけですね。

（「『文圃堂』のこと」『中原中也研究　第二号』）

「小竹」で芸者買いに明け暮れていた六月七日、中也は四谷花園アパートから日本放送協会（ＮＨＫ）の評議員を務めていた中原岩三郎（妻孝子の大叔父で下殿中原家一二代目）の市ヶ谷谷町（現、新宿区住吉町）の持ち家に引っ越す。妻子を連れて上京すれば花園アパートでは狭かったからだ。このため四月から花園アパートに居候していた高森文夫の弟淳夫（画家志望）も、中原岩三郎の下宿で中也と一緒に暮らすことになる。

〔＊1〕初出は『紀元』昭和一二年一一月号であるが、本稿では『新編中原中也全集　別巻〔下〕』「追悼文」に転載されたものを参照した。

〔＊2〕平井啓之は『テキストと実存』において、戦時中に第三高等学校の文芸部員が中也の詩の中で人気投票したとき、「春と赤ン坊」が人気ナンバーワンだったとしている。理由は、「人間的な安らぎを、ほとんど本能的に希求していた」からであった。

或る日君は僕を見て嗤《わら》ふだらう

昭和一〇（一九三五）年の六月末に中也は湯田に帰省し、生後半年の文也に会った。その後、東京帝大を卒業して春に宮崎に帰った高森文夫を訪ねるため日向まで旅に出たのが七月初旬。三、四日の宿泊だったが、毎度ながら待合や遊廓で遊んだらしく、竹田鎌二郎に宛てた手紙に、「キレイな女が二人ゐた」（七月二三日）と書いている。それから再び湯田に戻るが実家で腹をこわし、一〇日間ほど下痢に苦しむ。孝子と文也を連れて上京したのは八月一一日で、着京後の九月一九日に「詩人は辛い」という詩を書く。

〈私はもう歌なぞ歌はない／誰が歌なぞ歌ふものか／／みんな歌なぞ聴いてはゐない／聴いてるやうなふりだけはする／／みんなたゞ冷たい心を持つてゐて／歌なぞどうだつたつてかまはないのだ／それなのに聴いてるやうなふりはする／そして盛んに拍手を送る／／拍手を送るからもう一つ歌はうとすると／もう沢山といつた顔／／私はもう歌なぞ歌はない／こんな御都合な世の中に歌なぞ歌はない〉

このころ中也は、花園アパートの青山二郎の部屋に行くとウィンザー・チェアの上にあぐらをかき、しわがれ声で自作の詩を朗読していた（野々上慶一著「ウィンザー・チェアのこと」『高級な友情』）。独特な中也の朗読に草野心平などは大いに魅了されたが、それでも酒に酔って毒づきながら長々と朗読をつづけたら、やはりみんな呆れる。それで結局、「私はもう歌なぞ歌はない」と中也が不機嫌になるのだ。

そんな中也も一家の主となったことで、母フクは多額の仕送りをはじめる。その金で昭和一〇年九月二一日に岐阜の女性を女中として雇うのだ。

実祖父・中原助之の五〇年忌で、横浜に墓参りに行ったのは九月二三日だった。その日の日記に、「祖父の五た十年忌。墓参に横浜にゆく。高森同伴。横浜のまちを歩く」と記している。助之の墓は横浜の久保山墓地（現、横浜市西区元久保町）にあり（『私の上に降る雪は』）、このとき母フクが遺骨を持ち帰って吉敷の経塚墓地に移した（「家系・郷土」『中原中也全集　別巻』）。

フクは中也の行く末を不安に感じていた。このため養母コマ（二月に亡くなった）の甥（金子姓）が働いていた読売新聞社に不肖息子の就職を頼みに行く。中也も働かなければと考えはじめていた時期で、詩集『山羊の歌』をフクに持たせ、「まあ、これでも土産にもっていらっしゃい。このぐらいのことをする男ということがわかるでしょうから。そして、就職のことをお願いしてください」と自信いっぱいで告げた。多くの同人誌に詩が発表されていたし、高村光太郎の装丁で『山羊の歌』も出したばかりだった。それにラジオでも自作の詩に曲がつけられて流されていたので就職にも自信があったのだ。しかしフクは読売新聞社に就職願いを出しただけで、新聞社からは、その後、なんの音沙汰もなかった（『私の上に降る雪は』）。詩人として中也の評価と、サラリーマンとしての就職は全く関係なかったのだ。就職に失敗したことを自覚した中也の自尊心は大いに傷つく。一〇月五日に書いた詩「曇つた秋」からは、肩を落とした中也の姿が浮かびあがる。

〈或る日君は僕を見て嗤《わら》ふだらう、／あんまり蒼《あを》い顔してゐるとて、／十一月の風に吹かれてゐる、無花果《いちじく》の葉かなんかのやうだ、／棄てられた犬のやうだとて。〔後略〕〉

「日大専門部二年生（夜間）で、正直で敏活な男だが、それが是非就職したいのだが、石炭の方に使つては貰へまいか」

一〇月一〇日に中也は久々に長谷川泰子に手紙を書いた。「男」とは和田要のことで、泰子の夫の中垣竹之助が経営する石炭問屋で、和田を使って欲しいというのだ。一〇月二〇日には中垣本人にも手紙を出す。「日大の和田要の履歴書近日中に御送付申上ますから此の方も何分宜敷お願ひ申します」

自らは就職に失敗しながら、知人の就職を心配するあたりはいかにも世話好きの中也らしい。このころ中也には新たな詩人たちとの交流がはじまり、『日本浪曼派』に詩を書きはじめたばかりの伊東静雄にも『わがひとに与ふる哀歌』を寄贈してもらった礼状を一〇月一八日に出している。また、二六日には築地の宮川で開かれた萩原朔太郎の『絶望の逃走』の出版記念会にも出席していた。

さてもかなしい夜の明けだ!

昭和一〇(一九三五)年一一月三日の中也の日記に、「夜、高森に古本を売つて来て貰ふ。それにて蓄音機の針と〈オブローモフ〉の第二、三、四編を買ふ」とある。

古本を売りに行かせた高森とは、市ヶ谷谷町の中原岩三郎の家で同居していた画家志望の高森淳夫のことだ。以後、一一月八日まで中也は『オブローモフ』を読み続け、九日に再び高森淳夫とともに神楽坂に古本を売りに行き、レコード一枚を買った。このころは読書とフランス語の勉強に明け暮れていたようで、一一月一九日の日記にも、「近頃訪問者が少いのでほんとによい。人に会はうものなら勉強なんか出来ない」と記している。この間、一一月五日に発行された『四季』一二月号に詩「青い瞳」を発表していた。

「1　夏の朝」……〈かなしい心に夜が明けた、／うれしい心に夜が明けた、／いいや、これはどうしたといふのだ？／さてもかなしい夜の明けだ!(後略)〉

「2　冬の朝」……〈それからそれがどうなつたのか……／それは僕には分らなかつた／とにかく朝霧罩《こ》めた飛行場から／機影はもう永遠に消え去つてゐた。／あとには残酷な砂礫だの、雑草だの／頰を裂《き》るやうな寒さが残つた。(後略)〉

のちに起こる大東亜戦争(太平洋戦争)とその敗戦を予言するような不吉な作品である。そして、「さてもかなしい夜の明けだ!」のフレーズは、中也の実祖父・中原助之や大伯父・小野虎之丞が用意した明治維新後の日本を語っているようにも見える。

一方、一一月二一日の日記では中村光夫に対する痛烈な批判を行った。

「中村光夫―これは今大評判の批評家だ。然しみてゐるがいい。〈老獪な秀才〉でしかないことがやがて分かるから。尤も、老獪にしろ何にしろ、秀才さへもが珍しい当今文壇のことだから、表向きは、中村光夫を褒める方が賢明なことであるといふこと」

中也は『文学界』一一月号にランボオの「孤児等のお年玉」を訳載したが、同じ号に中村光夫の「リアリズムについて」が掲載されたことでひと悶着が起きる。事件を間近で見ていた長谷川泰子が顛末を語る。

「中村光夫さんが〈レアリズムについて〉というのを書いたことがありました。それは左翼的な書き方のところがあったんでしょう、そこが中原には気に入らなかったみたいです。あるとき、中原たちとゾロゾロと料理屋に行ったとき、中原は連れ立って一緒に行った中村さんをつかまえて、卓の上に倒しちゃって、首をしめました。〈こいつめ、左翼のようなこと書いて、……〉とか何とかいって、中原は一人で腹を立てていました。中村さんはされるがままに、包丁を入れられる鯉みたいにジーッとしておりました」

前年秋にはビール瓶で頭を殴られ、今回は首を絞められたのだから中村もたまったものではない。この時期の中也は中村を目の敵にしていた。

新宿で開かれた伊東静雄の『わがひとに与ふる哀歌』の出版記念会に中也が参加したのは一一月二三日の夜だった。一〇月五日に刊行されるとすぐに日本浪曼派の同人たちが賞賛を浴びせた伊東の処女詩集で、なかでも萩原朔太郎が絶賛していた。出席者は、中也のほかは『コギト』の同人と、萩原朔太郎、室生犀星《むろうさいせい》、三好達治、丸山薫、津村信夫、立原道造《たちはらみちぞう》、太宰治、山岸外史《やまぎしがいし》たちである。

当日の中也の日記に、「伊東静雄を伴つて青山訪問。伊東自家に来て泊る」と見えるが、当日のことは『詩人、その生涯と運命』に詳しく記されている。それによると、二二日に夜行電車で東上した伊東は、二三日の昼に高円寺に保田與重郎を訪ね、保田と一緒に新宿三越裏にある焼き鳥屋の二階の出版記念会場に赴いたらしい。会は盛り上がるというより、萩原朔太郎と三好達治の論争で激高した。萩原が伊東を褒め、三好が反論して激しくぶつかったのだ。しかし伊東にとって心配ごとは、田舎から出てきた自分に泊まれといってくれる知人がいなかったことである。不安になりはじめたとき、泊まらないかと中也が声をかけてきたので伊東は喜ぶが、寂しがり屋の中也の目的は二次会の酒を一緒に飲むことだった。それで閉会後に二人でおでん屋になだれ込み、散々飲み食いした挙句、勘定を払う段になると中也がぶしつけに告げた。

「おい。伊東君。ところで東京という所は妙な所で、お上りさんの方で勘定を持つ仁義になっていますんですが……ヘイ」

親切にされているとばかり思っていた伊東は憤慨するが、右も左もわからぬ東京ゆえ、中也の家に泊めてもらう他はなく、渋々おでん屋の代金を払うと、酔っ払った中也の肩を抱きかかえて市ヶ谷谷町の中也の下宿に向う。青山二郎の花園アパートに寄ったのは、その帰宅途中だったのである。

第八章　死出の旅路（千葉―鎌倉時代）

さよなら、さよなら！
　こんなに良いお天気の日に
お別れしてゆくのかと思ふとほんとに辛い
　こんなに良いお天気の日に

（詩「別離」）

雪が降るとこのわたくしには

日本大学の学生だった和田要を石炭問屋で雇って欲しいと中垣竹之助に頼んでいた中也だったが、おそらくその希望がかなえられたのだろう、昭和一一年二月二二日の中垣宛の手紙に、「御無理なお願ひ早速お聴取被下《くださり》寔《まこと》に有難《ありがと》うございます」と書いている。

そして翌二三日から東京に大雪が降りはじめ、二五日まで降りつづく。銀雪の上に一四〇〇名の将兵が蹶起する二・二六事件が起きたのは、翌二六日の夜明け前だった。

彼らは首相官邸をはじめ、各大臣の公邸や私邸を襲撃して占領し、英米派と目された重臣や元老たちの暗殺を謀った。不況と汚職に政府は何の手立ても打たないばかりか、自らもその腐敗に浸りきっていた。このような世情に実力で異を唱えた青年将校たちの行動が二・二六事件だったのである。君側の奸を撃ち、国体を擁護したうえで国民を救うという理論的支柱は北一輝の『日本改造法案大綱』に込められていたが決起は成功せず、三日後の二九日に鎮圧される。日本の革命は明治維新で明らかなように、玉（＝天皇）を奪った方が勝ちだが、二・二六事件では天皇を味方に付けることができなかったばかりか、天皇自身により叛乱軍として鎮圧された。明治維新ではイギリスが革命軍（長州藩）の裏に付いたが、二・二六事件には外国勢力のそれがなかった。そればかりか、二・二六事件は明治維新以後にかたちづくられたイギリスと連携した長州閥政権（山県有朋を頂点とする軍事政権）に対する異議申し立ての側面があった。このように謎を多く含んだ事件に触発されて書いたと思われる中也の詩が「雪の賦」だった〔＊1〕。

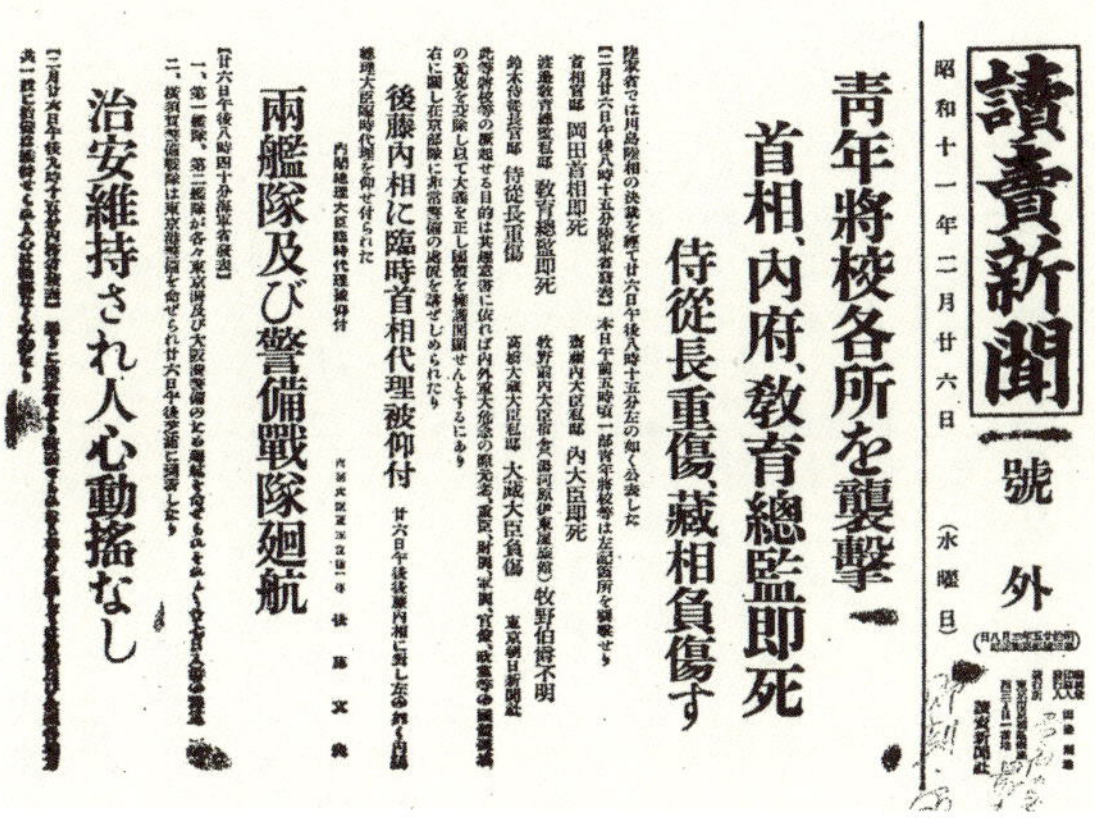
讀賣新聞
號外
昭和十一年二月廿六日（水曜日）
青年將校各所を襲撃
首相、內府、教育總監即死
侍從長重傷、藏相負傷す
陸軍省では川島陸相の決裁を經て廿六日午後八時十五分左の如く公表した
首相官邸　岡田首相即死
齋藤內大臣私邸　內大臣即死
渡邊教育總監私邸　教育總監即死
牧野前內大臣宿舍（湯河原伊東屋旅館）牧野伯爵不明
鈴木侍從長官邸　侍從長重傷
高橋大藏大臣私邸　大藏大臣負傷
東京朝日新聞社
後藤內相に臨時首相代理被仰付
內閣總理大臣臨時代理被仰付
兩艦隊及び警備戰隊廻航
治安維持され人心動搖なし

2・26事件を伝える当日の『読売新聞』〔号外〕

〈雪が降るとこのわたくしには、人生が、／かなしくもうつくしいものに――／憂愁にみちたものに、思へるのであつた。／／その雪は、中世の、暗いお城の塀にも降り、／大高源吾《おおたかげんご》の頃にも降つた……〔後略〕〉

この詩は三好達治らによって復刊された『四季』四月号に掲載される。「大高源吾」は元禄一五（一七〇二）年一二月、吉良邸に討ち入った赤穂浪士の一人である。中也にとって二・二六事件は「忠臣蔵」だったのか。残念ながら事件当時の中也の日記や書簡は見つかってないが、青年将校たちが鎮圧される前の二月二七日の日記に、「アナトール・フランス〈追憶の薔薇〉読了」と記している。蹶起現場に近い市ヶ谷谷町（現、新宿区住吉町）で暮らしていた中也は事件に無関心でいられるはずはなかったろう。

弟の拾郎が早稲田大学の入試のために上京したのは、それから間がない三月一〇日ごろであった。そして合格した拾郎が早稲田大学に通うため、市ヶ谷谷町の中也の下宿に居候することになる。当時を母フクが語る。

「そのころ、拾郎はハーモニカばかりふいていたそうです。それでなにか催しがあると、よくよばれてハーモニカを、ふきにいくんです。中也はそのことで拾郎に、〈へんなことをするな〉とか、〈兄貴の顔をよごすな〉など、いちいち干渉したそうです」〔＊2〕

平成二〇年二月一〇日、湯田の中原中也記念館で平成一五年三月に八五歳で亡くなった（伊藤）拾郎さんを偲び、親交のあった仲間たちがハーモニカの演奏会を開いた。「兄貴の顔をよごす」どころか、中也ファンを立派に喜ばせたのである。

一方、四月一二日付で松田利勝に宛てた葉書には、「毎日ダダの詩を発表するのにも疲れ　田舎にでも引込みたい」と心境の変化を綴っている。「あんなに外出好きだつたのが、此の節ではすつかり引籠つて、子供と遊んでばかりゐます」とも。

二・二六事件に連座した（磯部浅一、村中孝次、北一輝、西田税を除く）将校及び民間人一五名が処刑されたのが事件から五ヵ月後の七月だった。同じ月に中也が作った詩が「曇天」〔＊3〕である。

〈ある朝　僕は　空の　中に、／黒い　旗が　はためくを　見た。／はたはた　それは　はためいて　ゐたが、／音は　きこえぬ　高きが　ゆゑに。／／手繰り　下ろさうと　僕は　したが、／綱も　なければ　それも　叶《かな》はず、／旗は　はたはた　はためく　ばかり、／空の　奥処《おくが》に　舞ひ入る　如く。〔後略〕〉

すでに述べたように、二・二六事件には明治以後の長州閥政権政への異議申し立ての側面があった。中也の実祖父・中原助之や大伯父・小野虎之丞が大きな犠牲を払って樹立した新体制は、やがて長州閥政権と揶揄されるようになるが、新時代に報いられた長州人もまたごく一部に過ぎなかった。特に士族階級の窮乏は著しく、明治九年の時点で早くも萩では前原一誠に代表される長州士族が反発し、新政府に弾圧されていた。吉敷毛利家臣の子孫である中也もその延長上にいたなら、二・二六事件は彼にとっても複雑な出来事であったはずである。果たして彼にとって二・二六事件とは何であったのか。

〔＊1〕福島泰樹は『誰も語らなかった中原中也』で、「中原は、昭和十一年二月の二・二六事件に刺激を受け、〈雪の賦〉を制作したと私は推断している」という。

〔＊2〕拾郎が中也の家に寄宿したのは八ヶ月間で、以後は別の下宿に移るが、監督者の中也が来て部屋に入るなり、「飯を食わせてくれ」と言った。カレーライスを食べても一〇銭の代金を払うのは拾郎だった。拾郎は六歳のとき、軍医だった父謙助から複音ハーモニカを貰い、二三年間勤めた広告会社を定年で辞めたあとハーモニカ奏者となる（平成一〇年四月一〇日『朝日新聞』〔夕刊〕「中也の末弟コンサート」）。

〔＊3〕別説として青木健が『中原中也―盲目の秋』で、子供時代の中也が広島時代を終える明治四五年七月に明治天皇が崩御したときの記憶が元になり「曇天」が作られたという意味のことを書いている。

詩人達に会ふことはまつぴらだ

二冊目の翻訳詩集『ランボオ詩抄』が山本書店から刊行されたのは昭和一一年六月二五日。長谷川泰子の夫となった中垣竹之助に、「おきゆうの山之口に電話しましたがそのたびに出掛けてゐます」と中也が手紙を書いたのは、それから五日後の六月三〇日だった。「おきゆう」とは「お灸」のことで、山之口とは詩人の山之口貘のことである。それというのも山之口が「お灸」の名手だったからだ。彼は『歴程』の会合で中也から肩こりの悩みを打ち明けられたことで、つぎの会合で、「鍼をうたうか」と中也に言っていたのである（「中原中也のこと」『新編中原中也全集　別巻〔下〕』）。

このように中也が肩こりで悩んでいたころ、『文学界』七月号（七月一日発行）が発行され、六月号に発表していた詩「六月の雨」が文学界賞の選外一席となる（二票獲得）。

〈またひとしきり　午前の雨が／菖蒲《しょうぶ》のいろの　みどりいろ／眼《まなこ》うるめる　面長き女《ひと》／たちあらはれて　消えて
ゆく／／たちあらはれて　消えゆけば／うれひに沈み　しとしとと／畠《はたけ》の上に　落ちてゐる／はてしもしれず
落ちてゐる／／お太鼓叩いて　笛吹いて／あどけない子が　日曜日／畳の上で　遊びます／／お太鼓叩いて　笛

吹いて／遊んでゐれば　雨が降る／櫺子《れんじ》の外に　雨が降る〉

ここに見える「たちあらはれて　消えてゆく」「眼うるめる面長き女《ひと》」とは、かつての恋人・長谷川泰子のことではないのか。また、「お太鼓叩いて　笛吹いて」遊ぶ「あどけない子」は文也ではないのか。「六月の雨」には虚実入り乱れる中也の幻の家族が投影されているように見える。

一方、授賞作は四票を獲得した岡本かな子の小説「鶴は病みき」だった。受賞は岡本が『文学界』のスポンサーであったことも影響していたらしい。これより前、中也は母フクに、「ぼくは文学のなんとか賞を、もらうことになっとるんですよ」（『私の上に降る雪は』）と語っており、自分が文学界賞を受賞するものと思っていたようだ。しかし選外になったことで忸怩《じくじ》たる思いがあったらしい。

その後、七月二一日の日記に、「堀口大学を訪ねる、留守」とか「三好達治の所へ寄る。一寸散歩に出てゐる、ぢきに帰るとのことであつたがすぐに帰る」と記しているので、友人たちのところを訪ね回っていたのだろう。それから三日後（七月二四日）に『遺言的記事』と題し、「文也も詩が好きになればいいが。二代がゝりなら可なりなことが出来よう」と不吉なことを記した。まるで一年後（昭和一二年一〇月二二日）に自分が死ぬことを予言しているようだ。

孝子と長男の文也を連れて上野不忍池《しのばずのいけ》の畔で開催された国体宣揚大博覧会を見学に行ったのは七月末だった。「文也の一生」に、「万国博覧会にゆきサーカスをみる。飛行機にのる。坊や喜びぬ。帰途不忍池を貫く路を通る。」と記している。

日記を追っていくと、少し飛んで九月一七日には生長の家の創始者である谷口雅春が著した『久遠の実在』を読んだ感想として、「これは全く正しい論法だ。所々俗な所のあるのは、民衆相手の思想家のこととて致し方あるまい」と感激している。中也が褒めるこの本は、『生命の実相』につづく生長の家の第二聖典として昭和八年一二月に刊行されたものであった。孝子の眼病や自らの吐血や腹痛、肩こりなど、夫婦そろって体調が悪かったことで病気直しの目的から読んだとも考えられるが、それとは別に、昭和七年初頭に高森文夫や阿部六郎に本居宣長の『直毘霊』を勧めていた意識と連続したものであったのかもしれない。ともあれ三月一日の日記に、「文学なんて大したものではない」と語った中也が絶賛しているのをみると、『久遠の実在』が彼にとって文学以上の価値があったことだけは確かである。つづいて九月二三日の日記に、「詩人達に会ふことはまつぴらだ。今夜四季の会に出なかつただけでもなにか相当な得のやうに思はれる」と書いているので、友人たちとの折れ合いの悪さは相変わらずだったことがわかる。

毎日出かけるのはいやだな

中也がＮＨＫの就職試験を受けたのは昭和一一（一九三六）年の秋だった（『中原中也全集　別巻』「作品・伝記年表」）。その試験までを母フクがつぎのように語っている。

「ＮＨＫへ就職しようとしたときは、中也自身がいきました。まあ、その就職も自分からすすんでというものではなかったんです。中原岩三郎さんが、〈中也さんもどこかにでにゃあ、いつまでも仕送りしているお母さんが困ろう。私が理事をしとるＮＨＫに、頼んであげよう〉と心配してくださいました。それで、中也はＮＨＫに面接試験をうけにいきました。文芸部長の小野賢一郎という人から、口頭試問をされたといっておりました。なんでも、そのときは中也を採用してもよい、ということだったと思います。すると、中也は〈毎日出かけるのはいやだな〉といいはじめました。そんな理由で、放送局へはい

中也にＮＨＫへの就職を勧めた中原岩三郎。明治元年に山口町吉敷上東で生まれ、東京帝大（工学部）卒業後、東京電燈社長となる。昭和16年、生家近くの吉敷上東—山口赤妻間に私費で道路（中原道路）を建設した〔中原中也記念館提供〕

かなかったんです」

吉田秀和が中也から聞いたところでは、面接のときに「放送局に入ったら、どんなところで働いてみたいと思うか?」と質問を受けた際、「玄関の守衛になりたい」と答えて落ちたとしている(「中原中也のこと」『吉田秀和全集一〇』)。また、フクに語った「毎日出かけるのはいやだな」という言葉も、吉田にはもう少し具体的に語っていた。

「放送局ってのは、なかに入ってみると、職員が、みんな、まるで爪先きでそっと歩いているみたいなところだったよ。放送の邪魔にならないようにというのかどうか知らないが、それより、上役に気がねし、あたりに気がねし、みんながみんなに気がねばっかりして、歩く時まで、そっと音のしないように気をつけているところだ。そんな奴らとばっかり顔をあわせてるんじゃたまらない」

中也は人に使われるのが嫌だったのだろう。それは代々吉敷毛利家臣として生きてきた新家中原家の跡継ぎとしての血の誇りであったのかもしれない。実際、ほとんど無収入にもかかわらず、妻子を養い、女中まで雇っていたため、月々の決まった仕送りのほかに一〇〇円送れと母フクに頼んでいた。その金で家族を連れて動物園や映画を見に行っていたのだから、外から眺めるなら、ブルジョア風情の気楽な一家だった。ただ、中也にしても就職などしている暇はなかったようで、一〇月三〇日の日記に、「もうもう誰が何と云つても振向かぬこと。詩だけでもすることは多過ぎるのだ」と記している。この時期、彼は詩作とフランス語の勉強、読書に明けくれ、同日の日記に、「二十二日以来外出せず。今月は外出せしこと四五回。月に五回も外出すれば沢山なり」と記している。自分を理解してくれない世の中に嫌気がさし、世俗と関わりたくないという気持ちから、多少、引きこもり気味になっていたのかもしれない。

一一月三日には午後に阿部六郎を訪問し、夕方から渋谷に出て酒を飲んだようで、翌日には二日酔いの頭でチェーホフの『曠野』を七、八年ぶりに再読したとある。そのあとで、「田舎へ帰りたくなつた」とつづける。

文也の胃の調子が悪いようで、「終日むづがる」とも見える。中也の魂が、帰る場所を求めはじめていたのか。

正確な制作時期は不明ながら、「砂漠」という詩は、このころ作られたと思われる〔＊〕。

〈砂漠の中に、／火が見えた！／砂漠の中に、／火が見えた！／／あれは、なんでがな／あつたらうか？／あれは、なんでがな／あつたらうか？／／陽炎《かげろう》は、襞《ひだ》なす砂に／ゆらゆれる。／陽炎は、襞なす砂に／ゆらゆれる。〔後略〕〉

中也が砂漠の中に見た火とは何であろうか。滅びて去った新家中原家の祖先たちの魂の火か。それとも、もうすぐ文也が死ぬことを告げる魔の火か。この不可解な火に導かれ、中也自身も死出の旅路に歩み出たとは考えたくはないが。

〔＊〕『新編中原中也全集　第二巻〔解題篇〕』では制作時期を昭和一〇年一一月から同一一年後半と推定している。

また来ん春と人は云ふ

「午前九時二十分文也逝去」

中也が日記に記したのは昭和一一年一一月一〇日だった。二歳の誕生日から一ヵ月後、文也が小児結核で亡くなったのだ。愛児を失った中也の様子を母フクが語る。

「私が文也の死を知らされて、山口から上京しましたのは、ちょうど文也の葬式の日でした。中也が遺体を抱いておりました。まあ、気のすむまで抱かしてやったらええんじゃろう、とみんな黙って見ておりました。けど、中也はいつまでも抱いて離さんのです」

結局、中也から遺体をひき離して棺に納めたのはフクだった。「中也は文也の葬式を出した日から、仏さまの前に行って、しきりにおがんでおりました。四十九日の間は、お坊さまにも、毎日きていただいて、お経を読んでもらっておりました。文也の位牌は二階の六畳の間に置いてありましたから、中也はそこから離れませんでした。そして、毎日きてもらうお坊さまと、長いこと話をしておりました」

息子を失った悲しみを詩「また来ん春……」に書いたのは間もなくしてである。

〈また来ん春と人は云ふ／しかし私は辛いのだ／春が来たつて何になろ／あの子が返つて来るぢやない〔後略〕〉

さらに放心の悲しみを詩「月の光　その一」に書いて癒しを求める。

〈月の光が照つてゐた／月の光が照つてゐた／／お庭の隅の草叢《くさむら》に／隠れてゐるのは死んだ児だ／／月の光が照つてゐた／月の光が照つてゐた／／おや、チルシスとアマントが／芝生の上に出て来てる〔後略〕〉

チルシスとアマントはヴェルレーヌの詩「マンドリン」に登場する子供である。「月」は中也の癒しの原点か、あるいは彼岸の象徴か。さらに詩「月の光　その二」がつづく。

〈おゝチルシスとアマントが／庭に出て来て遊んでる／／ほんに今夜は春の宵／なまあつたかい靄《もや》もある／／月の光に照らされて／庭のベンチの上にゐる〔後略〕〉

葬式がおわってしばらくして、フクは山口に戻る。それから一ヵ月が過ぎた一二月一二日、中也は思い出に浸りながら「文也の一生」を書く。「昭和九年（一九三四）八月　春よりの孝子の眼病の大体癒つたによつて帰省。九月末小生一人上京。文也九月中に生れる予定なりしかば、待つてゐたりしも生れぬので小生一人上京。十月十八日生れたりとの電報をうく」といった書き出しではじまる、長い長い回想文だ。

二男の愛雅《よしまさ》が生まれたのは文也の死から約一ヶ月が過ぎた一二月一五日だったが、日記には、「午後〇時五十分（かのと。未。八白）愛雅《ヨシマサ》生る。此の日半晴」としか書いてない。文也の死のショックから立ち直れないままだったのだろう。そして一二月二四日に詩「夏の夜の博覧会はかなしからずや」を制作する。七月末に上野で開催された国体宣揚大博覧会を文也と見に行ったときの回想詩だった。

〈夏の夜の、博覧会は、哀しからずや／雨ちよと降りて、やがてもあがりぬ／夏の夜の、博覧会は、哀しからずや／／女房買物をなす間、かなしからずや／象の前に余と坊やとはゐぬ／二人蹲《しやが》んでゐぬ、かなしからずや、やがて女房きぬ／／三人博覧会を出でぬかなしからずや／不忍《しのばず》ノ池の前に立ちぬ、坊や眺めてありぬ／／そは坊やの見し、水の中にて最も大なるものなりきかなしからずや、／髪毛風に吹かれつ／見てありぬ、見てありぬ、／それより手を引きて歩きて／広小路に出でぬ、かなしからずや／／広小路にて玩具を買ひぬ、兎の玩具かなしからずや〉

文也との想い出だけが、とめどもなくあふれ出したのであろう。「夏の夜の博覧会はかなしからずや」は更に「2」の番号が打たれ、〈その日博覧会に入りしばかりの刻《とき》は／なほ明るく、昼の明《あかり》ありぬ、／／われら三人《みたり》飛行機にのりぬ〔後略〕〉と、つづく。この詩を書き終えると、「冬の長門峡」の詩作にとりかかった。

〈長門峡に、水は流れてありにけり。／寒い寒い日なりき。／／われは料亭にありぬ。／酒酌《く》みてありぬ。／／われのほか別に、／客とてもなかりけり。／／水は、恰《あたか》も魂あるものの如く、／流れ流れてありにけり。／／やがても密《み》柑《かん》の如き夕陽、／欄干にこぼれたり。／／あゝ！　―そのやうな時もありき、／寒い寒い　日なりき。〉

昭和七年三月に安原喜弘と長門峡を訪ねたことや、昭和一〇年三月に文也に会うため帰省した際に長門峡を歩いたことなど、長門峡にまつわる思い出が走馬灯のように脳裏を巡っていたようだ。長門峡が山口高商の英語教師エドワード・ガンレット教授により萩出身の日本画家・高島北海が「長門峡」と命名した。中也が五歳（大正元年）のときで、中也が山口県の景勝地として紹介されたのは中也が五歳……

県立山口中学に入学した大正九年に萩出身の日本画家・高島北海が「長門峡」と命名した。それから四年後、中也の落第が決定し、立命館中学に編入する大正一二年三月に国指定文化財となる。自らの成長と共に世に知られた長門峡を中也が身近に感じ、愛したことは、帰郷するたびに足を運んだことでも明白だ。そして文也を失った悲しみの中で望郷の念を強くし、自身の回想として「冬の長門峡」を制作したのだ。

現在、「冬の長門峡」を刻んだ詩碑は、長門峡の入口の鮎料理店「洗心館」の隣に立っている。建立日は「昭和六三年三月二十日」で、「やがて蜜柑《みかん》の如き夕陽」のフレーズにちなんで蜜柑型の詩碑である。洗心館の隣に詩碑が建立されたのは中也の弟思郎が『中原中也必携』で、「大きくなって、酒を酌むところは、入口付近の料亭〈洗心館〉であった」と書いたからだが、地元には土地の旧家河村氏が経営していた原屋旅館で「冬の長門峡」が作られたのではないかという異説がある。長門峡の入口は川が左右に分かれるため「丁字川《ていじがわ》出合淵《であいぶち》」と呼ばれるが、そこを見下ろす位置にかつて原屋旅館があった。洗心館と川を隔てた対岸で、戦後は旅館業を廃し、すでに建物も壊されているが、近くに住む子孫の河村冨美子さん（昭和二年生まれ）が往時の原屋旅館の写真を見せながら私に語ったのは、つぎの言葉だった。

「昭和二二年に私が山口から嫁いで来たときは、もう原屋旅館は終ってました。ですが主人の両親（河村七治《しちじ》とフサヨ）から聞いた話では、昔からの旅籠《はたご》で、長門峡駅も、うちの土地を寄付したことで、すぐ上に造られたと聞いております。高島北海先生やエドワード・ガンレット先生なども泊まっておられたので、北海の絵やガンレットのサインがうちに残っています。中也さんが来られたかどうか聞いておりませんが、夕日が見えるのは原屋旅館しかないんです。それで土地の古い人たちは中也さんが〈冬の長門峡〉を作ったのは原屋旅館じゃなかろうかというんです。洗心館は山のすぐ下に建っておりますから、あそこからじゃ夕日は見えんのです」

原屋旅館の跡地に案内してもらうと、「丁字川出合淵」の対岸に洗心館が見え、そのすぐ背後に山が迫っていた。夕日はその山に沈む。もちろん中原思郎がいうように中也が洗心館に行っていたのは事実であろうが、原屋旅館に来たこともあったのではないか。

一方、文也の死は中也の心深い傷を残し、自らの生きる意味さえ分からなくした。精神に異常をきたしたのは、その結果だろう。孝子から中也の異変を聞いた母フクが再び東京に向ったのは大晦日で、翌日（昭和一二年正月）には思郎も市ヶ谷町の中原岩三郎の下宿に到着した。このとき中也の耳には巡査の足音が聞こえたり、文也の葬式のことで他人が悪口を囁く声が聞こえていたようで、フクが「そんなものは聞こえない」というと、「いや、聞こえる」と言い返したそうだ（『私の上に降る雪は』）。

思郎が『兄中原中也と祖先たち』で語るところでは、中也は二階の六畳間の薄暗い部屋で座していたそうだ。

「冬の長門峡」描写の舞台と地元で伝えられる「原屋旅館」（洗心館側から撮った戦前の写真・河村富美子さん蔵）

白い布をかぶせた机上に戒名「文空童子」を記した文也の位牌と山盛りご飯の茶碗を置き、線香が盛んに煙を上げていた。中也はその位牌の前に進み、頭を下げて合掌を何度も繰りかえし、ときどき「ハーッ」とため息を吐いたという。

思郎とフクは、中也の異常行動を詳しく知りたいと思い、斜向かいに住む海東元介《かいとうげんすけ》という老人に会いに行く。そして話を聞いて戻ろうとしたとき、中也が屋根に上っていたのを見つける。海東老人は若いころノイローゼになった自分の経験を語り、中也の精神状態が危険であることを伝えた。

思郎は酒を飲もうと誘って中也を屋根から下ろし、銀座に連れ出す。その帰りに中也が三好達治の家に立ち寄るが、このときの三好がひどく低姿勢だったとしている。そして、「〈詩ではあんたにかなわんよ〉と三好さんが言ったのをハッキリ覚えている」と思郎は語る。中也の没後、第二詩集の『在りし日の歌』が出たときに、三好が、「不思議に執拗な獨斷に根ざした、その認識不足からつひに救はれずに終つたやうである」と酷評したこと（昭和一三年五月二三日号『帝國大學新聞』「ぶつくさ」）で、中也に厳しい詩人と思われてきたが、意外にも三好は中也の詩を高く評価していたのかもしれない。そういえば昭和九年一〇月に復刊された『四季』に中也の参加を許したのは三好だったし、昭和一二年七月下旬に銀座の「はせ川」で中也の詩集の刊行話になったとき「僕に広告文を書かせよ」（本章「秋になつたら郷里に引上げようと思ひます」）といったのも三好である。

中也は夜店で銀杏をしこたま買い込み、タクシーの中でボリボリ食べながら下宿に戻るが、下宿の屋根を見て、「思郎、屋根の上に白蛇がいる」と叫んだ。その白蛇が文也を殺したと思っていたが、もちろん白蛇などいようはずもなかった。

丘の上サあがつて

千葉市千葉寺にあった中村古峡療養所（現、中村古峡記念病院）に中也が入院することになったのは、海東元介が母フクに紹介したからだ。中也がその病院に入ったのが昭和一二年一月九日である。フクが当時を振り返る。

「海東さんと中也と私の三人は、千葉にあったその療養所には、ブラブラでかけるという恰好をとりました。そこは精神病院でしたが、看板にはそう書いてありません。だから中也はそれと知らずに、素直に病院のなかにはいりました。」

中也はその後、安原喜弘に宛てた手紙（四月六日付）で、このときの詳細を伝えた。

「病室に連れてゆかれることと思って看護人に従いてゆきますと、ガチャンと鍵をかけられ、そしてそこにゐるのは見るからに狂人である御連中なのです。頭ばかり洗つてゐるのもゐれば、終日呟いてゐるのもゐれば、夜通し泣いてるのも笑ってゐるのもゐるといふ風です。—そこで僕は先づ、とんだ誤診をされたものと思ひました」

以後、二月一五日までの三八日間、療養生活を強要されるが、昭和五四年に中村古峡記念病院で発見された『病床日誌』によると、入院当日にルミナール（睡眠薬）が投与され、その後は週三回のリンゲル注射（栄養補給）が行われたらしい。一方、平成一一年三月に発見された日記『療養日誌』（一月二五日～三一日までの一週間分）では冒頭の一月二五日に、「朝六時起床。気持よし。水を汲んで来て元気に洗顔」とあり、「一番辛いのは土曜日でございます。注射もなければ談話会もなく、仕事もなく、退屈致しますので、ともかく里心も起つたり致します」と記している。談話会とは月、水、金の週三回、約一時間、患者全員を講堂に集めて院長が健康や修養をテーマに話をする会だった。もっとも『療養日誌』は病院側に検閲された文面なので、実際の気持ちは安原への手紙の中で語っているつぎの言葉であろう。

「餘儀ないまゝに一日二日と暮らすうち看護人が自分の面白半分に別に騒暴でもない患者をなぐったり胴上げしたりするのが癪に障って仕方なくなりました。而も文句を云ふこともどうすることも出來ない、何しろ鍵をかけられてるのです」

古今東西、精神病院は医療形式の刑務所で、国家や社会集団への反逆者や政治犯、社会に不都合な人間に「キチガイ」のレッテルを張り、収監する場所である。樋口覚が中也を「堕落した長州人」（『中原中也　いのちの声』）といった言葉には、そこまで含まれていたのか。中也はやはり、父祖たちが築いたはずの日本近代に殺された長州人だったのか。

中村古峡療養所の院長の中村古峡の本名は蓊《しげる》といった。明治一四年に奈良県に生まれ、苦学して東京帝国大学英文科に学び、夏目漱石に師事した後、明治四〇年に朝日新聞に入社して同四五年（大正元年）に朝日新聞に長編小説「殻」を連載した文学青年だった。だが弟が狂死したことで精神科医を目指し、東京医専に入り直して昭和四年に千葉市千葉寺で民家を借りて治療所を開設。中也の入院時に中村は五六歳、病院が出来て四年目だった（佐々木幹郎「〈療養日誌〉解題」『ユリイカ』二〇〇〇年六月号）。

中村古峡療養所で、はじめて野外作業があった一月三〇日に中也は外出に歓喜した。このとき『療養日誌』に「〈丘の上サあがつて、丘の上サあがつて〉」という詩を書く。

〈丘の上サあがつて、丘の上サあがつて、／千葉の街サ見たば、千葉の街サ見たばヨ、／県庁の屋根の上に、県庁

の屋根の上にヨ、／緑のお椀が一つ、ふせてあつた。／そのお椀にヨ、その緑のお椀に、／雨サ降つたば、雨サ降つたばヨ、／つやがー出る、つやがー出る〉

もう一冊、一月半ばから二月半ばにかけて記したノートに『千葉寺雑記』があるが、この中には「近代文学の衰弱の原因」や「美の流動性」などのエッセイ、「修道山夜曲」や「泣くな心」などの詩が綴られている。二月七日から八日にかけて書いたと推定される詩「泣くな心」のつぎのフレーズは、なかなか味わい深い。

〈〔前略〕由来褒められるとしても作品ばかり。／人間はどうも交際《つきあ》ひにくいと思はれたことも偶《たま》にはあつた。／それは誤解だとばかり私は弁解之《これ》つとめた。／さうして猶更《なおさら》嫌はれる場合もあつた。／／さうかうするうちに子供を亡くした。／私はかにかくにがつかりとした。その挙句が此度の神経衰弱、／何とも面目ないことでございます。〔後略〕〉

中也は療養所から早く抜け出し、友人たちと文学や詩の話をしたかったのだ。

テムポ正しく、握手をしませう

「僕ももうすつかりよく、毎日元気に働いてゐますから御安心下さい」

中也が母フクにそう書き綴ったのは、昭和一二年二月八日だった。手紙はつづく。

「扨《さて》僕事、治療がめき〳〵奏効しまして、もう余程元気なものですから、早く家に帰つて、仕事を始めたいと思ひます。海東さんの話では、今度退院しましたら郷里に連れて帰るとかお母さんは云つていらしたさうですが、僕はそれよりもやつぱり、東京にゐたいと思ひます。東京でないまでも、かねて話してゐましたやうに、鎌倉に越さうかと思ひます。それならば友達も数人ゐますし、何かと僕の気持も楽だと思ひます。家は安い空家が、いくらでもあると聞いてゐます」

鎌倉にいる友人とは小林秀雄、林房雄、川端康成たちだった。大岡昇平も同棲していたホステス（はるみ）と前年（昭和一一年）春に別れて下北沢から鎌倉に出て来ていた。

中也は二月一五日に中村古峡療養所から逃げ出すと、一七日に中村院長宛に、「私事入院中は一方ならぬ御世話に相成難有厚く御礼申上候」と御礼の手紙を出した。そして文部省に就職していた関口隆克と鎌倉町扇ヶ谷《おうぎがやつ》の家を探しにかかる。このとき中也は「四谷の家には子供の想出が多く、辛くて居堪れない」（「北沢時代以後」『新編中原中也全集　別巻（下）』）と打ち明けていた。それで小林の住んでいた近くの扇ヶ谷の寿福寺境内の家に二月二七日に転居するのだ。引越しを手伝った母フクは、「中也が借りた家というのは、扇ヶ谷の寿福寺境内にある六畳二間と四畳半と台所のある小さな家でした。〔略〕荷物は東京から鎌倉まで、トラックで運びました」と語っている。

いま、鎌倉の寿福寺の山門前には「壽福金剛禪寺」と刻まれた石碑が建ち、鬱蒼とした巨木の並ぶ苔むした参道が昔のままの姿で残っている。地元で聞いた話によると、明治維新後の鎌倉の禅寺は徳川家の庇護を離れて経営が難しくなり、高級軍人や銀行の頭取クラスに土地を貸して、そこから得られる収入で寺の生活を守ったそうだ。したがって現在でも境内に民家が何軒もあって人が暮らしているのであるが、「家は安い空家が、いくらでもあると聞いてゐます」と中也が手紙に書いたのも、そういう家のひとつだったのである。

もっとも中也が暮らした家はすでに崩されていたが、解体された板に住職が山号「亀谷山」の焼印を押し、「中原中也寓居古材」と墨書したものを出入りの職人たちに配ったものが一枚、鎌倉市中央図書館近代史料室に保管されている。

中也は寿福寺の借家に引っ越してから、「ボン・マルシェ日記」をつけていた。表紙に「AU BON MARCHE」と印刷されているので、そう呼ばれるが、フランス語の練習帖を兼ねた日記帳である。それによると借家に電話を付けていて、三月九日に、「深田に電話　大岡に電話　岡田に電話　病気がなほつたら、急にみんなに電話をかけてみたくなつた」と書いている。深田は深田久弥で、大岡は大岡昇平。岡田は鎌倉在住の彫刻家で小林秀雄

中也の終《つい》の住処《すみか》となった鎌倉の寿福寺

や今日出海らの友人だった岡田春吉のことだ。だが、翌一〇日に岡田や今を訪ねたが留守なので、鎌倉の街に出てレコードを聴くための蓄音機の針を買い、翌一一日には天主公教会大町教会に行って、フランス人宣教師の「Joly神父」に会っている。

この天主公教会大町教会は寿福寺から南に一キロほど下った民家の集まる界隈に「カトリック由比ガ浜教会」と門柱に記されている教会である。入口に円形のステンドグラスをはめ込んだ会堂があるが、それは新たに建て替えられたもので当時のままではない。

このころから中也は盛んに教会に通うようになったようで、一四日に「教会へ行く」、一五日に「正午過ぎまりゑ姉さん来る。共に教会に行き、神父と二時間ばかり雑談」と日記に書いている。「まりゑ姉さん」とは養祖父・中原政熊の弟清四郎とツナ夫妻の娘で西川家に嫁いだ西川マリエのことだ。彼女が鎌倉で教会に行くよう中也に勧めたのである。考えてみると禅宗の寿福寺の境内に住みながら、教会に通うのも中也らしい。このころ彼は文也の死と神社をテーマにした長い詩「春日狂想」も書いている。この詩は昭和一二年五月号の『文学界』に発表されたが、**〈愛するものが死んだ時には、／自殺しなけあなりません。〉**という奇妙なフレーズからはじまる。

そしてキリスト教の教会ではなく、なぜか中也の心は神社に向かうのだ。

〈〔前略〕神社の日向を、ゆるゆる歩み、／知人に遭《あ》へば、につこり致し、／飴売《あめうり》爺々《じじい》と、仲よしになり、／鳩に豆なぞ、パラパラ撒いて、／まぶしくなつたら、日蔭に這入《はい》り、／そこで地面や草木を見直す。〔後略〕〉

そして最後は不思議なリズムを持った道化に変わる。

〈ではみなさん、／喜び過ぎず悲しみ過ぎず、／テムポ正しく、握手をしませう。／／つまり、我等に欠けてるものは、／実直なんぞと、心得まして。／／ハイ、ではみなさん、ハイ、御一緒に―／テムポ正しく、握手をしませう。〉

中也が度々訪れた鶴岡八幡宮（源頼朝が鎌倉の中心に祀った）

　ここに登場する神社は寿福寺に隣接する八坂神社〔*〕か、寿福寺の北東に鎮座する鶴岡八幡宮であろう。鶴岡八幡宮は源氏の氏神として建久二（一一九二）年に造営され、翌三年に源頼朝が朝廷から征夷大将軍に任じられて鎌倉幕府の成立を用意した由緒ある社だった。中也は教会に通うと同時に鶴岡八幡宮も訪ね来ており、四月二〇日にも小林秀雄と境内の茶屋でビールを飲んでいた。そしてビールを口にした中也が、「ああ、ボーヨー、ボーヨー」と喚いたことで、「私は辛かった」と小林が「中原中也の思い出」で書いている。

　一方、「春日狂想」を作ったころと思われる三月二九日に、中也は深田久弥の家を訪ね、深田の妻に会ったことを詩のような日記（「ボン・マルシェ日記」）で綴っている。いや、これは詩である。

〈よくはれたけど、／風ざわめきて、／店々の陳列棚、／埃りを浴びてゐたり。／風樹々梢に空鳴《そらなり》して、／自転車みな、急ぎ過ぎけり。／深田にあはざりしも、／深田の奥《ばばあ》に会ふ。／なんといふこともなきに、／議論して別れたり。／心そぞろにさびしくて、／帰宅すれども落付かず、／あれやこれやと漁《あさり》読み／ヒルティにのみやゝに感じ、／八時半就床。／空の空なるかな。〉

　ヒルティとは、スイスの福音伝道者で政治学者であったカール・

ヒルティのことである。五月一三日の日記に、「ヒルティ著〈幸福論〉読了。大変面白かつた」と見えるので、このときも『幸福論』を読んでいたのであろう。ところで「帰宅すれども落付かず、」の原因を作った深田の妻美代との「議論」は、キリスト教についての論争だった。深田美代は北畠八穂《きたばたけやほ》のペンネームを持つ作家で、のちに「中原中也さん」（『透きとおった人々』）と題して、このときの議論について、「中原さんの言い出したキリストと、私のキリストとは、だから別人の如く違いました。私は中原さんの言うことに、いちいち〈違います〉と答えました」と語っている。中也にしてみれば、「違うのはそっちだ」といいたかったのであろう。だが結局、「議論」はそのままになった。

禅寺（寿福寺）の境内で暮らし、神社をテーマにした「春日狂想」を書いたり小林秀雄と鶴岡八幡宮でビールを飲みながら、天主公教会大町教会にも通ってカール・ヒルティの書を読む中也のキリスト教とは、彼独自のキリスト教以外に考えられない。それはキリスト教を引っさげて「尊皇攘夷」をスローガンに明治維新を戦った吉敷毛利家臣・中原家の血に由来する神道と隣り合わせのキリスト教ではなかったのか。深田美代こと北畠八穂が中也のキリスト教を理解できなかったのは、そのためだったように見える。

野田真吉が友人を連れて寿福寺境内の中也の家を訪ねた四月四日の昼過ぎ、中也は和服姿で玄関の屋根に上がり、軒瓦をまたいでうつむいていた。声をかけるとようやく気づき、「あゝ、君たちか、はいりたまへ」といった。野田は、中也が未だ精神の病から回復してない気がしたという（『中原中也　わが青春の漂泊』）。

それから一〇日ばかりが過ぎた四月一五日の中也の日記につぎのように見える。

「〔前略〕林屋にて空気銃を求む。空気銃を持つて出で、雨間もなく降りだしたので大岡の下宿に寄り、うかうかと夜の九時過ぎまで話す。帰つてみると女房心配してゐた。空気銃を持つて出て夕飯にも帰らぬこと故、山の中に倒れゐるかと思ひたるなり。無理もないことなり。夜思郎突然上京の途立寄る」

林屋という古道具屋で中也は二円五〇銭の空気銃と一発一円もする外国製の弾を買ったが、雨が降りだしたので大岡昇平の下宿に飛び込み、夜九時過ぎに帰宅した。京都帝大を卒業したばかりの弟思郎が下半身ズブ濡れになって転がり込んできたのはそれから間もなくしてだった。思郎は就職活動の上京途中で鎌倉に立ち寄ったのだが、周囲が暗かったため、境内の水溜りに落ちたのである。その日は事情を話して泊めてもらい、翌一六日も中也の家でゴロゴロし、一七日の午後、買ったばかりの空気銃を自慢げに見せる中也と一緒に外に出た。就職試験を控えた思郎は兄の不可解な趣味に付き合わされることに困惑したが、仕方なく従ったそうだ。寿福寺の境内には所々洞穴のような穴があり、中也はその中に弾を撃ちこんでは、「音で深さがわかる」などと口にした。あるいは鬱蒼とした木立に向けて弾を撃ち、「音によって目標に命中したかどうか分かるんだ」とも語った。意味不明の行動をとる兄に思郎は泣きたくなり、予定を早めて上京して就職試験に臨むが、中也は背広の着方や髪型を「田舎っぺえらしくていけない」と批判したうえで、新しい水色の縞のネクタイを孝子に用意させ、それを思郎に与えたという。思郎はそれを着用して面接試験を受けたそうだ（『兄中原中也と祖先たち』）。

〔＊〕小さな神社で境内前に「八坂大神（相馬天王）由来」と立て札があるので、正式名称はそうなのであろう。ちなみに説明には、「建久三年、相馬次郎師常己が邸内に守護神として勧請して崇敬したのに始まる」とある。鎌倉市中央図書館近代史資料室の説明では、「小さいながらも、戦前は賑やかなお祭りがあった神社のようです」とのこと。

オヤ、蚊が鳴いてる、またもう夏か

昭和一二年五月一四日、中也は「初夏の夜に」〔＊〕と題する不可解な詩を書いた。

〈オヤ、蚊が鳴いてる、またもう夏か――／死んだ子供等は、彼《あ》の世の磧《かわら》から、此の世の僕等を看守《みまも》つてるんだ。／彼の世の磧は何時でも初夏の夜、どうしても僕はさう想へるんだ。／行かうとしたつて、行かれはしないが、あんまり遠くでもなささうぢやないか。／窓の彼方《かなた》の、笹藪の此方《こちら》の、月のない初夏の宵の、空間……其処《そこ》に、／死児等は茫然、佇《たたず》み僕等を見てるが、何にも咎《とが》めはしない。〔後略〕〉

ここに見える「三歳の奴等」とは、あの世に旅立った文也のことか。中也には冥界にいる文也の日々の暮らしさえ、気になっていたのかもしれない。文也が亡くなる直前、中也は「一つのメルヘン」を書き、経塚墓地に降り注ぐ陽光の中で舞う蝶をファンタジックに描いたが、今では死んだ文也も、そこにいる気がしていたのか。あるいは金沢時代を一緒に過ごし、山口に戻ってすぐに亡くなった弟亜郎（大正四年一月没・享年四歳）も文也と一緒にいるように思えていたのか。「死んだ子供等」の「等」には、そのような雰囲気が感じられる。中也はたぶん、この詩を作ったころから故郷に戻りたいと思いはじめたのだ。母フクは語る。

「ほんとうは山口に帰りたくなかったけど、なにか仕事にいきづまりを感じていたんでしょう。だから、一応帰郷して、小説でも書いてみて、また気分が一新できたら東京に出よう、と考えていたのかもしれません。私には、八月にちょっと帰ろうか、と手紙してきたことがありました。それまでにも、中也は八月によく帰っておりましたから、つい帰ってみたくなったんでしょう。そのとき、私は、〈十月に帰るのじゃから、八月には帰らんでもええ〉と、そんな返事を出しました。それで、中也は帰ってきませんでした」

だが、フクの語るのはあくまで此岸にいる中也の姿だった。詩人の心はすでにこの世になく、文也のいる彼岸に向かっていた。そのころ作った詩「夏」に、それが感じられる。

〈僕は卓子《テーブル》の上に、／ペンとインキと原稿用紙のほかなんにも載せないで、／毎日々々、いつまでもジッとしてゐた。／／いや、そのほかにマッチと煙草と、／吸取紙くらゐは載つかつてゐた。／いや、時とするとビールを持つて来て、／飲んでゐることもあつた。／／戸外《そと》では蟬がミンミン鳴いた。／風は岩にあたつて、ひんやりしたのがよく吹込んだ。／思ひなく、日なく月なく時は過ぎ、／／とある朝、僕は死んでゐた。／卓子《テーブル》に載つかつてゐたわづかの品は、／やがて女中によつて瞬く間に片附けられた。／――さつぱりとした。さつぱりとした。〉

ここに見える自死の風景は妙に明るい。特に、「とある朝、僕は死んでゐた。」以下が、奇妙な明るさを満たしている。文也に会いたいという希望としての死なのか。

〔＊〕最初の題は「初夏の夜に、おもへらく」で、『四季』昭和一二年一〇月号で「初夏の夜に」と改題。

秋になつたら郷里に引上げようと思ひます

昭和一二（一九三七）年六月二三日の「ボン・マルシェ日記」に中也は、「上京。〈四季〉の会に出席」と記している。鎌倉移住後はじめて東京に出たのは丸の内の明治生命会館地下室マーブルで復刊『四季』第二回目の会合が開かれたからだ。発起人は萩原朔太郎、三好達治、神保光太郎、津村信夫、立原道造で、出席者は中也を含めて二四名。

このとき中也に会ったのが三回目だと語る萩原朔太郎（「中原中也君の印象」『萩原朔太郎全集　第九巻』）は、昭和一一年一二月の時点で日本浪曼派に参加していた。萩原が最初に中也に出会ったのは昭和一〇年一〇月二六日の『絶望の逃走』の出版記念会の席上で、二度目が同年一一月二三日の伊東静雄の『わがひとに与ふる哀歌』の出版記念会だった。その意味で昭和一二年六月の『四季』の会が三度目だが、一方、昭和一〇年一月から『文学界』に「詩壇時評」を書きはじめたことで『文学界』の集まりごとに萩原は顔を出し、同席していた中也に「萩原さん、性欲の方はどうしてらっしゃいますか」と問い詰められたことがあったと中村光夫が『今はむかし』で明かしている。萩原は、「ええ、まあ、適当に」と、それこそ適当にあしらったようだが、そういう些事《さじ》は会った回数に入れてないか覚えてないかであろう。

ともあれ『四季』第二回目の会合で、中也は萩原と落ち着いて話が出来た。萩原は『コギト』三月号で保田與重郎の名著『日本の橋』〔＊〕を読んだ感想「日本の橋を讀む」を書き、保田と日本主義に突っ走っていたときである。この席で中也は萩原に、「強度の神經衰弱で弱つてることを告白し、不斷に強迫觀念で苦しんでることを訴へた」という。萩原も中也の酒乱の被害者の一人であったが、「彼をさうした孤獨の境遇においたことに、周圍の責任がないでもない」と中也を擁護している。この思いやりのある言葉は萩原の思想と中也の位相が近かったことを感じさせる。萩原は、保田與重郎の文学に向かうのと同じように中也の詩才も高く評価していたようである。この日の日記に、「青山を訪ぬ。帰途林房雄に会ふ」と中也は綴るが、萩原に会った後、花園アパートを訪ね、さらにプロレタリア文学から右翼作家に転向した林房雄の家になだれ込んだらしい。

一方、亡くなった文也へ思慕は望郷の念と重なり、中也の心の隅々まで支配していた。そして七月七日には、東京に住む阿部六郎に、その心境を手紙で伝えるまでになる。

「小生事秋になつたら郷里に引上げようと思ひます。なんだか郷里住みといふことになつてゴローンと寝ころんでみたいのです。もうくにを出てから十五年ですからね。ほとほともう肉感に乏しい関東の空の下にはくたびれました。それに去年子供に死なれてからといふものは、もうどんな詩情も湧きません。瀬戸内海の空の下にでもゐたならば、また息を吹返すかも知れないと思ひます〔後略〕」

このあと、再び望郷の念にかられ、おそらく大好きだった長門峡の思い出をモチーフに「渓流」を作るのである。この詩の末尾に「一九三七・七・一五」とあるので七月一五日に書いたことがわかる。

〈渓流《たにがは》で冷やされたビールは、／青春のやうに悲しかつた。／峰を仰いで僕は、／泣き入るやうに飲んだ。／／ビシヨビシヨに濡れて、とれさうになつてゐるレッテルも、／青春のやうに悲しかつた。／しかしみんなは、「実にいい」とばかり云つた。／僕も実は、さう云つたのだが。／／湿つた苔も泡立つ水も、／日蔭も岩も悲しかつた。／やがてみんなは飲む手をやめた。／ビールはまだ、渓流《たにがは》の中で冷やされてゐた。／／水を透かして瓶の肌へをみてゐると、／僕はもう、此の上歩きたいなぞとは思はなかつた。／独り失敬して、宿に行つて、／女中《ねえさん》と話をした。〉

七月下旬には銀座出雲橋の「はせ川」で菊岡久利、横光利一、小林秀雄、三好達治、それに出版社の編集者が集まった。このときの出来事を菊岡が「鎌倉の曇り日」（『新編中原中也全集　別巻（下）』）で語っている。

「〔前略〕話が詩の話、詩人の話に触れた。僕等は皆で中原の稟性を激賞した。そのうちにその出版社の友人も、中原の詩集なら出してもいゝといふことになり、三好氏は、そんなら僕に広告文を書かせよといふことになつた。

その時である。〈今夜はこれから帰つて一つ中原を喜ばしてやらう〉と云つて、鎌倉に帰つて行った小林秀雄氏の顔である。嬉れしかつたゞけにありありと甦る。〔後略〕」

しかし中也の余命は三ヶ月だった。常道を逸した酒癖の悪さや我儘には誰もが辟易していたが、彼の詩才は誰もが認めていたのである。

〔＊〕昭和一一年一一月二一日に芝書店から刊行された。この本は文也が亡くなって一一日後の刊行だった。

音のするのは、みな叩き潰《つぶ》せい！

亡くなる三ヶ月前の昭和一二（一九三七）年七月に中也は「夏と悲運」を書いた。その詩には山口師範学校附属小学校時代に短歌を教えてくれた恩師・後藤信一への思慕が込められていた。郷里の山口県美祢郡岩永村で暮らしていると思っていた後藤に、秋に帰郷する旨を手紙に書いたのは八月七日である。

「〔前略〕此の秋より小生等親子にて当地を引上げ帰山します。仕事のためには可なり不安ですが、関東よりは関西、関西よりは中国の方が好きである小生には、却て好都合です。出来るたけ旅行なぞしながら、山口に暮らします。先生を、帰つたらまづお訪ねしたいと思ひます。今からそれは楽しみです。〔後略〕」

中也は五年前の昭和七年八月に金沢の兼六園でヤマトタケルの銅像を見て泣いた。父の命で戦いの一生を送り、死ぬ間際に「倭《やまと》は國のまほろば」（『古事記』）とヤマトタケルが泣くように詠う望郷の歌を作った心境が中也にも理解できたのだろう。弟呉郎によれば、「死はすべて自殺である。死にたいと思う心の中で、人は死ぬのだ」（『海の旅路　中也・山頭火のこと他』）と中也が語ったことがあったという。そんな自死と隣り合わせの望郷の念が、このときの後藤宛の手紙からも読み取れる。

しかし後藤がこの手紙を受け取ったのは、中也の投函から一ヶ月以上が過ぎたときだった。「中原中也と私」（『こだま』第一五三号）で後藤が語るところでは、山口師範学校附属小学校の教職を去って東京の出たのち、さらに北部朝鮮に逃れ、北鮮日報を経て海事部の役人になっていたらしい。このため中也の出した手紙が山口県から回送されるのに一ヶ月かかったのである。後藤は中也の手紙を読んですぐに返事を書いたが、間もなく送られてきたのは中也の死亡通知だったとしている。

後藤に手紙を送ったところ、中也が作ったもう一つの詩が「（嘗てはランプを、とぼしてゐたものなんです）」という科学文明を真っ向から否定する作品だった。

〈嘗《かつ》てはランプを、とぼしてゐたものなんです。／今もう電燈《でんき》の、ない所は殆んどない。／電燈もないやうな、しづかな村に、／旅をしたいと、僕は思ふけれど、／却々《なかなか》それも、六ヶ敷《むつかし》いことなんです。／／〔略〕汽車が速いのはよろしい、許す！／汽船が速いのはよろしい、許す！／飛行機が速いのはよろしい、許す！／電信、電話、許す！／其《そ》の他はもう、我慢がならぬ。／知識はすべて、悪魔であるぞ。／やんがて貴様等にも、そのことが分る。／／、エエイツ、うるさいではないか電車自働車と、／ガタガタ〳〵、朝から晩まで。／／いつそ音のせぬのを発明せい、／音はどうも、やりきれぬぞ。／／エエイツ、音のないのを発明せい、／音のするのは、みな叩き潰《つぶ》せい！〉

かつて昭和九年一一月二九日、中也は「野卑時代」という詩で〈文明開化と人云ふけれど／野蛮開発と僕は呼びます〉と書いていた。祖父たちが明治維新を実現したにもかかわらず、彼にとっての新時代は理想のものではなくなっていた。それがこの時点において、いよいよ鮮明になってきたのであろう。このような意識が萩原朔太郎に受け継がれ、萩原が『いのち』（昭和一二年一二月号）に発表する「日本への回帰」へ姿を変えたのではないか。萩原は「日本への回帰」で、「僕等の住むべき眞の家郷は、世界の隅々を探し廻つて、結局やはり祖國の日本より外にはない」としたうえで、「その家郷には幻滅した西洋の圖が、その拙劣な模寫の形で、汽車を走らし、電車を走らし、至る所に俗悪なビルヂングを建立して居るのである」といって近代を批判した。その西欧文明の象徴が、中也にとっては機械文明の作り出した音であり、「音のするのは、みな叩き潰《つぶ》せい！」と吐き出すのである。西洋の力で開国し、西洋的な近代国家を作った日本に、人々は疑問を持ち始めていた。それは明治以来の日本の否定であり、自殺行為でもあった。中也はすでに来るべき未来を見据え、帰る場所を探していた。帰郷が死ぬことだったのも、そのためだ。軽井沢にいた河上徹太郎に中也が手紙を出したのも同じ八月で、そこにも故郷への想いが綴られていた。「〔前略〕十月になつたら田舎に引上げます。そして月の半分を旅行して暮らしたいと思ひます。さしあたり行つてみたいのは、青海島、俵山温泉、尾道近傍の島、京都（ここでは一ト月くらゐ中学の時みたいに暮らしてみたい。）長崎、隠岐ノ嶋等々。〔後略〕」（「死んだ中原中也」『わが中原中也』）

余命がわずか二ヶ月になったことを悟るように、中也はだれ彼となく遺書のような手紙を書き送っていたが、この期に及んでまだ災難が降りかかる。小林秀雄の家に遊びに行った隙に、家に泥棒が入ったのだ。八月二一日の「ボン・マルシェ日記」に、「時計と懐中電灯が被害」と記されている。このころ中也は、秋に野田書房から刊行される予定の三冊目の翻訳詩集『ランボオ詩集』（九月一五日発売）の翻訳のために、残った命を注ぎ込んでいた。

おまへはもう静かな部屋に帰るがよい

昭和一二（一九三七）年九月二三日の「ボン・マルシェ日記」に「〈在りし日の歌〉清書」、翌二四日にも「〈在りし日の歌〉原稿。清書」と書いている。

中也は第二詩集『在りし日の歌』の清書を終えると小林秀雄に詩稿の束を渡した。九月のある晩のこととして中村光夫が『今はむかし』で語るのは、小林の書斎に中也がその原稿を持って来たときの話である。ひとりでしゃべりつづける中也の顔には死相が現れ、小林が「辛そうな様子」で受け答えしていたそうだ。そして翌二五日、中也は日記に「帰途高原訪問。ステッキ貰ふ」と書いている。大岡昇平の「文士梅毒説批判」（『中原中也』）によると、入院（一〇月六日）の半年前から、「ステッキを突いて歩いていたことには、多くの人の証言がある」

としているので、高原正之助から入手したこのステッキを使っていたのであろう。病名は結核性脳膜炎で、すでに歩行も困難になっていた。一方、小林に詩の原稿を託したのは田舎に帰ると同時に、詩を諦めるつもりだったのではないかと小林はいう（「中也の遺稿」『考えるヒント4』）。

共産党員から獄中転向した島木健作（鎌倉の雪ノ下に暮らしていた）を中也が訪ねたのも、このころだった。このとき中也は刊行されたばかりの『ランボオ詩集』を贈呈している。一〇月に刊行されてベスト・セラーになる『生活の探求』を執筆中だった島木は、当時の中也を、「顔が青白く、ややむくんでゐるやうで、眼も力なく、歩行もいくらか困難のやうであつた」（「追憶」『新編中原中也全集　別巻（下）』）と語っている。中也は九月二九日に、「青山を訪ね、それよりエスパニョルに行き河上等に会ふ。林が来て、林と同道帰る。関口、内海に新橋駅で会ふ」と日記に記した。河上徹太郎が「死んだ中原」（『わが中原中也』）でこのときのことを語っている。

「大岡昇平と二人で酒を飲んでいる席へ、青山二郎を連れ立ってはいって来たのだった。僕は酒の勢にかられて、まだ郷里《くに》へ帰らないのかと尋ねた。彼は何と答えたか忘れたが、とにかく来週一度君の許へ行く、そこで良く話をしよう、といった。そのうちこの夏死んだ辻野久憲の話が出た。僕は、でもまあいいや、洗礼受けたのだから、といった。すると中原は非常に真剣な顔をして僕に、辻野は洗礼を受けたのか？　ときいた。僕は正確には知らなかったが、多分その筈だと答え、君はどうだというと、彼は僕はまだだ、ときっぱり答えた」

そのあと林房雄が店に入ってきたが、林にランボオの話を吹っかけられてタジタジになっている中也の姿がいつもと違い「奇異な感じがした」としている。

余命わずか三週間となった九月三〇日の中也の日記には、「昨夜おそかつたので朝食後午睡。夜会話書を読む。青山二郎に手紙。今月も無事に終つた。来月は帰省だ。浴後詩なる。二篇」とある。「二篇」の詩とは、〈**秋の夜に、独りで湯に這入《はい》ることは、／淋しいぢやないか。**〉ではじまる「秋の夜に、湯に浸り」と、生涯最期の詩となるつぎの「四行詩」だった。

長楽寺にある中也〔右〕と文也〔左〕の位牌

〈おまへはもう静かな部屋に帰るがよい。／煥発《かんぱつ》する都会の夜々の燈火を後《あと》に、／おまへはもう、郊外の道を辿《たど》るがよい。／そして心の呟《つぶや》きを、ゆつくりと聴くがよい。〉

「静かな部屋」を吉敷の経塚墓地と読み代えると、自らの死を中也が自問自答しているようだ。体力は急速に衰えていた。このとき孝子の往診に訪ねた眼科医が「大変な病気ですよ」と告げたことで、一〇月六日に中也を鎌倉養生院へ入院させることが決まる（『中原中也全集 別巻』）。この病院は建て替えられているものの、同じ鎌倉市小町（鎌倉駅から鶴岡八幡宮に向かう途中）に四階建ての総合病院「清川病院」（内科、婦人科、整形外科、脳神経外科、眼科）として今もつづいている。

この「清川病院」こと鎌倉養生院に中也が入院したときのことを青山二郎が振り返る。

「病院に駆け付けた時は、もう中原ではなくて、脳膜炎でした。ざふきんの様に使い荒らされて、遂に我が手に掛けられ打捨てられて仕舞つた、今更はつと思ふやうな肉體が、置き忘れられたやうに寝てゐました。〔略〕小林が一週間學校を休んで詰め切りでした。河上が東京から毎日通つて來ました。岡田春吉と言つて鎌倉の中原の飲み仲間の彫刻家と、關口隆克と言ふ文部省の若手と、高橋幸一と言ふ咲子夫人の家にゐるどもりの人と、三人が萬端やつて呉れました。佐藤正彰、大岡昇平がよく働きました。病院へ飛んで來た人に阿部六郎、中村光夫、咲子夫妻の名が見えます」（「独り言」『青山二郎文集』）

関口隆克は昏睡状態の中也の口から、「二つの神を同時に信じること」（付録「中原中也のこと」）との言葉を聞いたそうだ。関口はこれをキリスト教と仏教の二つと理解したが、死出の旅路に向かう中也は、吉敷毛利家臣だった祖先たちがキリスト教と神道的招魂思想の中で明治維新を戦った意識に回帰していたのかもしれない。そうであるなら「二つの神」とは文字通りキリスト教と神道ではないのか。

一〇月二〇日に大岡昇平が見舞いに訪ねたとき、青山二郎もその場にいた。ベッドに仰臥していた中也のそばから、「大岡だよ。大岡が来たんだよ」と青山が告げると、首をもたげて、「ああ、ああ、ああ」とうなずいただけだったと青山は語っている（「文士梅毒説批判」前同）。

なにゆゑに　こゝろかくは羞《は》ぢらふ

中也は昭和一二（一九三七）年一〇月二二日の午前〇時一〇分に死んだ。享年三〇歳。

母フクによれば、臨終のときに居合わせたのは関口隆克、河上徹太郎、佐藤正彰、青山二郎、岡田春吉たちで、彼らが通夜の準備をした。結核で亡くなったので焼場に搬送しなければならなかったが、どうしても通夜をしたいと友人たちが申し出たことで、真夜中に遺体を寿福寺境内の家に運んで通夜を行ったらしい。

「お通夜にはたくさんの人が来てくださって、その人たちがお酒に酔って、ずいぶんにぎやかでした。大岡さんは遅れていらっしゃって、棺の前で泣かれました。すると、みんなお酒に酔っておりましたから、ハアハアハアハアとそれを笑ったんです。そんな調子で湿っぽさというのは、あまりない通夜でした」

葬式も寿福寺で行われるが、指揮役が関口隆克で、小林秀雄、河上徹太郎、大岡昇平、佐藤正彰、高橋幸一、岡田春吉、青山二郎たちが手伝った。フクはつづける。「生前、中也はみなさんからいただいた名刺などもっておりましたから、私もお友だちのことを少しは知っておりましたけど、中也ぐらいのものが死んだって、葬式にきてくださるかどうかわからん、と思っておりました。それが、みんなきていただいたんです」

葬式が終わっても友人たちは帰らず、焼場から寿福寺境内の家に舞い戻り、もう一晩通夜をしようということになった。それでフクが握り寿司をとって、酒をふるまうことで二度目のお通夜になった。散々皆で飲み食いした挙句、誰かが香典返しの代わりに飲み代が欲しいと申し出たことでフクが飲み代を与え、その金を持って皆でまた鎌倉駅前あたりで飲み明かし、中也の葬式はドンチャン騒ぎのうちに幕を閉じた。

フクと孝子は湯田に帰ると、吉敷にある菩提寺の長楽寺で二度目の葬式を行い、経塚墓地に中也の骨を葬った。それが没後九日を経た一〇月三一日のことである。

中也の追悼特集を最初に出したのは『紀元』一一月号だった。『文学界』、『四季』、『手帖』の一二月号がこれにつづき、『歴程』は少し遅れて昭和一四年四月号で出した。なかでも名文だったのが『文学界』に発表された小林秀雄の追悼詩「死んだ中原」である。

「君の詩は自分の死に顔が／わかって了つた男のやうであつた／ホラ、ホラ、これが僕の骨／と歌つたことさへあつたつけ／／〔略〕あゝ、死んだ中原／僕にどんなお別れの言葉が言へようか／君に取返しのつかぬ事をして了つたあの日から／僕は君を慰める一切の言葉をうつちやつた／／あゝ、死んだ中原／例へばあの赤茶けた曇に乗つて行け／何の不思議な事があるものか／僕達が見て来たあの悪夢に比べれば」

最後の「僕達が見て来たあの悪夢」というフレーズは長谷川泰子をめぐる争いであることはいうまでもない。それは年上の小林が年下の中也の詩才に嫉妬し、中也の持っている一部を奪おうとした結果に生まれた「悪夢」だった。小林は中也の詩才に強烈なジェラシーを感じながら、中也を憎み愛したのではあるまいか。それは晩年の小林が本居宣長を憧憬してやまなかったのと同じ種類の、熱狂的愛情だったように見える。もしかすると晩年の小林が感じた本居宣長のその魅力さえ、生前の中也に教えられていたのかもしれない。中也が昭和七年に高森文夫や阿部六郎に本居宣長の『直毘霊』を勧めていた（第六章「やがては全体の調和に溶けて」）が、小林は死んだ中也を思い出しながら、のちに『本居宣長』を書いたような雰囲気さえある。

その一方で、亡くなるまで中也の身体には祖先由来のキリスト教の影が付きまとっていた。関口隆克が『四季』三二号（昭和一二年一二月号）で書いた「幻想と悲しみと祈り」には、「中原は天主教會に行つたことはなかつたであらうが、自らではカソリックの眞實の教徒を思つてゐた」と記されている。これもまたキリスト教に縁深い吉敷毛利家臣としての中原家の血を思わせる文章だ。

中原家の不幸は中也の死で終わったわけではなかった。中也が没して三ヶ月を待たない昭和一三年一月一二日に今度は二男の愛雅《よしまさ》が亡くなる。しかし、その一方、三ヵ月が過ぎた四月一五日に、小林秀雄に託されていた遺稿『在りし日の歌』が創元社から刊行されるのだ。詩集の「後書」に中也はつぎのように書いていた。

「私は今、此の詩集の原稿を纏め、友人小林秀雄に託し、東京十三年間の生活に別れて、郷里に引籠《ひきこも》るのである。別に新しい計画があるのでもないが、いよいよ詩生活に沈潜しようと思つてゐる。扨《さて》、此の後どうなることか……それを思へば茫洋とする。さらば東京！　おゝわが青春！」

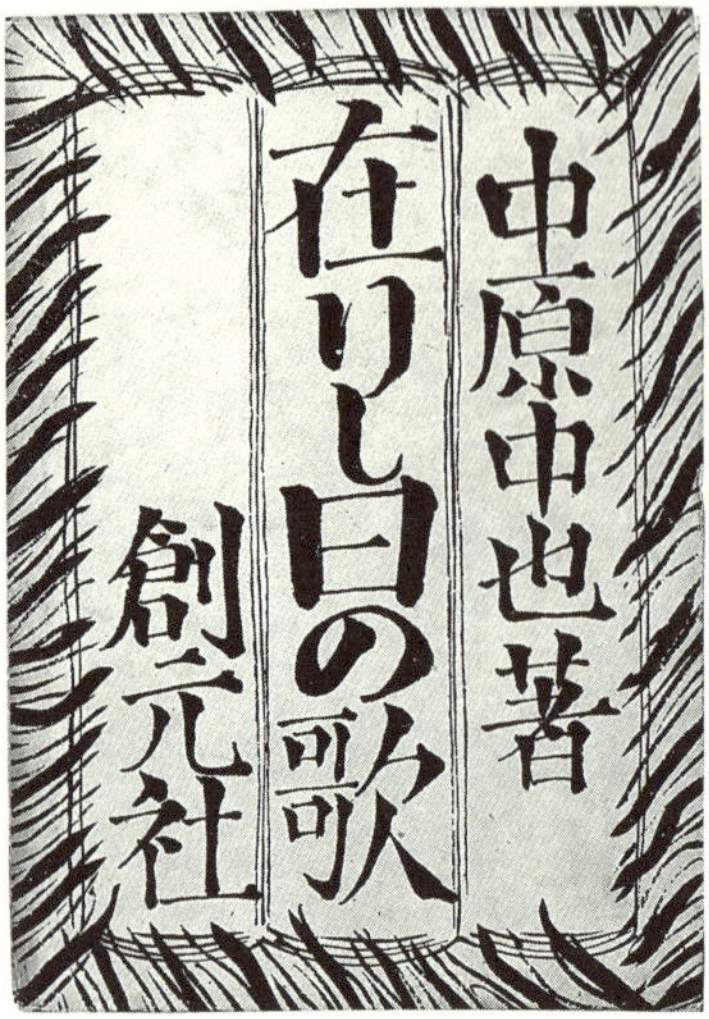

第２詩集『在りし日の歌』は中也没後の昭和13年４月に創元社から刊行された〔中原中也記念館提供〕

「詩生活に沈潜」するとは、死ぬことだったのか。幕藩体制下で弾圧されていた神道とキリスト教の融合から明治維新を成し遂げた長州藩士・新家中原家は、中也の死とともにおそらくこの『在りし日の歌』に結晶化されたのであろう。その冒頭に据えられた詩が詩集名にもなった「在りし日の歌」を副題に持つ「含羞《はじらひ》」だった。この作品を吉敷の経塚墓地で詠むとき、吉敷毛利家臣であった中原家における「在りし日の歌」が重ね合わされていた実感がつかめる。

〈なにゆゑに　こゝろかくは羞《は》ぢらふ／秋　風白き日の山かげなりき／椎の枯葉の落窪に／幹々は　いやにおとなび佇《た》ちゐたり／／枝々の　拱《く》みあはすあたりかなしげ

の／空は死児等の亡霊にみち　まばたきぬ／をりしもかなた野のうへは／あすとらかんのあはひ縫ふ　古代の象の夢なりき／／〔略〕その日　その幹の隙《ひま》　睦みし瞳／姉らしき色　きみはありにし／あゝ！　過ぎし日の　仄《ほの》燃えあざやぐをりをりは／わが心　なにゆゑに　なにゆゑにかくは羞ぢらふ……〉

　この詩を冒頭に据えた『在りし日の歌』の刊行は日中戦争の只中で、大本営が徐州作戦を下命した直後であった。それから四年を待たずして、大東亜戦争（太平洋戦争）がはじまる。

【付録】「中原中也のこと　――出会い・生活・死」

関口隆克（談）

本資料は一九七四（昭和四九）年一一月二六日に関口隆克《たかかつ》が中也との思い出を開成高校の校長室で語った談話を筆記し、開成学園機関紙『かたつむり』一八号（ガリ版刷り）に掲載されたものである。しかしこれまで、その存在が広く知られていなかった。筆者は平成二〇年一〇月一二日にニューメディアプラザ山口（山口市熊野町）で開催された中原中也記念館公開講演「中原中也のいごこち」（第五回　常設テーマ展示「友情」関連事業）において、安原喜弘の長男・安原喜秀氏（東海大大学院客員教授）の講演「大都会の庇護者　―関口隆克のテープ発見」で本資料の存在を知り、その後、開成学園の協力を得て全文閲覧と転載が可能となった。関口隆克は中也晩年の庇護者であり、旧幕臣だった彼の祖父が明治になって第二代山口県令（現在の県知事）に就任した関口隆吉《たかよし》という意味においても中也の故郷・山口と縁深い人物である。

本資料は談話を筆記したという性格上、時期や期間について不正確な点も見受けられるが、関口が中也について記したものが少ない今日、大正一四年一一月から中也が住みはじめた中野の「炭屋の二階」の室内の詳細なる情景や、昭和三年九月から高井戸ではじめた共同生活中に中也がフランス詩の翻訳に勤しんだことなど、いずれも貴重な証言といえる。同様に共同生活中に住み着いた「性質が貴族である」赤犬と中也の関係も他の資料で見ることの出来ないもので、「常々、自分の家は由緒正しい家だとしきりに言っていた」という中也の姿も、これまで語られなかった詩人の実像に迫るものである。この点を重視し、今回付録に入れることにした。なお、本資料の原本は開成学園に所蔵されている。

私が中原に会ったのは昭和二年〔＊1〕のことである。当時、私は大学生で、卒業論文を書くために、北沢の文化住宅というところに、友人と二人〔＊2〕で一軒家を借りて住んでいた。その家で、私が急性盲腸炎になって静養していたときのことだ。ある日の午後、諸井三郎が見舞いに来て、その時、連れてきたのが中原中也だった。諸井の紹介の言葉が終ると、「私は中原中也というものです」と言って、ポケットからこよりで綴じた原稿をさし出した。おかっぱ頭にして、ヒダのある黒いマントを着て、黒い羅紗の細いズボンをはいていた。ランボーの服装によく似ているんだということを後で知ったが、とにかくよそでは見かけない仕立ての洋服を着ていた。

さし出した原稿を見ると、それは後年『初期詩篇』にまとめられた、高橋新吉の影響を受けたダダの詩だった。「トタンがセンベイ食べて……」とか、昭和の初めでは考えもつかない言葉づかいだ。中原は、私が読んでいるのを、他人の眼の底までのぞくような黒目でじーっと見ていた。そのうち、諸井と二人で「読んでて下さいよ」と言って出ていってしまった。それっきり、待てど暮せど帰ってこない。四時間ぐらい経っただろうか。その間に、私は二度も三度も二、三十篇ある原稿の詩を読むうち、だんだんひき込まれていった。破格というか破調というか、雅語と俗語、悪口雑言口調の言葉が織りまざった、不思議な詩だ。常識をぶち破って、いきなり読む者の詩心に触れてくる。非常にアトラクティブな詩だ。(「天井に朱き色出で……」という『朝の歌』ではじめて整った形が出てくる)。やがて帰ってきて「どうだ」と言うから、「たいへん興味が深いんだけれど、文法とか言葉づかいの規格を無視している。わざとやっているのかもしれないけれど、その中にはどうも承認しがたいところもある」と言った。こちらは大学生で、むこうは高校生ぐらいの年齢だから、私も兄さんぶったことを言ったわけである。彼は、非常に不服そうだったが、一応、先輩に対する礼儀のようにして「あー、そうですか」と言い、人をじーっと見つめて、やがて帰っていった。

二度目に会ったのは、私の病気が治って、中野の諸井の家を訪ねた時。そこに中原が来ていた。その頃、中原は諸井の家に入りびたりだった。近所に、小林秀雄もいた。中原に女〔＊3〕がいて、その女を小林にとられた。女が小林のところにかけこんでしまったのだ。そこへ中原が毎日のように行って、雑巾がけをしたり、薪割りをしたり、一所懸命サービスをするので、彼らは閉口しているという話を、諸井から聞いていた。―僕は病気でもあるし今夜は寒いから早く帰ると言うと、中原は、ちょっと自分のところに寄ってくれと言う。ついて行くと、中野の町はずれの三叉路に出て、一軒家だがバラックの二階建ての炭屋があって、その二階に僕を案内した〔＊4〕。部屋の中を見て驚いた。実に変わった調度がある。銀の蜀台があるかと思うと、樫の大きな机があったり、旧式のたいへん立派なソファがあったりする。ルイ王朝時代の蜀台もある。しかし、一つとしてセットになったものがなく、みなバラバラ。「これ、一体どうしたんだ」と聞くと、「実はこの炭屋の友人で紙屑屋があって、炭屋の二階で市がたつ。買い手のつかない物を、二束三文でゆずってもらううち、コレクションが出来た」と言う。僕は、なかなか変わった人だ、しかし審美眼のある人だと思った。

彼は常々、自分の家は由緒正しい家だとしきりに言っていた。事実そうで、ザビエルが来た時の最初の教会が、中原の家の地面に建っている〔＊5〕。しかし、彼は中学の中途退学ということを気にしてもいた。大体、東大の文学をやっている連中にも中退が多い。白樺派にしても今東光にしてもそうで、僕はそれは何とも思わないけれど、彼は馬鹿にされると思うのか、とにかく市井の無頼漢ではないと印象づけるためか、旧家で由緒正しいということを、何かにつけて言っていた。

それからまもなく、ある日突然、彼が私の家に来た。それも荷車に所帯道具いっさい積んで持ってきてしまった。「君のところで一緒に生活する。生活費は請求してくれ」と言って、玄関わきの四畳半に入ってしまった。

私と友人の二人は六畳にベッドを二つ並べて住んでいたのだが、彼は八畳の間にベッドを移せ、自分が六畳にベッドを入れるから、と言う。確か、月三十円だかの食費を出してもらって、奇妙な共同生活が始まった。

北沢のその家は、その後どろぼうに入られたりしたので、長屋へ引越そうということになり、高井戸の上水道のそばに移った。隣りに親切なお婆さんと娘がいて、世話をしてくれた。二年間〔＊6〕の共同生活が続いたが、この間に、彼は『修羅街輓歌』〔＊7〕だとか『空しき秋』〔＊8〕などのたくさんの詩を書いた。また、ランボーだのヴェルレーヌだのの翻訳をたくさん出した。それは実に奇妙な翻訳だった。どうしてこういう訳になるんだろうと首をかしげたことも多い。フランス語としてはまちがっているのだろうが、しかしその翻訳のほうがフランス語より面白い。そのぐらい不思議な翻訳をした。全く独学のフランス語だった。

彼は非常な読書家であるとともに訪問家だった。小林（秀雄）のところや、河上（徹太郎）のところへ行って、彼らの持っている本を買ってくるか、借りてくるかする。そして読み始めたら二日でも三日でもぶっ続けに読んで読みあげてしまう。それが済むと今度は議論をふっかけに出かけて行く。

彼には二つの相反する心の揺れ動きがあるということを強く感じた。たとえば、故郷というものに対して、非常に美しくていいものだと懐しむ。そのくせ故郷にはいたくないという〔＊9〕。また、小林や河上に対しても、徹頭徹尾問いつめて、非常に慕う反面、同時に非常に嫌う。つまり、追求せずんば止まずというところがあるから、他人に対して非常に優しい心を持っているのだが、同時に喧嘩ばかり売る。優しい心が何より大切だと言いながら、他人を冷たくつっぱねる面もある。そういう両極端の、二元の揺れをどう解決するかというと、つまり、議論をし、酒を飲み、そして泣くわけだ。

家の庭に食べ物の余りがあるので犬が四、五匹住みついたことがある。その中に一匹の赤犬がいた。非常におしおとおとなしい赤犬だった。庭に番をしていて、僕らが入って来ると、つーっと外へ出ていってしまう。食べ物をやっても地べたにおいたら食べない。皿にのせてやらなければ食べない。何ともしおらしい。中原は、あの犬は性質が貴族であると言って可愛がっていた。ところが、この赤犬、体が衰弱している。その弱っているところが中原には気にいらない。哀れであると同時に、貴族たる者、もっと毅然とすべし、というわけだ。ある時、犬殺しが来て、近所の小川のそばに車を止め、犬を駆り集めた。ふつうの野良犬はみな逃げてしまうのに、その赤犬は、静かに、諦めたように自分から犬殺しのそばに寄って行って、つかまえられ、荷車に乗せられてさびしそうに行ってしまった。僕らはみな泣いた。そして、中原にとっては赤犬が不憫であると同時に、なぜかれはそんなに従順なのか、なぜ反抗しないのか、と腹が立ってたまらないのだった。

そういう二元の揺れの極致が、子供が死んだ時に起こった。文也君という彼の子供が死んで、彼は悲しみのあまり、気がちがってしまった。そして乱暴した。気ちがい病院に入れられた。悲しみだけで気がちがう人は多くない。彼の場合は、愛の極致が乱暴という形をとったのだと思う。

彼はそれまでヴェルレーヌに共感してカソリックを信仰していたが、子供が死んでからは阿弥陀如来を慕うようになっていった。人間を裁く正義の神よりは、不幸な人間をいたわって下さる阿弥陀如来がありがたいと、しきりに言うようになった。

まもなく彼は、体も気持も衰弱したらしく、『在りし日の歌』という詩集を編んだ。まるで死後に編纂されたような書名だ。それを小林秀雄に託して郷里に帰ると言いながら実は帰らないで、僕に「鎌倉に住みたいから家を探してくれ」と言う。僕は北鎌倉の山内に住んでいたが、峠を一つへだてた扇谷の寿福寺の中の小さい隠居所のような住宅を借りて、そこに中原と細君とで住んだ。

やがて、彼は粟粒結核になって死んでゆくことになる。大体、鎌倉に住んだわけは、駅のそばに今日出海がいて、僕の家と両方に行ける。亀谷には小林が家を構えている。そのそばに、小さくて汚ない米新亭という鉱泉宿があって、そこに大岡昇平がごろごろしている。僕の家の隣には佐藤正彰がいる。そんなわけで仲間が多い。だから故郷へ帰る帰ると言いながら帰らずに、そこで死んだ。

死ぬ時に脳膜炎になって、僕が最期の別れを告げた時、彼は昏睡状態の中で何か言っている。聞くと「二つの神を同時に信じること」と言った〔＊10〕。同宗同拝、ということだろうと思う。僕はそれが非常に疑問で、そのことを『四季』だか『文学界』だかに書いたことがある。最近、その雑誌の復刻が出たので読み返すと、高橋新吉が僕の文章について書いている。高橋の説は、二つの神を同時に信ずること、というのは正しい結論だ。当然行きつくべきところへ到達して死んだのだ、という。この頃になってハッと思ったのは、禅というもの―高橋新吉は禅のほうでは偉い人なのだが―は、そういうものではないか。神の方から行っても、仏の方から行っても到着するところ。ある意味では神と仏とが同時に矛盾なく存在できる。彼のポエジーは『在りし日の歌』で死んだ。今度は小説を書こう、散文の世界に入ろうと思っていた。ランボーだったら詩の世界から去って実業界に行ってしまう。冒険者になってしまう。そのように彼も去ってどこかへ行くところだった。しかし、その時は、既に彼の肉体が滅びる時だった。死ぬ時に彼は禅の境地に入ったのではないだろうか。これは僕の疑問である。多分そうではないかと想像することはできても、本当はどうなのか分からない。その点について、大方の批判を仰ぎたいと思っている。〈一九七四・十一月・二十六、於校長室〔※11〕〉

〔＊1〕昭和三年春の誤りと思われる。

〔＊2〕石田五郎のこと（第五章「家の裏を出て五間もゆくと、そこが河です」参照）。

〔＊3〕長谷川泰子のこと。

〔＊4〕炭屋の二階については第五章「河瀬の音が山に来る」参照。

〔＊5〕ザビエルが最初に布教した大道寺跡は、明治二二年に山口に来たビリオン神父が明治二七年に発見し、中也の養祖父政熊が同志の協力を得て大正二年に買収を終え、政熊名義で登記されたもの（『兄中原中也と祖先たち』）。ザビエル記念碑については第二章「神よ私をお憐れみ下さい！」と第四章「金がさつぱりない」を参照。

〔＊6〕中也が関口らと共同生活したのは昭和三年九月から同四年一月までなので、実際は四ヶ月程度だったと思われる（第五章「あれは、シュバちゃんではなかつたらうか?」、「きらびやかでもないけれど」参照）。

〔＊7〕本篇の献辞「関口隆克に」と見えることで、関口に捧げられた詩であることがわかる。なお、『新編中原中也全集　第一巻　詩Ⅰ　解題篇』では河上徹太郎の証言「『山繭』と『白痴群』」（『わが中原中也』）から、昭和四年一一月の制作と推定されているが、本資料から中也と共同生活をした昭和三年九月から同四年一月までの間に制作されたことがわかる。

〔＊8〕『空しき秋』は独立した詩ではなく、『空しき秋　十二篇』と題する連作詩であったが、酒に酔った中也がどこかへ落としてしまい諸井三郎が作曲した「老いたるものをして」一篇だけしか残っていない。この詩が制作された時期について関口が別に「中原中也との出会いと別れ」（『白痴群』複刻版　別冊・解説）でも高井戸での共同生活中に制作したとしている。

〔＊9〕第七章「何だ、おめえは」において、妻孝子の出産前に「手持無沙汰」ゆえに東京に戻ったときも、東京に着くなり「望郷に似た感情頻りなり」と日記に書いているあたりなど、関口の証言を裏付けるものである。

〔＊10〕第八章「おまへはもう静かな部屋に帰るがよい」参照。

〔＊11〕一九七四（昭和四九）年当時、関口は開成高等学校の校長。

中原中也略年譜

▼中也と直接関わること。▽社会的事象。【　】は月日が不明なもの。

＊年表制作において『新編中原中也全集　別巻〔上〕』を参照した。

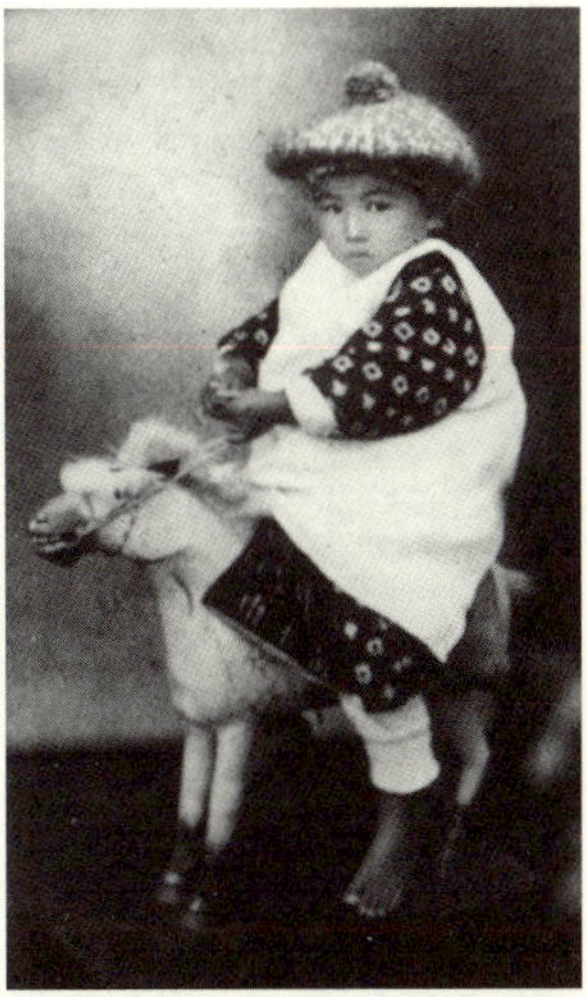

木馬にまたがる３歳ごろの中也
（中原中也記念館提供）

明治四〇（一九〇七）年　〇歳

▼四月、山口県吉敷郡山口町大字下宇野令村に柏村謙助・フクの長男として誕生。「奇跡の子」と呼ばれる。父謙助は歩兵第五十三聯隊付軍医として旅順に駐屯中。一一月、母フクに連れられ、門司港から父の居る旅順へ赴く（旅順には翌年一月まで滞在）。

明治四一（一九〇八）年　一歳

▼一月、謙助が柳樹屯分院勤務になったことで、一家が柳樹屯へ転居。天然痘に罹る。八月、謙助が歩兵第四十二聯隊付になり、一家は山口に戻る。

明治四二（一九〇九）年　二歳

▼二月、謙助が広島衛戍病院勤務となり、単身広島へ。三月、フク、スエと共に父の居る広島へ（広島市上柳町）。▽一〇月、伊藤博文がハルビン駅前で安重根に暗殺。

明治四三（一九一〇）年　三歳

▼五月、広島市鉄砲町に転居。一〇月、亜郎が誕生（謙助・フクの次男）。▽八月、日韓併合。【▼饒津神社で遊ぶ。】

明治四四（一九一一）年　四歳

▽一月、大逆事件（幸徳秋水らに死刑判決）。二月、南北朝正閏問題が起こる。三月、明治天皇の勅裁で南朝正統が決定。▼四月、広島女学校附属幼稚園（現、広島女学院ゲーンス幼稚園）に入園。▽一〇月、辛亥革命がはじまる。▼恰三が誕生（謙助・フクの三男）。

明治四五〔大正元〕（一九一二）年　五歳

▽一月、中華民国が成立し、孫文が臨時大総統になる。二月、清朝が滅亡。七月、明治天皇が崩御（大正に改元）。九月、陸軍大将乃木希典と妻静子が殉死。▼謙助が歩兵第三十五聯隊付三等軍医正（小佐）となり、一家も父の赴任地の金沢（金沢市野田寺町）へ転居。

大正二（一九一三）年　六歳

▼四月、北陸女学校附属第一幼稚園（現、北陸学院短期大学附属第一幼稚園）に入学。一〇月、思郎が誕生（謙助・フクの四男）。【▼神明館で映画「乃木大正一代記」を観る。】

大正三（一九一四）年　七歳

▼三月、謙助が朝鮮竜山聯隊軍医長となり、家族は山口

に戻る。四月、下宇野令尋常高等小学校へ入学。▽七月、第一次世界大戦勃発。八月、ドイツに宣戦布告して日本参戦。一一月、日本軍が青島占領。▼一二月、亜郎が危篤、謙助が一時帰国。

大正　四（一九一五）**年**　**八歳**

▼一月、亜郎が死去。八月、謙助が歩兵第四十二聯隊付兼山口衛戍病院長となり山口に戻る。謙助のスパルタ教育がはじまる。一〇月、謙助が政熊・コマと養子縁組をして中原家に入籍。謙助の一家が中原姓となる。一一月、政熊が隠居し、謙助が中原家の家督を相続。

大正　五（一九一六）**年**　**九歳**

▼七月、呉郎が誕生（謙助・フクの五男）。

大正　六（一九一七）**年**　**一〇歳**

▽三月、ロシア二月革命（ロマノフ王朝滅亡）。▼四月、謙助が中原医院（当時は湯田医院）を継ぐ。▽一一月、ロシア一〇月革命（ソビエト政府誕生）。【▼謙助が中也と思郎を津和野の乙女峠に連れてゆく。】

大正　七（一九一八）**年**　**一一歳**

▼二月、拾郎が誕生（謙助・フクの六男）。五月、下宇野令尋常高等小学校を退学し、山口師範学校附属小学校へ転校。教生の後藤信一と出会う。▽七月、富山で米騒動が起こり全国に波及。八月、シベリア出兵。一一月、第一次世界大戦が終わる。【▼「教育勅語」を暗誦して教師からほめられる。】

大正　八（一九一九）**年**　**一二歳**

▼一月、退校処分を受けた後藤信一を寄宿舎に訪ねる。▽三月、朝鮮で三・一運動（反日独立運動）。五月、中国で五・四運動（抗日運動）。八月、猶存社設立。北一輝が『国家改造法案原理大綱』（のちに『日本改造法案大綱』に改題）を完成。

大正　九（一九二〇）**年**　**一三歳**

▼二月、『婦人画報』に短歌が載る。『防長新聞』（一七日）に短歌が載る。▽三月、尼港事件（ニコライエフスクで日本軍がパルチザンに虐殺）。▼山口師範学校附属小学校を卒業。四月、県立山口中学校に入学。『防長新聞』（一九日）に短歌が載る。▽五月、東京上野公園で日本初のメーデー。▼夏、恰三と門司の野村家に行く。野村家の娘に初恋をし、帰宅後に文通。冬、門司の野村家に

再び行く。

大正一〇（一九二一）年　一四歳

▼四月、井尻民男（山口高等学校生）が中原家に寄寓し、家庭教師を務める。山口中学校の弁論部に所属。五月、政熊が死去し、ビリオン神父により今道天主公教会で教会葬。三和町のカトリック墓地に埋葬。七月、成績が下がったことで山口中学校教頭・川瀬哲三宅に預けられる。一週間で自宅に戻る。夏、謙助の依頼で「中原家累代之墓」と「中原政熊夫婦墓」の墓碑銘を書く。▽九月、朝日平吾が安田善次郎を刺殺。▼一〇月、『防長新聞』（二日）に短歌が載る。▽一一月、原敬（首相）が東京駅で中岡艮一により刺殺。▼『防長新聞』（一九日）に短歌が載る。一二月、『防長新聞』（一日）に短歌が載る。

大正一一（一九二二）年　一五歳

▼二月、『防長新聞』（四日）に短歌が載る。▽ワシントン海軍軍縮協定で日本の主力艦が制限。▼三月、『防長新聞』（五日）に短歌が載る。四月、家庭教師の井尻民男が京都帝大に入学し、山口高校生の村重正夫が家庭教師を引き継ぐ。合同歌集『末黒野』を出版し、短歌を掲載。五月、『防長新聞』（二日、七日）に短歌が載る。政熊の一周忌で謙助が三和町カトリック墓地に「中原政熊夫婦墓」を建立。六月、山口中学校弁論大会に出場。『防長新聞』（一〇日、二三日）に短歌が載る。▽七月、日本共産党が非合法に結成。▼『防長新聞』（一九日、二三日）に短歌が載る。八月、『防長新聞』（七日、二三日）に短歌が載る。夏、大分の西光寺で修養生活。九月、『防長新聞』（三〇日）に短歌が載る。一〇月、『防長新聞』（七日、一四日、二〇日）に短歌が載る。一一月、『防長新聞』（一三日、一九日）に短歌が載る。山口中学校講堂での連合弁論大会に出場。一二月、大分の西光寺にひとりで再び行く。【酒とタバコを覚え、母校の山口師範学校附属小学校にサングラスをかけて乗り込む。】

大正一二（一九二三）年　一六歳

▽一月、月刊『文藝春秋』創刊。二月、高橋新吉『ダダイスト新吉の詩』発行。▼『防長新聞』（七日、一三日、二七日）に短歌が載る。「白梅歌会詠草」に短歌が載る。三月、落第が決定。▽四月、日本共産党『赤旗』創刊。▼京都の立命館中学に転入し、第三学年に編入。秋、『ダダイスト新吉の詩』を読む。左京区岡崎西福ノ川に下宿。▽九月、関東大震災。甘粕事件（大杉栄、伊藤野枝らが殺害）。▼聖護院西町に下宿。一一月、丸太町に

下宿。一二月、永井叔を通じて女優志望の長谷川泰子と知り合う。▽虎ノ門事件（難波大助が皇太子を狙撃するが失敗）。

大正一三（一九二四）年　一七歳

▽一月、皇太子御成婚。▼四月、冨倉徳次郎（立命館中学教師）を知る。大将軍川端町の椿寺の裏で長谷川泰子と同棲を開始。五月、正岡忠三郎を知る。七月、富永太郎を知る。▽アメリカが排日移民法を実施。

大正一四（一九二五）年　一八歳

▼三月、富永太郎が療養のため片瀬に転地。立命館中学を卒業し、長谷川泰子と上京。早稲田鶴巻町の早成館に止宿し、戸塚町源兵衛に移転。正岡忠三郎に早稲田大学予科の替え玉受験を依頼（実行されず）。四月、中野に下宿。小林秀雄を知る。日本大学予科入試に遅刻し、試験会場に入れず。五月、高円寺に下宿。永井龍男を知る。一〇月、小林秀雄が長谷川泰子と駆け落ちを計画するが失敗、小林がひとりで伊豆大島に行く。一一月、富永太郎が死去。村井康男を知る。小林秀雄が長谷川泰子と同棲を開始。中野桃園の「炭屋の二階」に下宿。【一二月（?-）、宮沢賢治の『春と修羅』を購入。銀座の写真館「有賀」でポートレートを撮る。】

大正一五〈昭和元〉（一九二六）年　一九歳

▼一月、正岡忠三郎に横浜行きの願望を手紙で語る。二月、「むなしさ」制作か（?-）。四月、日本大学予科に入学。五月、「朝の歌」制作。▽皇太子が山口県を行啓。▼七月、「朝の歌」を小林秀雄に見せる。九月、日本大学予科を退学。一〇月、政熊・コマの尽力で山口にザビエル記念碑が建つ。中野上町に下宿。一一月、謙助らの尽力で、湯田に七卿遺跡記念碑が建つ。中野町桃園の「炭屋の二階」に再び下宿。アテネ・フランセに通う。▽一二月、大正天皇崩御（昭和に改元）。【▼横浜の真金町遊廓に通う。「臨終」製作。】

昭和　二（一九二七）年　二〇歳

▼一月、謙助が家族を連れて別府旅行（中也は留守番）。春、河上徹太郎を知る。▽四月、田中義一内閣生成立。七月、芥川龍之介が自殺。▼九月、辻潤を訪ねる。一〇月、高橋新吉を訪ねる。佐藤春夫を訪ねる。一一月、諸井三郎を知り、音楽集団スルヤに近づく。今日出海と知り合う。一二月、スルヤ第一回発表演奏会。帰省。

昭和　三（一九二八）年　　**二一歳**

▼一月、上京。内海誓一郎を知る。三月、大岡昇平と古谷綱武を知る。謙助が往診先で倒れる。高田博厚を知る。▽三・一五事件（共産党員大検挙）。▼四月、関口隆克を知る。五月、スルヤ第二回発表演奏会で「朝の歌」「臨終」が初演。謙助が死去。小林秀雄が逃亡（→大阪→奈良）。六月、阿部六郎を知る。富永二郎を知る。七月、安原喜弘を知る。八月、弟たちが萩中学校に転校。九月、高井戸で関口隆克、石田五郎との共同生活に参加。長谷川泰子が松竹キネマに入社、「陸礼子」の芸名。一一月、スルヤ第三回発表演奏会。▽昭和天皇即位。

昭和　四（一九二九）年　　**二二歳**

▼一月、高井戸での共同生活を終えて渋谷町神山に下宿。四月、『白痴群』を創刊。▽四・一六事件（共産党員大検挙）。▼民家の軒燈を壊して留置場に入る。▽五月（～六月）、小林多喜二が『戦旗』に「蟹工船」を発表。▼五月、長谷川泰子と京都旅行。謙助の一周忌で吉敷の経塚墓地に「中原家累代之墓」を建立。北豊島郡長崎町に下宿。六月、新宿中村屋で長谷川泰子と会う。七月、スルヤ第四回発表演奏会。高井戸町中高井戸（高田博厚のアトリエ近く）に下宿。一〇月、『生活者』に「無題」（のちに「サーカス」と改題）を発表。▽世界恐慌がはじまる。一一月、児玉誉士夫が失業者救済を天皇に直訴。

【靖国神社の創立五〇年目。】

昭和　五（一九三〇）年　　**二三歳**

▼一月、松田利勝を知る。四月、『白痴群』が第六号で廃刊。弟恰三が日本医科大学に入学。京都に安原喜弘を訪ねる。奈良のカトリック教会にビリオン神父を訪ねる。▽ロンドン海軍軍縮条約調印。▼五月、神保光太郎を知る。スルヤ第五回発表演奏会で「帰郷」「失せし希望」「老ひたるものをして……　空しき秋　第十二」が初演。六月、「湖上」を制作。九月、中央大学予科に編入学。代々木山谷に下宿。一〇月、スルヤ第六回発表演奏会。秋、吉田秀和を知る。弟恰三が肋膜炎で倒れ、入院。小林秀雄がランボオの『地獄の季節』を翻訳、淋病に罹る。▽一一月、浜口雄幸（首相）が東京駅で佐郷屋留雄に狙撃。▼一二月、長谷川泰子が山川幸世の子茂樹を出産。

昭和　六（一九三一）年　　**二四歳**

▼二月、高田博厚がフランスに出発、長谷川泰子と東京駅まで見送りに行く。▽三月、三月事件。▼中原家、萩の家を引き払い、山口に戻る。四月、東京外国語学校専

修科仏語に入学。弟恰三が療養のため山口に戻る。五月、青山二郎、竹田鎌二郎を知る。▽六月、大日本生産党結成。▼スルヤ第七回発表演奏会「老ひたるものをして……　空しき秋　第十二」が再演。七月、渋谷区代々木(千駄ヶ谷)に下宿。八月、弟恰三の見舞いを兼ね、山口に帰省。▽九月、満洲事変。▼弟恰三、死去。▽一〇月、一〇月事件。▼『時事新報』で募集された東京名映画鑑賞会主催「グレタ・ガルボに似た女性」で長谷川泰子が一等入選。一二月、ウィンゾアー開店。高森文夫を知る。

昭和　七(一九三二)年　**二五歳**

▼一月、本居宣長の『直毘霊』に熱中。二月、高森文夫と辰野隆を訪問、「憔悴」を見せる。嘉村礒多を「これは立派だ」と評す。▽三月、満洲建国宣言。▼安原善弘を長門峡や秋吉の鍾乳洞などに案内。四月、『山羊の歌』編集に着手。五月、高森文夫と京都旅行。▽五・一五事件。▼六月、『山羊の歌』編集終了、第一回予約募集葉書投函。七月、『山羊の歌』第二回予約募集葉書投函。帰省。八月、宮崎の高森文夫を訪問。「材木」を制作。金沢へ向かい、兼六園のヤマトタケルの銅像に泣く。淵江千代子の家に下宿。九月、実祖母スエ、死去。『山羊の歌』の印刷にかかるが資金不足で刊行に至らず、印刷稿を安原喜弘の家に預ける。神経衰弱に罹る。▽一〇月、リットン報告書「満州事変認めず」。▼一二月、淵江千代子の娘に求婚し、娘が逃亡。【坂口安吾を知る。】

昭和　八(一九三三)年　**二六歳**

▼二月、ウィンゾアー閉店。▽小林多喜二が拷問死。▼三月、東京外国語学校専修科仏語修了。▽日本が国際連盟脱退(正式決定)。▼四月、『山羊の歌』の印刷稿を芝書店に持ち込むが断られる。春、『半仙戯』発刊相談会に出席、野田真吉を知る。五月、『紀元』発刊準備会に出席、牧野信一を知る。精神に「温和さ」が芽生えるが腎臓炎になる。六月、『読売新聞』文芸部主催「流行小唄『東京祭』懸賞募集」に応募。七月、落選。九月、『紀元』創刊。▽神兵隊事件。▼このころ右翼の事務所に遊びに行く。一〇月、『文学界』創刊。一一月、帰省し、上野孝子と見合い。一二月、結婚。最初の翻訳詩集『ランボオ詩集《学校時代の詩》』刊行。「花園アパート」に新居を構える。▽皇太子(今上天皇)誕生で奉祝ムードとなる。

昭和　九（一九三四）年　　**二七歳**

▼二月、大岡昇平が国民新聞社へ入社。「玩具の賦」制作。春、孝子が眼病に罹る。六月、孝子の眼病が悪化（両眼となる）、看病に務める。夏、丸山薫を知る。八月、出産準備のため孝子と帰省。▽九月、室戸台風。▼建設社が企画した『ランボオ大全集』のため、ランボオの翻訳をはじめる。出産を待たず単身上京。一〇月、復刊第一号『四季』に「みちこ」を発表。長男文也誕生。一一月、草野心平を知る。文圃堂書店から『山羊の歌』出版が決まる。檀一雄、太宰治を知る。『少年大日本史』シリーズを読みはじめる。一二月、『青い花』創刊号で「港市の秋」「凄まじき黄昏」を発表。『山羊の歌』完成。帰省、文也と初対面。翌年三月の上京まで生家で『ランボオ全集』の翻訳に再び専念。【中村光夫の頭をビール瓶でなぐる。】

昭和一〇（一九三五）年　　**二八歳**

▼二月、養祖母コマ、死去。三月、長門峡を訪ね、吐血、胃の不調を訴える。文也を肩車して権現山を散歩。単身上京。四月、八年ぶりに佐藤春夫に会う。東洋汽船の招待で大島に一泊。「大島行葵丸にて」制作。五月、「はせ川」で飲む。六月、親戚の中原岩三郎の持ち家（市ヶ谷谷町）に転居。山口に帰省し、文也に会う。七月、宮崎の高森文夫を訪問。八月、孝子と文也を連れて上京。九月、祖父助之の五〇年忌で横浜に行く。フクが遺骨を持ち帰り、吉敷の経塚墓地に移転。一〇月、このころ読売新聞社の就職に失敗。萩原朔太郎『絶望の逃走』出版記念会に出席。一一月、伊東静雄『わがひとに与ふる哀歌』出版記念会に参加。【芝浦の待合「小竹」に通う。】

昭和一一（一九三六）年　　**二九歳**

▽二月、二・二六事件。▼三月、文也を動物園に連れてゆく。四月、『四季』に「雪の賦」を発表。詩人クラブ第一回総会（新宿京王パラダイス）に出席。六月、二冊目の翻訳詩集『ランボオ詩抄』刊行。このころ肩凝りに悩み、山之口貘に灸をしてもらう約束をする。七月、「六月の雨」が文学界賞の選外一席になる。文也を連れて上野公園の不忍池を散策、「国体宣揚大博覧会」を見る。九月、谷口雅春の『久遠の実在』を読み感動。秋、NHKを受験するが就職せず。一一月、文也、死去。一二月、次男愛雅、誕生。精神に異常をきたす。「冬の長門峡」制作。母フクと弟思郎が上京。

昭和一二（一九三七）年　　**三〇歳**

▼一月、中村古峡療養所に入院。二月、退院し、鎌倉町扇ヶ谷（寿福寺境内の家）へ転居。三月、天主公教大町教会でジョリー神父を知る。四月、空気銃を購入。弟思郎が就職活動で上京。小林秀雄と鶴岡八幡宮の茶店でビールを飲む。▽五月、パリで万国博覧会開幕。▼鶴岡八幡宮で雀を撃つ。六月、上京して第二回「四季」の会に出席し、萩原朔太郎に神経衰弱を訴える。▽七月、盧溝橋事件（日中戦争の開始）。▼八月、後藤信一に宛てて、帰省に際して訪問したい旨を手紙で送る。九月、三冊目の翻訳詩集『ランボオ詩集』を刊行。小林秀雄に『在りし日の歌』の清書原稿を渡す。青山二郎とエスパニョールへ行く。一〇月、鎌倉養生院に入院。結核性脳膜炎にて死去。寿福寺で告別式、湯田でも葬式が行われる。一一月、『紀元』で追悼特集。▽戦艦「大和」起工式。▼一二月、『文学界』『四季』『手帖』で追悼特集。▽日本軍が南京を占領（南京事変）。日産コンツェルンの満洲進出。

昭和一三（一九三八）年　（没後一年）

▼一月、愛雅、死去。四月、『在りし日の歌』刊行。

昭和一四（一九三九）年　（没後二年）

▼四月、『歴程』で追悼特集。▽五月、ノモンハン事件。九月、英・仏が独に宣戦布告（第二次世界大戦勃発）。

昭和一六（一九四一）年　（没後四年）

▽一二月、大東亜戦争（太平洋戦争）勃発。

おわりに

長州藩は慶長五（一六〇〇）年の関ヶ原の敗戦から始まった。このとき戦前の一一二万石が約三〇万石にまで減らされ、中国地方一帯に君臨していた毛利氏は防長二州に追われ、交通不便な山陰の萩に辛うじて城を築くことを許された。この歪みが、長州藩（今の山口県）を特異な存在にした。

最初の特異性は宝暦一二（一七六二）年の検地後、七代藩主・毛利重就《しげたか》が幕府に内緒の新田開発を行い、秘密裏に討幕資金を蓄える撫育《ぶいく》制度を創設したことであろう。その多くがイギリスの武器商人トーマス・グラバーを通じて徳川家と戦う武器弾薬に化けた。

幕末には吉田松陰が松下村塾を主宰したが、「徳川政府顚覆の卵を孵化したる保育場の一なり」と徳富蘇峰が『吉田松陰』で語るように、長州藩の失地回復を目指す工作員の養成機関だった。この塾のもっとも優秀な卒業生が、後に初代総理大臣になる伊藤博文だった。長州藩はイギリスと結び、フランスと手を組んだ幕府を倒す。明治新政府がイギリスをモデルにした立身出世主義や社会制度を整えたことは自然で、その中から伊藤博文を皮切りに山県有朋、桂太郎、寺内正毅、田中義一、岸信介、佐藤栄作が総理大臣となり、平成に八人目の宰相として安部晋三が登場した。政府の要職を独占したので長州閥と揶揄されたこともあるが、一方で旧藩士の前原一誠が明治九年に萩の変を起こしたり（吉田松陰の叔父・玉木文之進も関与していた）、共産党の野坂参三やテロリストの難波大助（伊藤博文の親戚）が出てきたり、磯部浅一が二・二六事件で処刑されたりした。

本書を書き進むうち、私はこの振幅の大きさが中也の詩にも反映されていることを感じ、彼がフランス詩人・

ランボオに魅せられた理由に興味を持った。ランボオだけでなく、フランスそれ自体に憧れたが、結局、渡航を果たせずに死ぬ。その状況は実祖父・中原助之の人生とよく似ていた。長州藩士として四境戦争で活躍した助之は維新後に上京して工部省に就職して外国渡航を夢見るが、明治一九年に三七歳の若さで亡くなっていた。

フランスに憧れながら、中也は維新を駆け抜けた祖先を常に身近に感じていた。そのことは祖父たちが築いたイギリス流の新時代の枠から彼自身がドロップアウトした象徴に見える。中也の詩に勝者の内に潜む敗北と絶望が横たわるのも、そのためであろう。

このような近代の矛盾を映し出す鏡としての中也論を書くため、中原中也記念館に大変お世話になった。風来坊の私を毎回笑顔で暖かく迎えてくださった福田百合子名誉館長に、イベントや研究で忙しいにもかかわらず時間を割いて初稿のチェックをしてくださった中原豊館長。個人蔵の写真を快く提供してくださった藪田由梨さんに、ダダイズムをレクチャーしてくださった池田誠さん。そして記念館の写真の使用許可や中原家との折衝など、こまごまとした一切のお世話を献身的にしてくださった那須香さんに、心からのお礼を申し上げたい。この方たちの協力なしには本書は完成しなかったし、その意味においても多くの中也ファンに新しい中也論を読んでいただきたい。

最後になったが弦書房の小野静男氏には今回もまた最初から最後までお世話になった。中也記念館を一緒に訪ねて打ち合わせを行い、二度も三度も中也ゆかりの地を訪ねたという意味では、本書もまた小野氏との共作である。作家にとって理解ある編集者が近くにいることほど心強いものはない。お世話になった全ての人に、お礼を申し上げたいのはいつものことだが、恒例により紙面が尽きたため、心の中で手を合わせ、この辺りで終る。

二〇〇九年春

堀　雅昭

主要参考文献

中原中也『新編中原中也全集　第一巻』（本文篇、解題篇）角川書店、平成一二年
中原中也『新編中原中也全集　第二巻』（本文篇、解題篇）角川書店、平成一三年
中原中也『新編中原中也全集　第三巻』（本文篇、解題篇）角川書店、平成一二年
中原中也『新編中原中也全集　第四巻』（本文篇、解題篇）角川書店、平成一五年
中原中也『新編中原中也全集　第五巻』（本文篇、解題篇）角川書店、平成一五年
中原中也『新編中原中也全集　別巻』（上、下）角川書店、平成一六年
〔＊各巻に添付される月報も利用〕
中原中也『中原中也全集　第一巻』角川書店、一九六七年〔一九八九年、一九版〕
中原中也『中原中也全集　第二巻』角川書店、一九六七年〔一九九〇年、一六版〕
中原中也『中原中也全集　第三巻』角川書店、一九六七年〔一九八八年、一四版〕
中原中也『中原中也全集　第四巻』角川書店、一九六八年〔一九九〇年、一六版〕
中原中也『中原中也全集　第五巻』角川書店、一九六八年〔一九八五年、一二版〕
中原中也『中原中也全集　別巻』角川書店、一九七一年〔一九八八年、八版〕
〔＊各巻に添付される月報も利用〕
中原中也記念館（編）『中也の軌跡Ⅵ　短歌～詩世界への出発点』（平成一二年企画展）二〇〇〇年
中原中也記念館（編）『中原中也と西洋音楽』（平成一七年特別企画展）二〇〇五年
中原中也記念館（編）『小林秀雄と中原中也』（二〇〇七年特別企画展）二〇〇七年
中原中也記念館（編）『青山二郎と中原中也』（二〇〇六年特別企画展）二〇〇六年
『平成ＤＡＤＡ　中原中也生誕90-3年祭』（1994年4月29日　山口市湯田温泉高田公園　特設テント劇場　記念小冊子）
『中原中也誕生90—1年祭』（1996年4月29日　山口県維新百年記念公園野外音楽堂　記念小冊子）
『中原中也記念館　館報2001　第6号』中原中也記念館
『中原中也記念館　館報2002　第7号』中原中也記念館
『中原中也記念館　館報2003　第8号』中原中也記念館
『中原中也記念館　館報2004　第9号』中原中也記念館
『中原中也記念館　館報2006　第11号』中原中也記念館
『中原中也記念館　館報2007　第12号』中原中也記念館
中原フク（述）・村上護（篇）『私の上に降る雪は』講談社、一九七五年〔四刷〕
中原思郎『兄中原中也と祖先たち』審美社、一九七〇年
中原思郎「中原中也の〝悲しき朝〟」（『中国新聞』昭和四六年二月二七日）
中原思郎・吉田凞生（編）『中原中也アルバム』角川書店、昭和四

七年
中原呉郎『海の旅路　中也・山頭火のこと他』昭和出版、一九七六年
福島泰樹『中原中也　帝都慕情』日本放送出版協会、二〇〇七年
福島泰樹『誰も語らなかった中原中也』ＰＨＰ研究所、二〇〇七年
樋口覚『中原中也　いのちの声』講談社、一九九六年
樋口覚『富永太郎』砂子屋書房、一九八六年
樋口覚『日本人の帽子』講談社、二〇〇〇年
小川和佑『中原中也研究』教育出版センター、昭和五〇年
阿部六郎『阿部六郎全集　第一巻』一穂社、昭和六二年
河上徹太郎『日本のアウトサイダー』新潮社、昭和五四年〔二〇刷〕
河上徹太郎『河上徹太郎著作集　第二巻』新潮社、昭和五六年
河上徹太郎『河上徹太郎著作集　第七巻』新潮社、昭和五七年
河上徹太郎『わが中原中也』昭和出版、昭和四九年
大岡昇平『生と歌　中原中也その後』角川書店、昭和五七年
大岡昇平『中原中也』角川書店、昭和五四年
大岡昇平『富永太郎と中原中也』第三文明社、一九七五年
大岡昇平「教えられたこと」（『群像　日本の作家１４　小林秀雄』）
大岡昇平『大岡昇平全集一四』筑摩書房、一九九六年
大岡昇平『大岡昇平全集一七』筑摩書房、一九九五年
大岡昇平『大岡昇平全集一八』筑摩書房、一九九五年
大岡昇平『大岡昇平全集二三』筑摩書房、二〇〇三年
大岡昇平『大岡昇平全集別巻』筑摩書房、一九九六年
安原喜弘『中原中也の手紙』青土社、二〇〇〇年
野々上慶一『ある回想　小林秀雄と河上徹太郎』新潮社、一九九四年
野々上慶一『高級な友情』小沢書店、平成元年
野々上慶一『中也ノオト　私と中原中也』かまくら春秋社、平成一五年
野々上慶一「小林さんとの飲み食い五十年」（『新潮』昭和五九年四月号）
野田真吉『中原中也　わが青春の漂泊』泰流社、一九八八年
長谷川泰子（村上護編）『中原中也との愛　ゆきてかへらぬ』角川書店、平成一八年
高森文夫「忘れ得ぬ人―過ぎし夏の日の事ども」（『朝日新聞』〔西部本社版〕昭和三〇年五月一七日）
吉田凞生『評伝　中原中也』東京書籍、昭和五三年
吉田凞生（編）『中原中也必携』學燈社、昭和五六年
小林秀雄『考えるヒント４』文藝春秋、一九八〇年
小林秀雄「モオツアルト」（『昭和文学全集　第９巻』小学館、昭和六二年）
小林秀雄『小林秀雄全集　第一巻』新潮社、昭和五三年〔九刷〕
小林秀雄『本居宣長　上・下』新潮社、平成四年
『小林秀雄　百年のヒント　新潮４月臨時増刊』新潮社、平成一三年
『新潮日本文学アルバム31　小林秀雄』新潮社、一九八六年
阿部到『小林秀雄論覚え書』おうふう、平成一一年
高見沢潤子『兄　小林秀雄との対話』講談社、昭和四五年
郡司勝義『小林秀雄の思ひ出　その世界をめぐって』文藝春秋、一九九三年
江藤淳「小林秀雄」（『江藤淳著作集３』講談社、昭和五二年〔七刷〕）
高田博厚「分水嶺」（『高田博厚著作集第二巻』朝日新聞社、一九八五年）
高田博厚「中原中也」（『高田博厚著作集第四巻』朝日新聞社、一九八五年）
永井龍男「中原中也」「小笠原諸島」「直木三十五」（『永井龍男全集

第十一巻』講談社、昭和五七年）
永瀬清子『すぎ去ればすべてなつかしい日々』福武書店、一九九〇年
中島健蔵『回想の文学①　疾風怒濤の巻』平凡社、昭和五二年
中島健蔵『回想の文学②　物情騒然の巻』平凡社、昭和五二年
白洲正子『いまなぜ青山二郎なのか』新潮社、一九九一年
青山二郎『青山二郎文集』小澤書店、昭和六二年
森孝一（編）『陶に遊び美を極める　青山二郎の素顔』里文出版、平成九年
高森文夫「ある歳末の記憶」（『詩学』詩学社、昭和四四年一二月号）
関口隆克「中原中也との出合いと別れ」（『「白痴群」復刻版　別冊・解説』財団法人日本近代文学館、昭和四九年）
若園清太郎『わが坂口安吾』昭和出版、一九七六年
若園清太郎「中也君の態度」（『紀元』〔第三巻　第二号〕紀元社、昭和一〇年二月）
橋本徹馬『紫雲荘閑話』紫雲荘、昭和七年
橋本徹馬『紫雲荘百話』東洋経済新報社、昭和一六年
橋本徹馬『自叙伝』紫雲荘、昭和四二年
野坂参三『風雪のあゆみ（一）』新日本出版社、一九七四年〔一〇刷〕
近現代史研究会（編著）『実録　野坂参三』マルジュ社、一九九七年
小林多喜二『蟹工船　一九二八・三・一五』岩波書店、一九八八年
久世光彦『女神』新潮社、二〇〇三年
白洲正子『行雲抄』世界文化社、一九九九年
草野心平「中原中也寸言」（『草野心平全集　第五巻』筑摩書房、昭和五六年）
草野心平「中原中也」（『草野心平全集　第十一巻』筑摩書房、昭和五七年）
中村光夫「リアリズムについて」（『中村光夫全集　第七巻』筑摩書房、昭和四七年）
中村光夫『今はむかし』中央公論社、昭和五六年
吉田秀和「中原中也のこと」（『吉田秀和全集10』白水社、一九七六年）
金子光晴『金子光晴全集　第十一巻』中央公論社、昭和五一年
ケヴィン・M・ドーク『日本浪曼派とナショナリズム』柏書房、一九九九年
小島信一（編）『日本の詩　伊東静雄』ほるぷ出版、昭和六〇年
小高根二郎『詩人、その生涯と運命』日本図書センター、一九九〇年
保田與重郎「伊東静雄の詩について」（『保田與重郎全集　第十巻』講談社、平成二年〔二刷〕）
馬渡憲三郎『日本の詩　立原道造』ほるぷ出版、昭和六〇年
萩原朔太郎「中原中也君の印象」（『萩原朔太郎全集　第九巻』筑摩書房、昭和五一年）
萩原朔太郎「萩原朔太郎年譜」（『萩原朔太郎全集　第十巻』筑摩書房、昭和五〇年）
萩原朔太郎「日本への回帰」（『萩原朔太郎全集　第十五巻』筑摩書房、昭和五三年）
種田山頭火『山頭火句集』春陽堂書店、平成一四年
山内祥史『太宰治全集　別巻』筑摩書房、一九九二年
『新潮日本文学アルバム19　太宰治』新潮社、一九八四年〔七刷〕
坂口安吾「二十七歳」（『暗い青春・魔の退屈』角川書店、昭和五二年）
北畠八穂「中原中也さん」（『群像日本の作家15　中原中也』小学館、一九九一年）
青木健『中原中也　盲目の秋』河出書房新社、二〇〇三年
青木健『中原中也　永訣の秋』河出書房新社、二〇〇四年
内海誓一郎「中原中也と音楽」（一九八九年二月号『群像』講談社）
佐々木幹郎「〈療養日誌〉解題」（二〇〇〇年六月号『ユリイカ』青

土社）
『現代詩読本1　中原中也』思潮社、一九七八年
『新潮日本文学アルバム30　中原中也』新潮社、一九八八年
『詩誌こだま第153号特集―中原中也没後50年』こだま詩社、昭和六一年
『文芸読本　中原中也』河出書房新社、昭和五六年（一二版）
『新文芸読本　中原中也』河出書房新社、一九九一年
『別冊太陽　中原中也　魂の詩人』平凡社、二〇〇七年
インタビュー「『文圃堂』のこと」（野々慶一さんに聞く　聞き手＝佐々木幹郎）（『中原中也研究　第二号』中原中也記念館、一九九七年）
長沼光彦「昭和初年頃の中原中也と〈生活〉」（中原中也の会〈編〉『中原中也研究　第三号』中原中也記念館、一九九八年）
吉竹博「中原中也の政治意識」（同右）
「公開対談　中原中也と諸井三郎」（中原中也の会〈編〉『中原中也研究　第九号』中原中也記念館、二〇〇四年）
福田百合子「中原中也生誕百年に寄せて」（中原中也の会〈編〉『中原中也研究　第十二号』中原中也記念館、二〇〇七年）
イヴ＝マリ・アリュー「中原中也―その政治性」（『文学』一九七七年一一月　VOL. 45　岩波書店）
平岡敏夫「軍事なるもの」（『國文學―解釈と教材の研究―』昭和五二年一〇月号、學燈社）
高橋新吉『禅に遊ぶ』立風書房、昭和五二年
高橋新吉『ダダイスト新吉の詩』日本図書センター、二〇〇三年
玉川信明『評伝　辻潤』三一書房、一九七一年
永井叔『大空詩人　自叙伝・青年篇』同成社、一九七〇年
吉行淳之介『詩とダダと私と』作品社、一九七九年
吉行淳之介「祭礼の日」（『吉行淳之介全集　第一巻』講談社、昭和五八年）
吉行和子（監修）『吉行エイスケ　作品と世界』国書刊行会、一九九七年
安岡章太郎「サアカスの馬」（『安岡章太郎集2』）
『靖国神社霊爾中山口県人名簿』（山口県立図書館蔵）
靖國神社社務所（編）『靖國神社忠魂史第一巻』（非売品）靖國神社社務所、昭和一〇年
檀一雄「小説太宰治」（『檀一雄全集　第七巻』新潮社、一九七七年）
檀一雄『太宰と安吾』沖積舎、一九九〇年
古谷綱正『私だけの映画史』暮らしの手帖社、昭和五三年
高見順『昭和文学盛衰史』文藝春秋、一九八七年
深草獅子郎『わが隣人中原中也』麥書房、昭和五〇年
「中原中也追悼」（『近代作家追悼文集成　第二十六巻』ゆまに書房、平成四年）
「私の歌を聴いてくれ　中原中也生誕100年」①―⑩（『中国新聞』二〇〇七年一〇月一二日〜二五日）
丸山薫『現代詩文庫　丸山薫』思潮社、一九八九年
丸山三四子『マネキン・ガール　詩人の妻の昭和史』時事通信社、昭和五九年
堀真清『西田税と日本ファシズム運動』岩波書店、二〇〇七年
三好達治「ぶつくさ」（『三好達治全集　第四巻』筑摩書房、昭和四〇年）
三好達治『作家の自伝95　三好達治』日本図書センター、一九九九年
三好達治『現代詩文庫　三好達治』思潮社、一九八九年
中村稔「中原中也像のなりたち」（『言葉なき歌』角川書店、昭和五

一年〔六版〕
中村稔『中也のうた』社会思想社、一九八七年〔二七刷〕
中村真一郎（編）『近代の詩人　九　三好達治』塩出出版、一九九二年
谷口雅春『久遠の実在』日本教文社、昭和五九年
本居宣長『直毘霊』岩波書店、昭和一一年
内村鑑三『代表的日本人』一九九九年〔一四刷〕
蘆原英了『私の半自叙伝』新宿書房、一九八三年
坪内祐三『慶応三年生まれ七人の旋毛曲り』マガジンハウス、二〇〇一年
有馬学『日本の近代４「国際化」の中の帝国日本』中央公論新社、一九九九年
司馬遼太郎『ひとびとの跫音』中央公論社、昭和五九年
田中清光「詩の岐れ道　富永太郎をめぐって」（『大正詩展望』筑摩書房、一九九六年）
岩野泡鳴『岩野泡鳴集』（『日本文学全集』集英社、昭和四九年）
岩野泡鳴・山村暮鳥『近代日本キリスト教文学全集４』教文館、昭和五一年
大橋健二『日本陽明学奇蹟の系譜』叢文社、平成七年
小島毅『近代日本の陽明学』講談社、二〇〇六年
加藤藤吉『日本花街志』四季社、昭和三一年
『全国遊廓案内』（『近代庶民生活誌　第一四巻』三一書房、一九九三年）
村上護『四谷花園アパート』講談社、昭和五三年
西原和海（編）『夢野久作著作集２　東京人の堕落時代』葦書房、昭和五四年
桂歌丸（山本進・編）『極上歌丸ばなし』うなぎ書房、二〇〇六年
堀雅昭『戦争歌が映す近代』葦書房、二〇〇一年
田中彰『幕末の長州』中央公論社、昭和四〇年
高橋文雄『山口県地名考』山口県地名研究所、昭和五三年
山口市編集委員会『山口市史』山口市、昭和五七年
山口市史編纂委員会『山口市史　地区篇』山口市史編纂委員会、昭和三六年
三坂圭治『吉敷村史』（非売品）、昭和一二年
長谷川卒助『船木郷土史話』楠町教育委員会、昭和四二年
井関九郎『近代防長人物誌　地』マツノ書店、昭和六二年
隅谷三喜男『近代日本の形成とキリスト教』新教出版社、一九九五年
田村哲夫『湯田小学校校史　開校一〇〇年記念』山口市立湯田小学校、昭和五二年
佐間久吉『皇政復古七十年記念山口史蹟概覧』（非売品）山口市役所、昭和一一年
内田伸（編）『明治維新と山口市』山口市役、昭和五五年
内田伸（編）『中原中也写真集』山口市歴史民俗資料館〔発行年は不明だが、昭和六一年の「中原中也特別展」開催後に編集された冊子〕
『山口県報　大正十二年』（山口県立山口図書館蔵）
山本一成『サビエルと山口』大内文化研究会、一九九九年
古川薫『ザビエルの謎』文藝春秋、平成六年
田中助一「詩人中原中也の寓居」（『史都萩』第一四号、史都萩を愛する会、昭和四五年）
『行啓記念寫眞帖』山口縣廳、大正一五年
『皇太子殿下山口縣行啓録』山口県、昭和三年
『東京都区別地図大鑑』人文社、昭和三〇年

高倉嘉夫〔編〕『大東京寫眞帖』忠誠堂、昭和五年
『街・明治　大正　昭和―絵葉書にみる日本近代都市の歩み　1902→1941―　関東編』都市研究会　尾形光彦、一九八〇年
『秘蔵　日露陸戦写真帖―旅順攻防戦』柏書房、二〇〇四年
立花隆『天皇と東大〔上〕』文藝春秋、二〇〇六年〔四刷〕
小田光雄『書店の近代』平凡社、二〇〇三年
日本近代文学館・小田切進〔編〕『日本近代文学大辞典　第五巻』講談社、昭和五二年
有賀帍五郎『ドイツで学んだ肖像写真・有賀帍五郎』有賀写真館、一九七八年
〔この他、『読売新聞』、『朝日新聞』、『防長新聞』、『山口市報』などを利用した。〕

主要人名索引

あ
相島直一　114
青木健　211
青山清　15、129、130
青山きん　182
青山二郎　142、143、145、150、151、165－167、172、175、179、182、183、185、187、188、190－192、194、201－203、206、207、230、234－236
青山八郎衛門　143
赤松克麿　145
アーサー・シモンズ　78
朝日平吾　58
蘆原英了〔あしはらえいりょう〕　21、22、25
アーネスト・サトウ　65
阿野たみ　56
阿部六郎　113、114、118－120、136、138、152、153、157、213、214、230、235、237
甘粕正彦　65
アマテラス　118
アマトリウス・ビリヨン　→　ビリオン神父
有賀乕五郎　85
有馬学　22
有本芳水　52
アルチュール・ランボオ　→　ランボオ
淡谷のり子　22
粟屋六蔵　34
安重根　38

い
イヴ＝マリ・アリュー　94
幾松（木戸松子）　63
石川香村　54
石川啄木　124、170
石川道雄　173
石田五郎　116、245
石原莞爾　87、88、123
石丸重治　79、80、142
伊集院清三　101
井尻民男　56、62
磯部浅一　13、16、210
伊藤拾郎　114、130、181、209－211
伊東静雄　205－207、229
伊藤野枝　64
伊藤博文　13、15、38、96、161
井上馨　92、93、161
井上準之助（井上前蔵相）　178、179
井上日召　87、88
井上哲次郎　15
井上靖　21
磯村英樹　41
入江九一　112
岩倉具視　66
岩野泡鳴　64、78、87、98

う
上野孝子　→　中原孝子
宇垣一成　145
宇佐川紅萩　54
内田良平　36、72
内村鑑三　15
内海誓一郎　101－103、119、127、133－136、157,185、234
ヴェルター・ゼルナー　64
ヴェルレーヌ　→　ベルレーヌ

え
江木翼　92
江下武二　154
エドワード・ガンレット　217、218

お
大岡昇平　27、29、42、55、69、70、72、75、85－87、89、90、97、100、104、105、111、112、118、119、121、122、130、131、134、140、145、150、152、158、166－168、185－188、222、223、226、227、233－236、244
大川周明　54、145
大熊氏広　47
大島幹雄　186
大杉栄　65
大田綾子　201
大高源吾　209
大友宗麟　14
大野俊一　80
大村益次郎　47
大森吉五郎　92
岡田春吉　223、224、235、236
緒方隆士　200
隠岐和一　200
岡田良平　92
岡本かな子　212

尾崎紅葉　22
尾崎士郎　99、154
小沼正〔おぬましょう〕　178
斧綾　192
小野勝治　31、34
小野賢一郎　213
小野梧弌　50
小野タダ　32
小野虎之丞　32、34、65、97、129、147、153、161、205、210
小野ヌイ　31
小幡高政　115
おはん　→　武原はん

か
海東元介〔かいとうげんすけ〕　219、220、222
柏村謙助　→　中原謙助
柏村基著〔かしわむらもとあき〕　28
片山四郎右衛門　32
片山俊彦　127
桂歌丸（椎名巌）　89
桂小五郎（木戸孝允）　63
桂太郎　13、96
門田穣〔かどたゆたか〕　176
金子光晴　197
樺山資紀〔かばやまのりすけ〕　168
カペレッティ　130
嘉村礒多　154－156、170
亀井勝一郎　21、200
亀井茲監〔かめいこれみ〕　51
カール・ヒルティ（ヒルティ）　225、226
河上逸　95
河上左京　96
河上徹太郎　41、52、65、69、72、87、95－98、101、102、112、115、117、119、122、132、134、142、145、154、157、158、167、168、170、183、186、187、189、201、233－236、243、246
河上肇　13、96、104
河上弥市　112
河上ワカ　95、97
川端康成　154、222
神西清　80

き
菊岡久利〔きくおかくり〕　143、230
菊池寛　79、167－169、174
菊池武憲　167、201
岸信介　53、54
北一輝　22、54、71、145、208、210
北川丞〔きたがわすすむ〕　154
北畠八穂（深田美代）　226
北原白秋　99
木村庄三郎　80
キリスト　141、144

く
陸礼子〔くがれいこ〕　→　長谷川泰子
草野心平　130、192、195、196、203
葛野友槌　50
久世光彦　167、175
邦枝寛二　117
国司信濃　27、29
グラバー　→　トーマス・グラバー
グレタ・ガルボ　149、150

け
景行天皇　42
ゲーテ　83

こ
小泉源兵衛　74
小出直三郎　157
香西織恵　169
孔子　27
河内方三　114
幸徳秋水　23、39
幸田露伴　22
孝明天皇　65、66
古賀政男　130、176
高宗〔こじょん〕　23
後藤信一　52、53、56、231、232
後藤新平　50
小林謙助　→　中原謙助
小林佐規子　→　長谷川泰子
小林仙千代　26－28、108
小林多喜二　120、121
小林豊造　77
小林八九郎　25、27、28
小林秀雄　26、35、52、66、69、70、76－85、90、92、94－97、101、104、105、110－113、117、122、132、133、136、139、141－143、145、150、154－156、166、168－170、173－176、183－185、187、191、196、197、201、202、222、223、225、226、230、231、233－238、242－244
今武平　101
今東光　101、242

今日出海　101、111、142、182、183、201、224、244
近藤清石　48

さ
西条八十　130、176
斉藤緑雨　22
堺利彦　22、56
坂口安吾　154、168－173
坂口仁一郎　170
坂本越郎　41
坂本睦子(よう子、むうちゃん)　167－171、174、175、187
作江伊之助　154
佐久間佐久兵衛(赤川淡水)　112
佐郷屋嘉昭　143
佐々木幹郎　183、202、221
佐々紅華　176
佐藤栄作　178
佐藤春夫　87、99、100、200
佐藤正彰　111、235、236、244
ザビエル　→　フランシスコ・ザビエル
ザベリヨ　→　フランシスコ・ザビエル
沢宣嘉〔さわのぶよし〕　94
沢山保羅　15、34、98
三条実美〔さんじょうさねとみ〕　92、94
三条西季知〔さんじょうにしすえとも〕　94
サンタ・マリア　→　マリア
三代広重　128
山頭火　194

し
志賀直哉　92、113
茂樹　143、144、177
子思〔しし〕　27
四条隆謌〔しじょうたかうた〕　94
品川雷応(方丈品川雷応)　107
司馬遼太郎　70
渋川驍　201
島木健作　234
島崎藤村　23
清水幾太郎　21
清水行之助〔しみずこうのすけ〕　145
清水宏　117
シューベルト　117、118
潤子　→　高見澤潤子
白州次郎　168
白州正子　168
昭和天皇(東宮裕仁親王)　16、24、67、91、118、184、209
神功皇后　27
神保光太郎　200、229

す
杉野孫七　37
鈴木脩平　120
ストラビンスキー　135

せ
セオドア・ルーズベルト　36
関口泰〔せきぐちたい〕　127
関口隆克〔せきぐちたかかつ〕　101、105、106、116、127、131、157、223、234－237、240、245、246
関口隆吉　240

そ
孫文　71

た
大正天皇(大正帝)　94、95、105
高島北海　217、218
高杉晋作　15、35、130
高田博厚　104、123－127、131、132、140、141、144、150
高橋幸一　130、235、236
高橋新吉(ダダイスト新吉)　13、52、63、64、71、87、98－100、128、129、154、173、182、192、200、241、245
高原正之助　233、234
高見澤潤子　77、78、82、83、111
高見澤仲太郎(田河水泡)　82
高見順　21、79、80、81
高村光太郎　196、204
高森淳夫　161、202、204、205
高森文夫　40、57、151－153、156－161、168、173、196、202、203、213、237
竹田鎌二郎　145、176、183、185、187、190、191、198、199、203
武原はん(おはん)　143、182、190
竹山道雄　80
太宰治　192－195、206
立原道造　206、229
辰野金吾　111
辰野隆〔たつのゆたか〕　111、153
田中義一　13、96、104、120、123
田中絹代　117
田中智学　87

谷川俊太郎　141
谷川徹三　139、141
谷口雅春　212
民谷宏(宮田博)　101
檀一雄　192、193、195

ち
チェーホフ(チェホフ)　116、214
チャイコフスキー　135
張作霖　123

つ
継宮明仁親王(今上陛下)　184、185
ツクヨミノミコト(ツクヨミの命)　118、140
辻潤　64、66、87、98－100
辻野久憲　234
坪内祐三　22、23、130
津村信夫　206、229

て
寺内正毅　13、39、96

と
東野英治郎　22
トーマス・グラバー　48、95、147
頭山満　36、57、72
東陽円成　55－57
東陽眠龍　56、57
徳川夢声　150
ドストエフスキー　190
冨倉徳次郎　70、72、73、84
富永次郎　104、118、119、121、122、131、177
富永太郎　70－74、76－80、84－86、104、118、131、146、177
トリスタン・ツェラ　64

な
直木三十五　168、169
長井維理〔ながいういり〕　101
永井龍男　79－81、142、145、169、183
永井叔〔ながいよし〕　66、67
中江藤樹　15
中垣竹之助　188、204、208、211
中島栄次郎　200
中島健蔵　111、154、170、201
中嶋田鶴子　101
中島知久平　64、99
永瀬清子　41
永瀬連太郎　41
中谷孝雄　200
中原岩三郎　202、205、213、218
中原謙助(小林謙助、野村謙助、柏村謙助)　24－30、32、36－41、43、44、46、49、50、56、61、62、77、92、105、106、108－110、114、122、161、181、211
中原恰三〔なかはらこうぞう〕　39、131、141、145、146、148、149、153、161、192
中原コマ　26、31、32、36、46、49、61、62、92、97、114、117、181、198、204
中原呉郎　29、49、85、103、114、181、200、231
中原周助　34
中原拾郎　→　伊藤拾郎
中原思郎　14、28、30、34、41、46、49、54、107、114、116、145、149、157、179、181、199、217－220、226、227
中原新次郎　34
中原スエ(小野スエ)　31、32、34、38、61、109、114、161、162、165、166
中原助之　26、31、32、34、65、88、89、91、97、98、126、129、137、147、153、162、180、198、203－205、210、
中原清四郎　45、224
中原善兵衛就久〔なかはらぜんびょうえなりひさ〕　26
中原孝子〔なかはらたかこ〕(上野孝子)　179、181－183、185、187、188、190－192、194、200、202、203、212、216、218、227、235、237、246
中原亜郎〔なかはらつぐろう〕　39、40、44、48、146、161、228
中原ツナ　45、224
中原フク　24－28、32、34、36、38、39、41、42、44、46、49、53、55、56、61、62、68、76、77、88、89、93、105、106、108－110、114、131、132、141、145、146、148、155、158、160、162、165、180、181、191、194、197、203、204、210、212－216、218－220、222、223、228、236、237
中原文也　31、187、192、195－197、199、200、203、212、215－220、224、228、230、231、244
中原文右衛門勝五郎　30
中原政熊　14、23、24、26、27、30－32、36、45－47、49、56、92、97、180、224、245
中原愛雅〔なかはらよしまさ〕　216、238
中村彰彦　66

中村古峡（中村蓊、中村院長） 44、220、221、
223
中村進午 147
中村資一 180、181
中村マキ 181
中村光夫 194、195、201、206、229、233、
235
中村稔 41、103、104、118
中村緑野〔なかむらりょくや〕 25
夏目漱石 22、23、36、221
楢崎十郎兵衛 115
成瀬仁蔵 15、34
成瀬無極 67
難波作之進 16、67
難波大助 13、16、67
難波覃庵〔なんばたんあん〕 16

に
西川マリエ（まりゑ姉さん） 45、46、224
錦小路頼徳〔にしきのこうじうよりのり〕 94
新渡戸稲造 15
西田税 210

ね
ねじめ正一 183

の
乃木希典（乃木大将） 40、41
乃木静子 40、41
野坂越中守〔のさかえっちゅうのかみ〕 49
野坂参三 13、49、50
野田真吉 153、156、168、173、226
野々上慶一 83、84、166、189、194－196、
201－203
野村喜三 129
野村謙助 → 中原謙助
野村茂 150、151
野村政一 181
野村八重 143
野村良雄 118
宣長翁 → 本居宣長

は
萩原朔太郎 205－207、229、230、232
橋本徹馬 178、179
長谷川泰子（小林佐規子、陸礼子） 22、66－
74、76、77、79、81－85、87、89、107、110
－112、116、117、120－127、131－133、139
－145、148－150、154、156、161、166、168、
169、171、177、187、188、204、206、211、
212、237、245
服部章蔵 15、34、46、47、50、110、147
服部良一 22
服部良輔（服部傅厳） 15
バッハ 135、138、183、185
埴谷雄高〔はにやゆたか〕 139
浜口雄幸 143
林房雄 99、139、161、222、230、234
林芙美子 201

ひ
東久世通禧〔ひがしくぜみちとみ〕 94
樋口覚 117、198、221
火野葦平 21
平井啓之 202
平野謙 22
広瀬武夫（広瀬中佐） 37
ビリオン神父（アマトリウス・ビリヨン） 14、45、47、
48、50、92、132、245
ヒルティ → カール・ヒルティ
広津和郎 116
弘中国香〔ひろなかくにか〕 114、146

ふ
深田久弥 142、223、225、226
福島泰樹 152、211
福田百合子（福田館長） 120
福羽美静〔ふくばよししず〕 51
福原越後 29、129
福本義亮 50
藤田嗣治〔ふじたつぐはる〕 25
藤原定〔ふじわらさだむ〕 124、125
淵江喜代子 167
淵江千代子 161、166、167、181
Ｆ・ルーズベルト 172
フランシスコ・ザビエル（ザビエル、ザベリヨ） 14、
45、48、92、242、245
古谷綱武〔ふるやつなたけ〕 104、105、118、
119、122、124、139、195
古谷綱正〔ふるやつなまさ〕 150

へ
ベートーベン 117、118、135
ベルレーヌ（ヴェルレーヌ、ヴェルレエヌ） 71、72、
104、114、135、157、216、243、244、

ほ
ボードレール 71、72、78、114、170、184

堀辰雄　80、174、189
堀内敬三　176
堀口大学　212
堀野正雄　149

ま
前原一誠　13、16、96、115、210
牧野信一　154、170、174
正岡子規　22、70
正岡忠三郎　70、72－75、84、86、88
益田右衛門介　29
マスネー　134、135
マゼンシア(引地君)　14
松岡洋右　172
松田利勝　150、210
松本泰　117
マリア(サンタ・マリア)　13、112、141、144
マリエ　→　西川マリエ
丸山薫　189、190、206

み
三浦数平　99
三浦義一(室町将軍)　64、98、99
三浦吾一　146
三木武夫　21
三富朽葉〔みとみきゅうよう〕　87
南方熊楠　22
源頼朝　225
壬生基修〔みぶもとなが〕　94
宮沢賢治　86、87、98
宮田重雄　143
宮武外骨　22
宮本顕治　113
宮本常一　21
三好達治　154、189－191、206、207、209、212、219、220、229、230

む
むうちゃん　→　坂本睦子
武者小路実篤　111
村井康男　84、113、114、118－120
村上護　177－179
村重正夫　55、56
村中孝次　210
室生犀星　206

め
明治天皇　24、39－41、47、65、211

も
毛利輝元　16
毛利秀包(秀包公)　14、34
毛利秀就　115
毛利元包　14
毛利元潔　32
毛利元鎮　14
毛利元恒　93
毛利元就　26
モオツアルト(モーツァルト)　113、183、185
茂木六次郎　98
本居宣長(宣長翁)　136、152－154、213、237
森敦　192
森鷗外　39、40、49
モールス　65
モレル　88
諸井虔〔もろいけん〕　102
諸井三郎　101－105、111、133、135、157、201、241、242、246

や
安岡章太郎　128
安田善次郎　58
保田與重郎　99、100、190、195、200、206、229、230
安原喜弘　118、119、121、131、132、140、141、148、152－158、160、165－167、171、172、174、176、177、179、180、182、187、188、190、198、217、220、221、240
柳宗悦　79
山岡荘八　21
山県有朋　13、96、209
山川幸世　140、143
山岸外史　206
山岸光吉　111、117、139
山田耕筰　176
大和武尊(ヤマトタケル)　42、161、231
山之口貘　211
山本健吉　21

ゆ
湯川秀樹　21
夢野久作　64

よ
よう子　→　坂本睦子
横光利一　142、230
吉田緒佐夢　54
吉田松陰　16

吉田秀和　136－138、151、152、185、214
吉本隆明　86
吉行エイスケ　64、139、154
吉行淳之介　64、69、128

ら

頼山陽　63
ランボオ(ランボー、アルチュール・ランボオ)　71、72、77－79、85、95、142、183、184、187、189、191、197、206、234、241、243、245

わ

若園清太郎　177、178、181、200
若山牧水　158
ワグナー　135
和田要　204、208
和田健　40

〈著者略歴〉

堀　雅昭（ほり・まさあき）

一九六二年山口県宇部市生まれ。山口大学理学部卒業後、製薬会社研究員、中学校臨時教師を経て文筆家となる。日本近現代史を中心に研究。講演活動を精力的に行なっている。

著書に『戦争歌《いくさうた》が映す近代』（葦書房）、『杉山茂丸伝―アジア連邦の夢』『ハワイに渡った海賊たち―周防大島の移民史』『炭山《すみやま》の王国―渡辺祐策とその時代』（以上、弦書房）などがある。宇部市在住。

中原中也《なかはらちゅうや》と維新《いしん》の影《かげ》

二〇〇九年七月十五日発行

著　者　堀《ほり》　雅昭《まさあき》

発行者　小野静男

発行所　弦　書　房

（〒810・0041）

福岡市中央区大名二―二―四三

ELK大名ビル三〇一

電　話　〇九二・七二六・九八八五

FAX　〇九二・七二六・九八八六

印刷・製本　大同印刷株式会社

ISBN 978-4-86329-022-8 C0095

◆弦書房の本

ハワイに渡った海賊たち
周防大島の移民史
堀雅昭
いつ、そしてなぜハワイは日本人の憧れの地となったのか。江戸時代後期にまで遡り、周防大島を中心としたハワイへの出稼ぎ者・移住者とその末裔を訪ねて、交流の歴史とドルがもたらした島の暮らしを描く。【四六判・並製　328頁】2310円

杉山茂丸伝　アジア連邦の夢
堀雅昭
明治の政財界の中枢に常に影のように寄り添いながら世界を見すえた男、茂丸の生涯。日清・日露戦争、日韓併合、五・一五事件など重要な局面では必ず卓越した行動力を発揮した近代の怪物が描いた夢に迫る。【四六判・並製　232頁】1995円

【第57回日本推理作家協会賞受賞】
夢野久作読本
多田茂治
「第一級の評伝。とにかくおもしろい」（井上ひさし氏選評）。時代を超えて生き続ける異能の作家・久作の作品群。その独特な文学作品の舞台裏を紹介。犯罪・狂気・聖俗・闇……久作ワールドの迷路案内。【四六判・並製　308頁】2310円

江戸という幻景
渡辺京二
記録・日記・紀行文の渉猟から浮かび上がるのびやかな江戸人の心性。西洋人の見聞録を基に江戸の日本を再現した『逝きし世の面影』の著者が探りだす近代への内省を促す幻景。【四六判・上製　264頁】2520円

長編詩　**血ん穴**【新装版】
古賀忠昭
70年代にその創作活動が注目されながら、詩作を巡るある事情から筆を折った詩人。30年間の沈黙を破り、死者としての意志をもって書かれた詩集が没後1年を機に稲川方人・山本源太両氏の解説を付して復刊。【四六判・上製　104頁】1680円

＊表示価格は税込